A HORA ENTRE O CÃO E O LOBO

EVA HORNUNG nasceu na cidade de Bendigo, na Austrália, e atualmente reside em Adelaide, a capital da Austrália Meridional. Suas obras de ficção e crítica literária, escritas sob o pseudônimo Eva Sallis, receberam diversos prêmios: seu primeiro romance, *Hiam*, ganhou o Australian/Vogel Literary Award em 1997 e o Nita May Award, em 1999. Sua obra mais recente, *The Marsh Birds*, ganhou o Asher Literary Award de 2005 e foi finalista para vários prêmios, entre eles o Age Book of the Year em 2005, o NSW Premier's Literary Award e o Commonwealth Writers' Prize.

A HORA ENTRE O CÃO E O LOBO

EVA HORNUNG

Tradução de Juliana Lemos

© 2009 by Eva Hornung
Traduzido do original em inglês: *Dog Boy*

Tradução: Juliana Lemos
Preparação: Vivian Mannheimer
Revisão: Pedro Paulo da Silva
Projeto gráfico e diagramação: Join Bureau
Capa: Miriam Lerner
Imagem de capa: Corbis

CIP-Brasil. Catalogação na Fonte
Sindicato Nacional dos Editores de Livros, RJ

H79m
Hornung, Eva
    A hora entre o cão e o lobo / Eva Hornung ; tradução de Juliana Lemos.
– São Paulo : Paz e Terra, 2010.

    Tradução de: Dog boy
    ISBN 978-85-88763-12-8

    1. Romance australiano. I. Lemos, Juliana. II. Título.

10-2271
CDD 828.99343
CDU: 821.111(94)-3

GRUPO EDITORIAL PAZ E TERRA
Editora Argumento
Rua do Triunfo, 177
Santa Ifigênia, São Paulo, SP – CEP: 01212-010
Tel.: (11) 3337-8399
e-mail: vendas@pazeterra.com.br
home page: www.pazeterra.com.br

2010
Impresso no Brasil / Printed in Brazil

PARA PHILIP WALDRON

I

A primeira noite foi a pior. Romochka estava sentado na cama, sentindo que o apartamento esfriava. Toda a sua atenção voltou-se para a porta da frente. O prédio estava movimentado, estranho. Cheio de pessoas gritando, xingando, como se todos os moradores estivessem acordados, bêbados, irritados. Pessoas arrastavam coisas pelos corredores e iam descendo as escadas até suas vozes diminuírem, até sumir o som das batidas e das rodinhas rangendo. Ele percebia que as pessoas estavam indo embora. Andavam para lá e para cá com passos pesados, pegavam suas coisas e depois sumiam. Nenhuma delas parecia ser o Tio. Depois de cada xingamento, cada tropeço, cada vez que arranhavam a parede, nada. Nenhum barulho à porta, ninguém virando a chave. Nada do som reconfortante das dobradiças. Ninguém entrando cambaleante. Nada do som pesado da respiração naquelas narinas peludas, na penumbra – só a sua própria respiração. Só ele ali, inalando e exalando a penumbra.

Há várias semanas ele estava de mal com o tio, mas a raiva foi desaparecendo à medida que a noite avançava. Seu olhar deslizou para a porta. Há muito tempo ele não via sua mãe, há mais de uma semana, e desde então o Tio começou a levar embora tudo o que eles tinham, móvel por móvel. Primeiro o relógio, depois a estante de madeira de sua mãe, que tinha sido da mãe dela. Depois, outras coisas importantes – a mesa quadrada onde eles tomavam café da manhã, as duas cadeiras, a televisão com imagem que chuviscava. Mas o Tio nunca chegava em casa atrasado, a não ser no dia em que recebia o dinheiro do seguro-desemprego.

Agora a escuridão penetrava cada cantinho. Romochka desceu da cama alta, meio sem jeito, e puxou o fio que acendia a luminária. Nada. Foi correndo até o fogareiro elétrico que ficava em cima da prateleira, ao lado do cabideiro. Sabia que estava proibido de fazer isso, mas esticou o braço mesmo assim e girou os dois acendedores meio quebrados. Seu coração começou a bater forte no peito.

Nenhum clique, nenhuma luzinha laranja e apaziguadora surgiu nos acendedores. Nenhum som nos círculos de metal lá em cima, fora do seu campo de visão. Nada.

Foi com andar arrastado até os canos do aquecimento. Ouviu o som de uma garrafa sendo derrubada e rolando no chão, para longe de seus pés. Esticou a mão.

Os canos estavam frios. Tirou a mão rápido, como se tivesse se queimado.

Não havia água quente no banheiro. O telefone estava mudo.

— Tem uma certa pessoa aí que é mesmo um egoísta, um filho da mãe — disse Romochka para si mesmo, irritado. Subiu de novo na cama e se enrolou nos cobertores que esfriavam. Repetiu a frase, como se o jeito de falar dos adultos pudesse trazê-los de volta, mas sua voz vacilou: seu coração batia forte demais. Colocou o polegar na boca e tentou entrar naquele transe ao chupar o dedo que antes fazia com que ele, de olhos arregalados, fosse capaz de suportar qualquer coisa. Mas já fazia certo tempo que ele não chupava mais o dedo e o dedo tinha perdido o formato ideal.

Com exceção do telefone, nada daquilo era novidade.

Sentiu-se mais quentinho debaixo das cobertas. Seu nariz e sua testa, entre o cobertor e o travesseiro, estavam estranhamente frios. Ficou fitando o nada. A chuva caía sem fazer nenhum som, criando estrias tremeluzentes no retângulo entre as cortinas. Adormeceu com a estranha sensação de que o lado de fora estava virando o lado de dentro, de que precisava defender o pouco calor que lhe restava. Quando abriu os olhos, na escuridão, sentiu neles a desconhecida sensação da lufada de ar frio. Ficou assustado. A janela estava mais clara do que antes: a primeira neve caía. Os turbilhões e redemoinhos dos pequenos flocos faziam com que o silêncio do quarto ficasse insuportável. Camadas de silêncio revestiam seu corpo: nenhum som na cama, no quarto, no corredor lá fora, nem em lugar nenhum do prédio. O silêncio mudava tudo. O armário da cozinha avultava sobre ele, parecendo maior. O arco da porta reluzia com a luz estranha da janela. Suas orelhas se mexiam, repuxando seu couro cabeludo, no esforço de tentar ouvir alguma coisa, qualquer coisa; mas o prédio estava morto e abafava até os ruídos que vinham de fora. Só conseguia ouvir o som gorgolejante e o ruído baixinho e constante de seu próprio corpo.

Na manhã seguinte, seu tio ainda não havia aparecido. Levantou-se da cama, fazendo cara de bravo para nada, para tudo, e colocou muito mais roupas do que teria precisado colocar normalmente. Sentindo-se ousado, resolveu explorar o mundo fora do apartamento. Sem dúvida o único motivo para ele estar ali era porque devia estar aprontando das suas. Sabia que acabaria apanhando e seria trancado no armário da cozinha.

O ar estava frio e silencioso. Examinou a cozinha comunitária do prédio e ficou aturdido ao ver que o fogão, a pia e todas as geladeiras não estavam mais lá. Só restava a cozinha vazia, muito suja. Até mesmo os móveis na parede da cozinha não estavam mais lá. Aqui e ali, canos apareciam na parede. Poeira e grude envolviam o papel de parede velho que antes ficava oculto por trás dos bancos e do fogão.

A privada ainda estava lá, então ele resolveu usá-la. Mas não dava para dar descarga. Não tinha papel higiênico e nada no armário atrás do banheiro. O banheiro comunitário parecia quase normal, apesar de agora estar seco, o ar úmido habitual havia sumido, deixando só um cheiro de mofo.

Ele estava completamente sozinho.

Perambulou de volta para o apartamento. Agora a simplicidade do lugar assustava. Só o ar frio indicava o vazio do resto do prédio. Seu estado de espírito aventureiro desapareceu e ele ficou olhando para um lado, depois para outro, com um terror cada vez maior. Saiu correndo de repente para o armário da cozinha, entrou e fechou as portas, como se tivesse sido pego fazendo algo de errado, levado vários tapas e tivesse sido jogado lá dentro. Começou a chorar copiosamente, como fizera tantas vezes antes, sentindo os olhos arder com o calor das lágrimas e a dor. E então chorou mais alto, com mais força, e ficou ninando a si próprio, balançando para frente e para trás, até adormecer.

Nos dois dias seguintes, Romochka comeu tudo o que conseguiu achar no armário de mantimentos, sem se importar em limpar nada. Primeiro, comeu a metade do pacote de biscoitos. Depois devorou um repolho, as batatas cruas, o cereal matinal, o arroz e o macarrão. Ficou com dor no estômago e deitou na cama. Quando se sentiu melhor, conseguiu abrir duas latas de cavala em conserva e comeu tudo. Comeu um pacote de cubinhos de açúcar e até tentou comer uma cebola crua. Havia dois potes que ele não conseguia abrir, um de ameixa e o outro de pepino em conserva. Pensou em quebrar os potes, mas ficou com muito medo. Sua mãe lhe dizia: *Você vai morrer se comer comida de um pote quebrado.*

Vasculhou todos os cantos proibidos. Não havia nada muito interessante nem nada comestível em nenhum deles. Tirou roupas de dentro de caixas e puxou tudo que havia debaixo da cama. Os vestidos de sua mãe eram bonitos, mas muito finos, e um deles rasgou quando ele puxou do cabide. Encostou o vestido com estampa de pavão no rosto durante alguns instantes, sentindo o cheiro. Depois, colocou todos com cuidado num canto e continuou a vasculhar. Sua mãe tinha um pequeno casaco marrom com pele nas mangas, na cintura e na gola. *Ele é tão quentinho,* dissera ela, várias vezes, *que a gente nem precisa usar nada nas pernas.*

Mas ele não conseguia achar o casaco. Desistiu. Vestiu tantas de suas próprias roupas que foi difícil se desvencilhar delas para ir ao banheiro. Puxou o colchão para fora da cama e jogou tudo que era quentinho em cima dele, e então passou a maior parte do tempo ali naquela pilha de coisas. Sem dúvida iria sofrer as consequências quando o Tio voltasse. Queria que o Tio voltasse para ele ver só o que acontecia quando ele demorava a voltar pra casa.

Depois de três dias e meio passando frio, e de três noites gélidas, compridas e sem luz, ele decidiu que precisava sair dali. Não via nenhum motivo para que seu tio, o telefone, a luz e o aquecimento tivessem ido embora e não voltassem mais, com exceção da novidade de que sua mãe também não tinha voltado – e, mais recentemente, de que os móveis também tinham sido levados embora. Durante toda sua curta vida, seu tio e o telefone geralmente foram menos confiáveis que sua mãe, o aquecimento e a existência dos móveis.

Sentia o estômago revirando de tanto nervosismo enquanto andava sem rumo pelo apartamento. Estava proibido de sair sozinho para a rua. *Se você colocar o pé pra fora de casa, eu e o Tio vamos te matar. Primeiro eu, depois ele.*

Mas não havia comida.

Deixou o tempo passar. Foi explorar os outros andares. Não estava mais surpreso por ver o prédio estranhamente silencioso e escuro. Subiu até o quarto andar e bateu, sem muito entusiasmo, na porta da Sra. Schiller, já sabendo que ela não estava lá. A porta estava destrancada. Abriu a porta e entrou no apartamento. Ainda assim ficou chocado, por mais que tivesse imaginado que haveria mudanças. O apartamento grande, de duas salas, estava vazio e havia um monte de lixo no chão. A luz impiedosa que vinha das janelas sem cortina iluminava tudo. Lá fora, as copas das árvores, com algumas poucas folhas douradas, balançavam silenciosamente ao vento. Voltou para casa com passos duros.

Na porta, hesitou durante alguns instantes. O apartamento tinha uma atmosfera insistente de familiaridade, exercia uma atração que o fazia entrar nele como se tudo estivesse normal. Sentou no sofá-cama rasgado e olhou em volta, em busca da mãe, ignorando os espaços vazios onde deveriam estar a televisão, a mesa e a prateleira de livros. Saiu de novo do apartamento, deu meia-volta e passou pela porta mais uma vez, mas a estranha sensação tinha sumido.

Sentiu o estômago roncar. Pegou seu balde vermelho e colocou dentro dele uma fita de veludo preto que pertencera à sua mãe. Desceu correndo os três lances de escada, passou pelo apartamento incendiado no primeiro andar e desceu a escada da entrada principal.

O interruptor que abria a porta não funcionava, mas ele viu uma fina linha branca entre a porta e o umbral. Empurrou a porta usando todo seu peso e ela girou para fora, deixando entrar a luz ofuscante do dia. Deixou os braços caídos ao lado do corpo. A fome e o frio fizeram com que ele descesse as escadas, mas, naquele momento, as duas sensações tinham desaparecido completamente. Era um dia bonito de outono — céu branco bem alto, seco, mas muito frio. A neve passageira das duas noites anteriores já tinha derretido, mas o tempo estava bem frio, já que agora nevava bastante. Sentiu-se mais animado. Não devia ser tão difícil assim achar comida e um lugar quentinho. Os adultos conseguiam o tempo todo, com ou sem dinheiro.

Do lado de fora, o prédio parecia estranhamente morto. Era um prédio velho, com muitas janelas quebradas ou rachadas. Não havia cortinas em nenhuma delas e não se via nenhum movimento nos aposentos escuros. Nenhum sinal de vida, exceto aqueles deixados pelas pessoas que foram embora rápido — rastros de escombros saindo da porta; marcas de coisas que foram arrastadas e das rodinhas dos carrinhos de mão nos montinhos de terra, lenços de papel no chão e, aqui e ali, objetos difíceis de identificar, destruídos pelos diversos pés que passaram pelo local.

Romochka ficou parado na porta, vendo as pessoas passando na calçada. Quase todas eram conhecidas, mas ele não sabia o nome de ninguém. Era gente da vizinhança. Iam e vinham. Mas ninguém do prédio aparecia. Talvez ele devesse fazer contato visual, dizer a alguém que estava completamente sozinho. Não achariam que era só uma brincadeira — afinal, na idade dele, ele não poderia sair de casa totalmente sozinho. Ficou tentando achar alguém conhecido que não o assustasse. Talvez o homem de cabeça raspada que tocava violão, que morava no prédio azul, o terceiro prédio depois do dele. Ou talvez a moça gorda do conjunto habitacional da esquina. Ela tinha três filhos bem chatos, mas não estavam com ela hoje. Ou então a velhinha com o lenço de pescoço bonito, feito de renda cor de creme, carregando duas *avoski* bem cheias. Dava para ver a ponta de um pão na parte de cima de uma delas, mas mesmo isso não fez com que ele fosse falar com ela. Acabou não chamando a atenção de ninguém. Sentia-se acabrunhado, reticente, cheio de desconfiança. Lembrava a voz da mãe dizendo: *Não fale com gente estranha.*

Continuou de pé no degrau, contraindo e descontraindo os dedos gelados dos pés dentro das botas, sem olhar para ninguém. Balançou um pouco para frente e para trás. O balde batia contra suas coxas. Colocou o balde no degrau e bateu as mãos enluvadas uma contra a outra, mas desistiu de continuar batendo e uniu as mãos. Num adulto, aquela pose poderia indicar que a pessoa estava rezando. Num menino de quatro anos de idade, sugeria uma indecisão tão profunda que todo o seu corpo havia parado para que ele conseguisse pensar.

A rua estava quase deserta. Poças d'água congeladas aqui e ali tinham um brilho opaco, rugoso, feito os olhos de um peixe morto. Um carro passou a toda velocidade, fazendo barulho, aproveitando a repentina liberdade trazida pela ausência de trânsito. Desapareceu e, durante alguns instantes, nada mais se moveu. Fazia um frio absurdo, e ele sabia que era melhor começar a se mexer. Mesmo assim, esperou. Já tinha idade o suficiente para saber que a rua era território dos carros e que a calçada era território dos adultos e das crianças maiores. As crianças menores (e naquele momento ele se sentia particularmente pequeno) não tinham lugar naquele mundo do lado de fora.

A leva seguinte de carros também se foi e um grande cachorro amarelo passou do outro lado, descendo a rua. Cachorros são quentinhos, disse ele a si mesmo. Ele já tinha abraçado Heine, o cachorro peludo da Sra. Schiller, muitas vezes. E, de repente, lembrou-se nitidamente da pele quentinha da barriga de Heine e de seu bafo fedido. Pegou o balde e saiu por uma fenda na cerca, indo para a calçada. Saiu em disparada pela rua, fazendo barulho com o balde enquanto andava, indo na mesma direção do cachorro. Sua mãe tinha lhe dito para nunca sair do prédio, nunca sair andando por aí, nunca descer a rua sozinho, nem mesmo se o Tio mandasse. E também havia dito: *Nunca chegue perto dos cachorros de rua. Eles têm doenças e você pode ficar doente e morrer.*

Não havia ninguém para ir atrás dele e dar uma bronca, o que fazia com que suas transgressões não fizessem muito sentido. Sentia tanto frio. Tanta fome. Se seu tio tivesse aparecido meio cambaleante ali na esquina, se tivesse lhe dado uns tabefes e depois o arrastasse para ir morar em algum canto, ele teria chorado, mas também estaria se sentindo muito melhor.

Os carros passaram e ele atravessou a rua para ficar do mesmo lado em que estava o cachorro. Agora estremecia de tanta excitação: não havia dúvida de que estava num lugar proibido, onde nenhuma criança pequena deveria estar, fazendo o que nenhuma criança pequena deveria fazer. A cadela parou um pouco à frente dele, farejando o canto de um prédio. Olhou, curioso, para a barriga da cachorra: duas fileiras de mamilos balançavam quando ela andava. Ela virou e olhou para ele durante alguns instantes, e então começou a andar mais rápido do que antes, movimentando-se de um jeito determinado, confiante. Sua pelagem amarela era mais espessa ao redor do pescoço. Tudo ao redor de Romochka estava cinzento e nebuloso; então, pensou, teria de se virar com ela mesmo. Quem não tem nada, se vira com o que tem. Sua mãe dizia isso sobre o apartamento, sobre o Tio, sobre a televisão que chuviscava; e também sobre ele, nas noites em que ela não saía para trabalhar.

Romochka não conseguia acompanhar a cadela. A calçada estava escorregadia, com uma camada de gelo negro. Sentia as roupas pesadas e precisava andar com as solas dos pés retas, para não escorregar. Mais à frente, a rua dava para uma ruazinha à esquerda. A cadela entrou na ruazinha e, quando ele chegou na esquina, ela já havia desaparecido. Sentou no concreto frio, com o balde a seu lado. Não conseguia sentir os dedos dentro das luvas. Sentou agachado perto de uma calha que subia a parede ao seu lado. Um calor suave penetrou por suas roupas, vindo da calçada: devia haver gente dentro daquele prédio escuro.

Sua mãe havia lhe dito diversas vezes: *Não se aproxime de ninguém. Não fale com estranhos.*

Mas ele já tinha feito muitas coisas que iriam desagradar à mãe.

Não levantou. Sentia-se lânguido com o calor dos canos do aquecimento debaixo do chão. Estava só a uma esquina de casa, mas sentia as pernas pesadas demais. Até o vazio no estômago parecia pesado demais, sentia-se pressionado contra o chão por seus ossos sonolentos. A cabeça parecia muito pesada.

Uma chuvinha fina e gelada começou a cair. O gelo negro no asfalto começou a brilhar. A sarjeta ficou cheia de neve suja derretida e as linhas brancas no asfalto desapareceram no brilho que refletia a luz. As pequenas gotículas em suas luvas azuis brilhavam. Fechou os olhos. Ouviu um ruído suave, mais alto que o sussurro da chuva, e bem mais próximo que os carros que passavam na rua, virando a esquina. Abriu os olhos. Dois cachorros ocupavam todo o espaço à sua frente, tão presentes como se ele de repente estivesse olhando para uma página de um livro com gravuras e agora tivesse virado a página e se deparado com outra. Andavam para lá e para cá à sua frente, sem tirar os olhos dele, um cruzando o caminho do outro. Um tinha pelo dourado claro e um rabo enrolado para cima. O outro era preto, enorme, com uma máscara cor de creme e patas do mesmo tom. Eram maiores e sem dúvida mais bravos do que aquela cachorra que ele havia seguido.

Movimentavam-se de maneira urgente, como se tivessem algum propósito. Olhavam fixamente para ele, olhos grandes e amarelos. A chuva fazia a pelagem dos dois brilhar. Ele gostava de cachorros, mas até mesmo ele podia perceber que aqueles eram cachorros malvados. Os dois cães rosnavam um para o outro como se alguém tivesse acabado de colocar uma vasilha com comida à sua frente e não houvesse alimento suficiente para os dois. Ficou pensando se seria possível um cachorro conseguir comer um menino. Franziu a testa com força, olhando para eles.

Fazendo força por causa do peso das roupas, apoiou-se na calha para conseguir ficar de pé. Os cães deram um salto para trás. E então a cadela que ele havia seguido surgiu das sombras, do outro lado da rua. Olhou para ele, expectante: a cabeça altiva, a cauda baixa. Ele se soltou da calha e atravessou a ruazinha, indo na direção dela. Ela não se moveu. Os dois cães foram atrás dele, roçando um no outro, tentando ganhar espaço, mordiscando-se como se brigassem. Sua cadela agora estava com as orelhas eretas.

– Cachorrinha – disse ele, e ela inclinou a cabeça de leve para o lado. Um dos cachorros atrás dele grunhiu baixinho. Sua cadela levantou o lábio que cobria seus dentes compridos e grunhiu como resposta, um grunhido que chegou até ele e se desviou, pois era direcionado para os cães. Sentiu a agitação atrás de si sumir e, olhando rápido para trás, viu que o cachorro de pelo dourado agora estava sentado, só olhando. Esticou os braços na direção da cadela, mostrando-lhe as mãos. Ela esquivou-se de leve, hesitou por alguns instantes e depois farejou seu rosto, seu peito, suas luvas. Estava de pé, parada. E então começou a agitar o rabo de um lado para o outro, de leve, discretamente. Os outros cães vieram para perto dela, de cabeça baixa, e lamberam-lhe a cara. Ela lambeu um de cada vez, e também o rosto dele, plantando um beijo pegajoso no canto de sua boca, e então virou e foi com passos alegres e saltitantes por outra ruazinha que saía daquela, uma ruazinha na qual ele nunca havia entrado antes. Agora havia pessoas nas ruas de novo, andando com dificuldade, deslizando e escorregando pelas calçadas, mas ele não prestou atenção nelas. Concentrou sua atenção na cadela e a seguiu de perto, sentindo a baba do beijo congelando em seu rosto. Os outros dois cachorros seguiam atrás, agora comportados, sem brigar.

Ficou pensando no que aqueles cachorros teriam comido no jantar e sentiu o estômago fermentar de um jeito dolorido. De repente, lembrou do balde esquecido perto da calha. *Se você esquecer alguma coisa na rua, já era.* Hesitou. E então continuou a andar.

Já tinham virado uma ou duas esquinas e estavam se esgueirando por entre carros estacionados, e foi aí que ele percebeu que estava quase perdido. Pensou em parar. Lembrou que o apartamento estava frio e escuro, até sem o cheiro de seu tio, e então, antes que conseguisse pensar mais um pouco, percebeu que estava *mesmo* perdido. Resolveu tentar imaginar o que cachorros comiam no jantar. Imaginou tigelas enfileiradas com carne picada e repolho, e uma tigela a mais para ele. Mas talvez os cachorros não tivessem como comprar picadinho de carne. Talvez tomassem sopa, feita com ossos bem grandes, batatas e cebolas. Ou então sopa de galinha com macarrão. Ou talvez só comessem batatas. Quentes e fumegantes. Amassadas em purê, com bastante manteiga. E então ele lembrou: cachorros não têm dinheiro! Eles roubam tudo ou então ganham a comida! O jantar deles podia ser qualquer coisa. Carne! *Kolbasa!* Bolinhos recheados com carne! *Chuk-chuk!* Roscas doces! Sentiu a boca cheia d'água.

Passavam pelas multidões a caminho de casa ou que estavam fazendo compras depois de sair do trabalho, mas ninguém parou o menino ou perguntou seu nome. Era um menino acompanhado por cães. Não havia nada que indicasse que ele estivesse seguindo os cães, e não o contrário. Pareciam três cães obedientes e ele o dono – uma criança abandonada, novinha demais para estar sozinha na rua, mas ninguém nem precisa pensar duas vezes para saber que uma pessoa acompanhada por cães não está perdida.

Três cães e um menino que atravessavam as praças dos arredores e se dirigiam para ruas mais desertas. Portões e grades entrelaçadas, meio caídas, muros parcialmente destruídos. À distância, os prédios de apartamentos enfileirados pareciam pratos num escorredor, as janelas brilhando. Vistos de perto, ervas daninhas preenchiam as lacunas. Passaram por prédios baixos sem varanda: escritórios, depósitos, galpões de fábricas. Passaram por fileiras de prédios de condomínio com cinco andares, idênticos, com fachadas de azulejos rachados e bétulas malcuidadas nos jardins inclinados. Respiraram fundo o cheiro de comida: alguém cozinhando repolho e cebola. Dentro dos apartamentos, pessoas preparavam o jantar. Estavam sentadas, ou se movimentando dentro dos aposentos aquecidos, discutindo, cansadas, tomando chá quente ou sopa.

Só seguiam mais devagar quando precisavam atravessar ruas, desviar de carros ou pessoas, e depois apertavam o passo de novo.

Uma viela desembocou numa paisagem sem ruas. Mais à frente, havia um campo com lixo e detritos diversos, rodeado de prédios, todos com a luz apagada: fábricas ou depósitos sem gente dentro. E então os três cães pararam e circularam um pouco, farejando o muro da esquina e os postes do campo, movimentando-se ao redor do menino, ignorando-o. Os três cães urinaram rapidamente aqui e ali. E então continuaram a andar, no mesmo trote determinado de antes. Ele continuou a segui-los, agora um pouco cambaleante. Passaram, um de cada vez, por um buraco numa cerca e atravessaram o campo, cruzando o mato enegrecido. Seguiram por um caminho irregular que cortava o mato coberto de gelo, dividido em duas trilhas, uma mais larga e outra mais fina. Já do outro lado do campo, ele titubeou e parou, oscilando um pouco. A cadela que liderava o grupo ficou para trás e esperou, olhando para ele, então ele fez um movimento afirmativo de cabeça, virou o corpo e continuou a andar, com dificuldade.

Entraram por uma fenda entre um muro de tijolos e um poste de cerca, e de repente estavam num canteiro de obras abandonado. Um carro e algumas pessoas maltrapilhas passaram numa rua esburacada mais acima. Um homem dormia prostrado, encostado no muro da rua. Tinha pegado chuva e estava com cheiro de urina já antiga e lá molhada. Os cães se desviaram dele mas, fora isso, não lhe deram atenção.

O menino sentia-se quase sem forças quando a mãe dos cães desapareceu por um portão quebrado. E então todos, um por um, seguiram atrás, entrando num pátio muito velho. Ali se via a imagem desordenada da massa de grama ressecada e cinco macieiras mortas, os troncos repletos de líquen. Acima delas, a fachada de tijolos terminava numa cúpula quebrada, delineada contra o céu. Era uma igreja em ruínas, enegrecida, sem telhado.

O esconderijo dos cães ficava no porão. Entraram por um buraco no chão e desceram com certa dificuldade uma pilha de destroços, seguindo por um caminho estreito e bastante desgastado. Lá dentro era escuro. Em algum canto, o som de filhotes choramingando e ganindo.

E foi assim, seguindo três cães pelas ruas comuns, passando por prédios comuns, vidas comuns, que um menino solitário atravessou uma fronteira que costuma ser intransponível, sequer imaginável.

No começo, ele não percebeu.

Romochka não conseguia ver nada. Foi assaltado pelo fedor do lugar, forte até mesmo para suas narinas entorpecidas pelo frio. E então, aos poucos, começou a enxergar: o lugar era um porão, com alguns buracos no telhado. Os dois cães mais novos haviam deitado no chão, num canto, e estavam se coçando e se lambendo. Não pareciam ter nenhuma comida ali. Agora seus olhos já conseguiam enxergar um pouco mais. Sua cadela tinha se dirigido para um canto mais distante e agora estava sendo recepcionada alegremente por quatro pequenos cãezinhos. Ele se aproximou e ficou agachado, observando os cães lamberem e ganirem para a mãe. Ela deitou no chão e os filhotes começaram a escalar uns aos outros para mamar. Havia claridade suficiente para que ele conseguisse ver que os olhos escuros e brilhantes dela o observavam enquanto os filhotes se empurravam e choramingavam. Viu a pelagem espessa da cadela, as patas limpas, com tufos mais claros aparecendo por entre os dedos escuros. Ela agia como uma mãe com os filhotes: firme, distante, mandona. Romochka tentou imaginar qual seria o gosto do leite de uma cadela e se aproximou. Seu estômago roncou. Ela continuava a observá-lo, cautelosa. O calor daquele ninho, o calor dos corpos que se ajeitavam ascendeu e aqueceu o rosto dele. Ficou de quatro no chão, depois deitou-se de barriga, e foi se arrastando na direção dela. Ela rosnou, um rosnado baixo e constante, e ele parou. E então ele se aproximou, mais uma vez, sem olhar para ela. Ela continuava a rosnar baixinho quando ele chegou até seu lombo, sentindo todo o calor dos filhotes. Encolheu-se lentamente, aproximando-se daquela cama quentinha, e tirou as luvas geladas.

Agora já conseguia sentir o cheiro dos filhotes, um odor quente, pungente, leitoso. Eles sugavam e sugavam, sem parar. Também podia sentir o cheiro dela. Um fedor reconfortante. Continuou imóvel; só se mexeu quando teve um arrepio involuntário. Ela continuava a rosnar, mas também não se mexeu. Aquele rosnado era direcionado a ele. Mas era um rosnado para que ele se comportasse, não para que ele saísse dali, e ele esperou, obediente, comportado. E então ela parou de grunhir e começou a lamber os filhotes. Esticou a cabeça na direção dele e limpou também o seu rosto. Sua língua era quente e molhada, doce e azeda. Ele lambeu os lábios e sentiu o gosto de sua saliva e um pouco do gosto do leite. Aqueceu as mãos frias, colocando-as perto da barriga dela, e pegou um dos filhotes. O filhote se retorceu, incomodado, quando ele o puxou. Precisou usar as duas mãos, mas no fim conseguiu tirá-lo de uma das tetas. O cãozinho choramingou, embrenhou-se no meio de seus irmãos e achou outra teta. Romochka contorceu-se e chegou mais perto, enfiou o nariz gelado no pelo da cadela, sentindo sua pele pegajosa, e então finalmente o leite quente era seu. Sentiu o leite descer por sua garganta, saboroso, delicioso, derramando-se em seu estômago que doía de fome.

A ansiedade sumiu e uma sensação de bem-estar lentamente começou a tomar conta dele. Depois de algum tempo, suas mãos já estavam quentes e ele tocou a barriga úmida, acariciando a cadela com os dedos enquanto bebia, sentindo seus machucados e cicatrizes, deixando os dedos percorrerem as costelas macias. Ela soltou um suspiro e descansou a cabeça.

Romochka acordou em meio à escuridão sólida da noite. Ele nunca tinha visto escuridão total. Não havia luz alguma do lado de fora, atravessando as persianas; nem nuvens alaranjadas cintilando através da gaze das cortinas. Pôs a mão na frente do rosto: não conseguia ver seus dedos. Preenchia o espaço invisível ocupado por seu corpo e, embora nada nele houvesse mudado, ele se sentia maior naquela escuridão. Corpos quentinhos passavam por cima dele, aconchegavam-se ao seu redor. Agarrou um deles e aconchegou-o perto de seu peito. O filhote choramingou e se contorceu, tentando se esquivar, mas ele segurou com mais força e ele parou de chorar. As batidas rápidas do coração do cãozinho se acalmaram e ele sentiu seu bafo, um cheiro de leite e couro.

Sorriu no escuro. Se sua mãe entrasse ali agora, ela o encontraria bem-vestido, quentinho e com a barriga cheia. E queria que ela entrasse, só para ver que ele conseguia sobreviver sem ela, sem o Tio. A boca da cadela-mãe aproximou-se, enorme, de seu rosto. Os bigodes fizeram cócegas em seus lábios e ele sentiu o bafo quente. Ela o lambeu e ele sentiu o cheiro de sua saliva, que secou e endureceu em seu rosto. Os outros dois cães adultos deitaram seus corpos pesados ali naquele ninho, contra as costas dele. Adormeceu.

O frio o despertou. A luz penetrava no porão pelo chão arrebentado lá em cima, só o suficiente para que ele pudesse ver que os cães maiores não estavam mais ali e que os filhotes haviam se afastado dele para explorar o lugar. Movimentavam-se desajeitados perto do ninho, as caudas eretas, farejando o chão. Davam tapinhas uns nos outros, brincando, jogando-se no chão e grunhindo. Ele ficou sentado, aproximando ao máximo os joelhos do peito, vestido naquele monte de roupas. Agora sentia frio e fome e estava de mau humor. Não havia cobertores: a cama era composta por trapos úmidos que haviam endurecido, um monte de pelos, coisas sujas de terra e penas velhas. Não conseguia achar suas luvas. Olhou ao redor, rancoroso, e não quis levantar. Não havia nem sinal de alimento ali no porão.

Os filhotes, vendo que ele havia se levantado, foram cambaleantes até ele, chocando-se contra ele, puxando suas mangas e as pernas da calça. Pegou um deles do mesmo modo que havia pegado durante a noite, colocou-o à força dentro de seu casaco e o segurou lá dentro. Quando o filhote parou de reclamar, ele abriu a parte de cima do casaco e olhou para ele. Os olhos do filhote brilhavam ali naquele buraco escuro. O bichinho esticou-se e começou a lamber seu rosto com movimentos exagerados, lambidas que eram quase mordidas. Ele acariciou sua cabeça branca. E então percebeu que os outros três filhotes tinham parado de brincar e estavam sentados no ninho, pressionados contra seu corpo. Estavam olhando para a entrada do porão, os rabos balançado, expectantes.

A cadela-mãe entrou e os filhotes ficaram loucos, contorcendo-se, choramingando, pulando sem sair do lugar. E então começaram a correr ao redor dela, pulando para lamber-lhe a boca enquanto ela caminhava em direção ao ninho. O branquinho dentro de seu casaco contorceu-se com tanta força que ele não conseguiu segurá-lo.

Até mesmo Romochka percebeu que era hora do desjejum. Esticou as mãos na direção de sua *Mamochka*, contente.

Naquela primeira manhã, Romochka deu nomes aos cachorrinhos. Examinou-os, satisfeito. Marrom, preto, branco e cinza. Todos seus! E então, num outro dia, deu nomes para cada um deles. Depois esqueceu seus nomes, esqueceu-se que certa vez havia olhado para eles do mesmo modo que um menino olha para cachorrinhos. O hálito deles preenchia o ar ao seu redor, seus corpos o aqueciam e ele teve que lutar com eles por espaço para tomar leite. Sentia o peso deles contra seu corpo e suas línguas deixavam um rastro de leite em sua pele. Esticava as mãos e sentia bocas e barrigas mornas, a pele da nuca — corpos que se jogavam, lutavam entre si, línguas que se encontravam.

Só havia os três cães adultos na família. Seus corpos pesados e ossudos dominavam o esconderijo quando entravam. Sua Mamochka, cheia de leite, com sua boca limpa, forte, era a líder. Os outros dois eram seus filhos, já crescidos: ele adivinhou, observando a familiaridade e a sutil reverência.

Os dois cachorros grandes eram pesados o suficiente para empurrá-lo e também não eram muito cuidadosos com ele. Ele logo aprendeu que a tolerância dos cães já bastava para seus irmãos, e que também bastava para ele.

Seus irmãos de criação tinham cheiro de leite, mas os outros três cachorros maiores tinham saliva com cheiro forte e focinhos fedorentos, cada um uma experiência diferente, única. Carregavam consigo seu próprio odor nas línguas, suas assinaturas na urina fraca, nas patas, na pele e no ânus — e sua autoridade estava nos dentes, limpos e pontudos. Traziam saúde e destreza em seus beijos. Ele também se esgueirava entre os filhotes, que beijavam cada um dos cães quando retornavam ao esconderijo, e depois farejavam seus pescoços e ombros para saber o que poderiam ter feito, o que poderiam ter encontrado naquele dia. Ele, assim como os filhotes, achava irresistível o cheiro de suas bocas e seus corpos; mas não conseguia interpretar as histórias que traziam.

Mamochka era mais sabida que os outros dois. Seus dentes é que mandavam no esconderijo. Mamochka parava de lamber as crias, erguia a cabeça e as patas dianteiras e isso já bastava para pôr fim às brigas ou apaziguar os ânimos quando disputavam a comida. Silenciava as brigas entre o Cão Negro e a Cadela Dourada só com o olhar.

Mamochka sabia o que fazer quando precisava escolher entre o risco e o perigo, e sua sabedoria e experiência ficavam evidentes com as histórias recentes que trazia no focinho e nos ombros. Ela não testava tudo que a fascinava em busca de possibilidades, não seguia cada rastro já frio só para ver o que havia acontecido com alguém. Ela não rolava em todas as coisas maravilhosas que encontrava no chão. Usava apenas um único fedor estranho como cobertura ou disfarce. Mamochka se dirigia para onde achava que conseguiria comida e sabia muito bem que não se arriscaria demais para conseguir. Mamochka também conhecia os seres humanos e carregava as cicatrizes deixadas tanto pela afeição quanto pela brutalidade.

Os dois cães mais novos eram só saúde e ingenuidade, puro movimento. Estavam à mercê dos cheiros, dos caprichos. Era divertido cheirá-los, ficar com eles. Os filhotes ficavam saboreando as aventuras dos cães mais velhos até serem afastados. A Cadela Dourada tinha traços da coragem e da esperteza de Mamochka. Tinha uma cor amarelo-acinzentada mais escura que a cor de sua mãe, com uma máscara cor de creme, com bordas douradas e cinzas. O Cão Negro, seu irmão, era o maior de todos. O corpo era largo, musculoso, e a pelagem era espessa como a de sua mãe. Ficava visível devido a sua máscara clara, que flutuava na penumbra do esconderijo, e também pelo triângulo em seu peito, pela barriga e pernas mais claras. O Cão Negro vacilava entre a coragem e a covardia. Só era ousado até que o medo tomasse conta dele. E então ele se tornava violento ou tímido, ou então uma estranha mistura das duas coisas.

Durante algum tempo, Romochka foi, em grande parte, um quinto filhote, dependente dos outros para se alimentar e se proteger. Era empurrado, rechaçado, mordido e lambido. Levava broncas, era humilhado. Ele, por sua vez, tentava ao máximo agradar. Ficava cabisbaixo e submisso quando rosnavam para ele. Ficou algum tempo imitando tudo o que os filhotes faziam. Eles cresciam rápido e ele pensou que logo seriam superiores a ele em tudo. Praticou diversas vezes, imitando seus movimentos ágeis. Tentava ouvir o que eles ouviam e sentir o cheiro de Mamochka antes mesmo que ela aparecesse, como eles.

Mas ele tinha capacidade de fazer muitas coisas que eles não conseguiam: por exemplo, ele podia acariciar Mamochka enquanto bebia seu leite.

Ж

Durante várias semanas, Romochka continuou satisfeito. Era como se estivesse vivendo dentro de um sonho. Os bondosos animais se esfregavam nele ali na escuridão, até ele se tornar também um animal. O dia e a noite cintilavam, eram o pano de fundo de um ciclo muito mais urgente: frio e calor, fome e barriga cheia. O antigo mundo lá em cima desapareceu de sua mente, exceto quando lhe roubava os cães quentinhos quando eles saíam para procurar comida e quando os trazia de volta, com o pelo frio e molhado ou jubas cheias de gelo e neve. O mundo antigo agora se reduzia aos cheiros nos cães e às diversas comidas que eles traziam. Ratos, camundongos, patos, toupeiras e até mesmo, certa vez, um frango assado. Numa vez, todos voltaram trazendo pães. Em outra ocasião, com batatas cozidas e frias na boca. Romochka rapidamente passou a comer o que quer que lhe dessem, e ficava horas mastigando e chupando pequenos pedaços de carcaças e ossos. Mamochka cuidava dele com um carinho cativante. Ela sempre fazia questão que ele também ganhasse comida, junto com os quatro filhotes. Ela o lambia para limpá-lo, segurando-o no chão com uma pata. E ele deixava ela fazer o que quisesse — embora tivesse tamanho suficiente, e talvez força suficiente, para impedi-la — de tão feliz que se sentia por ser incluído. Quando Mamochka saía, ele dormia em meio à pilha de corpos quentinhos ou brincava com os filhotes, imitando seus grunhidos e ganidos.

A Cadela Dourada e o Cão Negro aceitavam sem objeção que também precisavam tomar conta de Romochka. Ele se lembrava de quando os rostos dos cães eram ainda desconhecidos e eles não tinham cheiro: lembrava-se dos olhos deles quando quiseram comê-lo. Agora estava maravilhado com a mudança. Pensou em como os cães o viam. Na maior parte do tempo, eles o tratavam como se fosse outro filhote. Cumprimentavam-no superficialmente quando entravam e depois o ignoravam; ralhavam com ele quando ele exagerava nas brincadeiras, rosnavam quando ele se aproximava e eles estavam comendo. Mas Romochka tinha algo que nenhum filhote podia aspirar ter. Ele podia ficar de pé e erguer os olhos e o rosto bem acima deles. À sua maneira canina, eles o amavam e cuidavam dele assim como teriam cuidado de qualquer outro filhote. Mas havia um prazer diferente e sutil, um prazer que eles também sentiam ao agradá-lo. A Cadela Dourada começou a ficar distante dele, observando, prestando atenção. O Cão Negro o farejava não só para cumprimentá-lo, mas com uma curiosidade constante.

Os filhotes eram uma fonte de calor e de prazeres físicos simples. Também eram divertidos, uma turba de quatro irmãos com quem brincar. No começo, ele não via muita diferença entre eles; mas como na penumbra conseguia enxergar melhor a cadela branquinha, ele a agarrava e a puxava para si com mais frequência do que os outros — seu elo com a Irmã Branca já tinha começado antes mesmo que ele a conhecesse melhor. Aconchegada contra seu corpo, noite após noite, a Irmã Branca se posicionava para melhor acomodar Romochka, para se ajustar não só a seu corpo, mas também a seu estado de espírito e a seus pensamentos.

A temperatura caía cada vez mais e os dias passaram a ficar mais curtos. Durante algum tempo, Romochka só usou algumas de suas roupas dentro da toca dos cães, já que os corpos dos filhotes emitiam muito calor, mas depois ele as vestiu novamente, uma por uma. Os filhotes brincavam dia e noite e só dormiam profundamente depois de mamar. Lentamente, os ciclos de sono de Romochka também mudaram.

Quando os adultos saíam para caçar, ele explorava o lugar, seguindo os filhotes enquanto farejavam tudo, de uma extremidade a outra do porão. Voltava correndo para o ninho com eles quando despertavam os ratos ou se assustavam com algum barulho vindo da rua. O porão era dividido por colunas de madeira que sustentavam a estrutura do andar de cima. Nos cantos havia pilhas de coisas esquecidas ou que foram jogadas fora — roupas mofadas, escombros de madeira, garrafas vazias. Numa das extremidades do porão, no chão, havia uma estátua com rosto sereno, emoldurada por uma barba pontuda de pedra, os dedos quebrados despontando das mangas largas de pedra. Era pesada demais para que Romochka conseguisse movê-la, e logo ele perdeu o interesse nela. Havia pedaços de coisas, destroços e madeira em quantidade suficiente para que ele construísse pequenos vãos e cercas que se cruzavam, com saídas secretas, as quais os filhotes precisavam descobrir para poder sair. Romochka construía labirintos.

Assim que os filhotes entenderam a brincadeira, ficaram cada vez mais ágeis e entusiasmados. Ele os guiava pelas barreiras que precisavam pular, através de túneis, atacando-os de maneira selvagem se cometessem algum erro. Os filhotes aprenderam rapidamente a observá-lo e a segui-lo sempre, a fazer o que ele fazia, a ficar alegres ao fazer o que ele sugeria. Depois, todos se deitavam juntos, mordendo-se, brincando, lutando no chão. E então se lambiam. E dormiam. Os cães mais velhos, toda vez que voltavam, viam o esconderijo totalmente diferente, algo que no começo os deixou assustados.

Durante o dia, ele era o líder dos filhotes. Em pouco tempo, sob seus gritos agudos e sua insistência, ele e os irmãos já caçavam ratos juntos, sem sucesso, mas com planos cada vez mais elaborados. Mas, à noite, ele era inútil, e os dias estavam ficando mais curtos.

Lembrava-se do apartamento frio e do cheiro de seu tio como se fossem um sonho ruim mas ainda assim tentador. Lembrava-se também de sua mãe; mas era uma memória de sonho, sem dor ou desconforto. As frases que ela dizia, seu cheiro de perfume e suor eram memórias fixas nas quais ele raramente tocava, tão distantes quanto as estrelas. Ele havia sonhado aquele mundo vagamente colorido e cheio de odores — e então finalmente despertara para morar ali, naquela escuridão de cheiros fortes, sentindo na pele pelos, garras, dentes.

Ж

Romochka tentava fazer os filhotes prestarem atenção na história que estava tentando contar. Já estava cansado de brincar do jeito deles, da mesmice, que era ficar à espreita, correr atrás, brigar rolando pelo chão, rosnar, arranhar e dormir. Rolou no ninho e expôs a barriga e todos subiram em cima dele. E então percebeu que não queria fazer mais nada. Pegou a Irmã Branca e a forçou a ficar sentada. Ela continuou no mesmo lugar onde ele a havia colocado, esperando, com um brilho nos olhos, a próxima ideia de Romochka, dando latidinhos de encorajamento. E então ele agarrou Irmã Negra e tentou forçá-la a fazer o mesmo, enquanto ela grunhia e se contorcia. Ela ergueu o pequeno lábio superior, expondo os dentes, tentando ao máximo parecer brava. Ele a segurou. E então, quando teve oportunidade, colocou o Irmão Cinza o máximo que conseguia entre seus joelhos e agarrou o Irmão Marrom pela pele da nuca. A Irmã Negra agora o mordia, inquieta, e ele precisou soltá-la. Ela grunhiu e tentou morder sua mão, mas mesmo assim sentou no chão e ficou olhando para ele, curiosa. Ele pegou um trapo e tentou aninhá-los, mas só a Irmã Branca deixou. Ficou segurando uma ponta do pano enquanto a Irmã Negra abocanhava a outra, puxando. O Irmão Cinza contorceu-se, saiu do meio de seus joelhos e agarrou outra parte do pano.

Romochka de repente gritou com todos eles. Soltou o Irmão Marrom, deu um tapa na Irmã Negra e no Irmão Cinza. O Irmão Cinza ganiu, a Irmã Negra rosnou. Os dois ficaram olhando para ele de um jeito estranho, e então ele agarrou de novo o cobertor. Romochka estava tão irritado que começou a chorar. Deu as costas para eles e bateu nas coxas, chamando a Irmã Branca para seu colo. Ela veio e ficou olhando para cima, para ele. Romochka ficou choramingando durante algum tempo, mas depois se recompôs. As coisas não estavam tão bem quanto ele queria, mas a Irmã Branca estava fazendo o possível para prestar atenção.

— Era uma vez — disse ele. Sentiu que os outros filhotes atrás dele pararam de repente ao ouvir o som das palavras. Ficou mais animado. Continuou: — Era uma vez quatro cachorrinhos. Cachorros bonzinhos, que sempre escovavam os dentes.

Deu uma risadinha. Ficou alguns instantes sem saber o que dizer em seguida. Continuou:

— Tinha o melhor de todos, o pior de todos, o mais bravo e o mais medroso.

Ficou satisfeito com o som das palavras caindo naquele espaço escuro, satisfeito com o quanto as palavras mudavam tudo. Mas, naquele mesmo instante, os filhotes atrás dele perderam todo o interesse. A Irmã Branca tentou prestar atenção, mas o Irmão Cinza saiu em disparada, com passos rápidos: havia encontrado algo vivo embaixo de uma viga. Irmão Marrom puxava as roupas de Romochka e Irmã Negra, com ar altivo, estava entretida com o cobertor. A Irmã Branca continuou parada durante mais alguns instantes, mas depois pulou para fora de seu colo e saiu andando.

— Cachorros burros! — gritou ele, mas as palavras já tinham perdido o poder.

Nevava cada vez mais e a neve acumulava no chão lá em cima, em vez de derreter. Desde que havia chegado na toca, semanas atrás, Romochka não teve interesse nenhum em sair dali, nem mesmo para ver o dia. Mas não gostava de fazer xixi ali dentro, por mais que os filhotes fizessem o tempo todo. Até ele conseguia perceber que seu xixi era mais fedido que o deles. Certa noite, escalou os escombros até o andar de cima, cheio de gelo, e fez xixi no canto mais distante da entrada. A Cadela Dourada ficou olhando para ele, preocupada, do local onde ficava de sentinela, mas logo se levantou para ir impedi-lo. Mamochka e o Cão Negro foram atrás e ficaram ao seu lado. Estava extremamente frio ali, no térreo da igreja em ruínas; e muito escuro, mas não de um jeito agradável. O toque do vento gelado era algo que Romochka desconhecia e ele ficou transtornado com o tamanho da escuridão que pairava sobre os terrenos baldios inabitados e as luzes da cidade. Voltou correndo para o buraco, com os cães atrás. E este se tornou seu ritual. Mamochka, consternada, várias vezes cheirava o ponto em que ele fazia xixi e depois o guiava, com mordidinhas, de volta para a toca. Ele percebia que seu xixi os deixava preocupados. O cocô, Mamochka comia. No começo ele achava isso estranho, mas ela comia o seu cocô e o dos filhotes, e logo ele deixou de ligar.

Sabia quando os cães estavam satisfeitos com ele. Conseguia sentir e ver no modo como usavam seus corpos. O modo alegre como se contorciam e o sorriso do rabo balançando eram uma expressão imediatamente compreensível de alegria. Os suspiros de satisfação de Mamochka quando estava na cama também o deixavam cheio de felicidade. Sabia quando algum deles estava chateado, porque levava mordidas. Descobriu a linguagem dos dentes: o tom amigável do gesto que deixava os dentes baixos e inofensivos, e depois todas as gradações, desde a ameaça com os dentes à mostra, a ameaça com o lábio sobre os dentes, quando os dentes eram irrelevantes, ou só eram usados para brincar. Percebeu que havia rapidamente se adaptado a um mundo habitado por dentes sérios ou brincalhões, que interpretava facilmente os corpos ao redor com seus olhos, dedos, nariz e língua.

Tudo era ritual. Começou a imitar os cumprimentos nos quais toda a terrível ausência era apaziguada. Também deixava o corpo alegre, a cabeça baixa, a boca pequena; dava pequenos ganidos de alegria e lambia o canto das bocas dos cães mais velhos quando eles entravam. O cumprimento também era o momento de todas as confissões. O corpo alegre ou contrito, puro de espírito ou cheio de culpa, à espera da punição. Os cães se confessavam abertamente uns para os outros no primeiro encontro, cabisbaixos, o rosto virado, e então rolavam e ficavam de barriga para cima, à espera da punição que os aguardava. A postura humilde costumava bastar. Se os filhotes tivessem passado dos limites, ou comido os ossos da Cadela Dourada, ou rasgado a cama e espalhado os panos, eles se entregavam assim que um adulto entrasse. Romochka não conseguia fazer o mesmo. Ele mentia, demonstrava alegria com o corpo, e tanto Cão Negro quanto Cadela Dourada ficavam perturbados, confusos. Passaram a mordê-lo cada vez menos. Mamochka ainda o punia, fazendo-o rolar no chão e ficar de barriga para cima quando descobria seu cheiro fora do esconderijo ou no ninho destruído.

Certa noite, a neve não parava de cair. E então, quando o dia tardio finalmente surgiu, tudo estava diferente, silencioso. A luz dentro do esconderijo havia ficado mais fraca: as partes do andar de cima que antes ficavam expostas ao céu estavam cobertas. Romochka sentiu um dos cães maiores bem próximo. Era o Cão Negro, os olhos brilhando, balançando a cauda. Romochka entendeu, lançou um pequeno latido e o seguiu. O Cão Negro o levou para o lado de fora e Romochka ficou piscando, desacostumado com a luz. Fazia mais de um mês que ele não saía à luz do dia. O sol tinha um brilho fraco, um prato branco no céu despojado e cinzento. A terra estava toda coberta de branco. O Cão Negro resplandecia na neve. As sobrancelhas e a máscara cor de creme reluziam de um jeito incomum. Sua comprida pelagem de inverno parecia um cachecol sobre seu pescoço e ombros. Ele observava Romochka com olhos brilhantes; também estava animado. Lambeu o rosto de Romochka e foi saltitante até a porta da igreja. Romochka foi escorregando atrás dele, os pés envoltos em meias fazendo barulho ao pisar na neve que parecia pó. O Cão Negro urinou na porta quebrada e então levou Romochka para fora do prédio. As macieiras estavam todas delineadas de branco, os pequenos galhos, iluminados. Cada graveto, grama caída e viga quebrada no pátio tinha seu manto de neve. Cão Negro levou Romochka para o portão e, pela primeira vez, para fora.

Tudo estava diferente. As árvores formavam uma renda branca sobre ondulações alvas e sombreadas. Romochka olhou para trás, para a cidade. As fileiras dos prédios de apartamento também haviam mudado. As fachadas agora tinham ornamentos geométricos desenhados pela neve sobre milhares de balaustradas e parapeitos. Ele não se lembrava se já havia notado antes o quanto a neve era bonita.

Cão Negro deu um latidinho e Romochka virou e ficou olhando enquanto ele urinava na coluna do portão. Depois saiu para a rua, urinou numa esquina mais distante do muro, e depois urinou no prédio seguinte, uma construção de concreto com três andares, tão inacabada que cada um dos andares estava tomado pela neve que caía suavemente. E então Romochka marcou com cuidado os mesmos lugares que Cão Negro havia marcado, segurando o xixi para ter o suficiente. Cão Negro verificou o rastro de ambos e ficou satisfeito. Voltou para dentro, trotando, virando o corpo na entrada do esconderijo para olhar para Romochka, balançando o rabo. Agora, sem mordidas, apenas informações de um jeito amigável. Que gentil! Romochka ficou encantado. Procurou por Cão Negro na cama quando todos se aconchegaram e, hesitante, ofereceu-se para deitar perto dele. Cão Negro esticou o corpo, convidando-o, e, quando Romochka colocou os braços em volta da pelagem espessa do pescoço e enterrou o rosto naquela juba de cão macho, Cão Negro soltou um suspiro e lambeu o rosto do menino, pela primeira vez com verdadeira ternura.

Depois disso, Romochka urinava cuidadosamente nos locais marcados; e todos os cães, ele sabia, depois iriam cheirar e saber que ele estava fazendo sua parte.

O inverno ficou mais intenso. Romochka subia até a escuridão congelada lá fora só para urinar. A interminável penumbra o deixava irritado. A luz no esconderijo era quase um vácuo interminável. Ele acordava cheio de energia, pronto para brincar, e descobria que seus olhos se abriam para uma escuridão infinita que nunca cessava. A luz do dia, quando entrava, só fazia um brilho débil perto do buraco da entrada. No começo ele ficava no ninho, de mau humor, tremendo, aguardando a luz tímida do dia, cada vez mais irritado.

Na escuridão daquele seu primeiro pleno inverno, ele percebia que Irmã Branca estava a seu alcance sempre que ele achava que a queria, antes mesmo de esticar o braço para pegar nela. Ela vinha até ele de tempos em tempos, simplesmente para lhe fazer companhia, e ele descobriu que as pontas de seus dedos a conheciam melhor do que os outros.

Ouvia os outros filhotes brincarem no esconderijo sem ele. Ficava esperando a luz entrar ou os cães adultos voltarem para casa, ou então que os filhotes se cansassem e viessem brincar com ele um pouco também, ou dormir com ele. Mas os filhotes logo perceberam que ele não conseguia enxergá-los e passaram a ter outras brincadeiras. Ele era atacado do nada, arranhado; pulavam nele, brincavam de briga, beijavam-no, lambiam-no. Deixou de ficar amuado e passou a tentar ouvir o que diziam. Conseguia ouvir onde estavam naquele amplo espaço. Percebia que eles se entregavam com os sons que faziam ao se aproximar. No começo, só conseguia saber quem era quem quando todos subiam em cima dele. Sabia que era o Irmão Cinza que estava subindo nele porque ele investia e se esquivava com destreza. Irmã Negra tinha a mordida mais forte. Irmão Marrom era desajeitado e não se decidia, não sabia que parte dele queria morder, e resfolegava muito enquanto pensava no que fazer; e Irmã Branca tinha um porte diferente, era a mais leve.

E então ele descobriu que sabia várias coisas, coisas que já sabia antes, mas não havia percebido. Cada um deles tinha um gosto e um cheiro diferentes. Os meninos tinham um odor forte e almiscarado. Irmã Branca e Irmã Negra tinham um odor acre, para ele, feminino — tinham algo em comum com Mamochka e a Irmã Dourada. Cada um deles atacava e corria de jeito diferente. Irmão Marrom deslizava pelo chão quando mudava de direção ao correr, agarrando-se aos pedregulhos, arfando ruidosamente de tanta animação. Romochka descobriu que sabia quando os outros estavam correndo atrás do Irmão Marrom ou quando ele é que estava correndo atrás dos outros. Começou a perceber o medo ou a ausência de medo na respiração excitada. Sabia reconhecer a Irmã Branca assim que colocava as mãos nela ou que ela colocava as patas sobre ele. Também a reconhecia no escuro: ela conseguia ficar totalmente imóvel quando estava caçando os outros, e ele descobriu que conseguia adivinhar quando ela estava perto dele, rondando, prestes a atacá-lo, ao sentir a sólida ausência de movimento entre as correntes e contracorrentes na escuridão à sua frente.

Sentia-se mais aquecido e ficou de bom humor. Ficava sentado no ninho, virando o pescoço de um lado para o outro, tentando captar os sons, sincronizar sua defesa com os ataques deles. Às vezes dava risadinhas de tanta ansiedade e animação; e então tentava controlar a respiração para que conseguisse ouvir tudo. E aí acontecia: a confusão de cães lutando e rolando quando um filhote após o outro caía sobre ele, e ele ria, levava sustos, tentava jogar um para o lado, morder outro, segurar outro no chão e prender o quarto entre os joelhos. Logo aprendeu a não deixar expostos a barriga ou o pescoço. Fez buracos em seu gorro de lã para poder ouvir melhor e o puxava sobre a cabeça e o pescoço, para se proteger. Mas sempre acabava machucado, e Mamochka lambia suas feridas todas as vezes que se deitava para tomar conta de todos eles.

Romochka descobriu que se sentia maior e mais ágil no escuro. O impacto de sua pata parecia ter a força de quatro cães. Na escuridão, seu senso de si mesmo ficava mais fluido. Seus dentes ficavam maiores, sua mordida era letal. Toda a fraqueza desaparecia.

Depois de um tempo, passou a sair do ninho, tateando o chão e as paredes. Encontrava os velhos ossos, escombros e vigas ásperas de madeira em seu caminho, onde sempre estiveram, antes que tudo ali tivesse perdido forma e calor. As coisas estavam mais ou menos no mesmo lugar onde ele as havia deixado, mas na escuridão tudo era novo, diferente, gelado ao toque. Parou de mudar as coisas de lugar. Concentrou-se apenas em memorizar cada elemento da toca. Corria cuidadosamente no escuro, a pele arrepiada ao antecipar as consequências de um possível engano, correndo com as mãos esticadas para sentir as vigas resvalando em seus dedos, e depois correndo na direção da parede, onde não deveria haver coisas em seu caminho. Depois de algum tempo, já era capaz de correr e pular obstáculos no escuro. Conseguia correr perto da parede com os dedos tocando os tijolos congelados, sempre que era perseguido ou perseguia os outros. Os filhotes se adaptaram às novas brincadeiras, correndo uns atrás dos outros, e também atrás dele.

Quando ficavam cansados, caíam todos prostrados e juntos no ninho e ficavam se lambendo lentamente até dormir. Ele tirava o gorro e se deixava lamber. Os cinco se lambiam no rosto ao mesmo tempo. Depois, quando o Cão Negro voltava para casa, ele levava Romochka, nunca os outros filhotes, para fora do esconderijo: atravessava com ele o pátio e iam até a rua escura. Depois do silêncio na toca coberta por neve, aquele mundo parcialmente esquecido era perturbador. O frio atingia com força seu rosto e suas mãos, o que fazia Romochka ficar cambaleante e andar mais rápido. Sua visão estava tão pura, tão límpida, que via as fogueiras à distância brilhando com grande intensidade. Os menores detalhes brilhantes da cidade ardiam em sua vista. A neve caía numa nuvem de tom laranja escuro; a nuvem lá em cima se espalhava feito um campo de neve alaranjado, num tom ainda mais escuro. Voltava para a toca com luzes pulsando sem parar em seu campo de visão.

Redescobria o Cão Negro todas as vezes como alguém que ele tivesse visto: alguém com olhos brilhantes, úmidos, gentis. O Cão Negro foi o único cão que ele de fato viu durante todo o inverno. Romochka ficava de pé perto do Cão Negro como um menino fica perto de seu cão, e acariciava Cão Negro, mesmo na escuridão, com as mãos, não com a língua.

Sentia-se extremamente animado toda vez que acontecia aquele ritual ao despertar. Sempre que os adultos retornavam, ele sentia grande alegria — tanto por eles quanto por todas aquelas coisas que traziam consigo. Toda refeição era uma gentil luta para conseguir um pouco mais, até que sua barriga ficasse cheia e redonda. Toda vez que dormia, experimentava uma paz profunda. Era obediente e sentia alegria em fazer tudo que os adultos lhe pediam. Ficava encantado com a afeição que tinham por ele, com a cuidadosa atenção que dispensavam a seu xixi, a seu cocô e à sua higiene. Tomava cuidado ao mostrar boas maneiras quando tinha ossos e comida, e também em manter o respeito ao defender bravamente a sua parte. Com seus irmãos e irmãs, ele era autoritário, imaginativo, brincalhão, mas também solícito. Podia passar longas e felizes horas acariciando e lambendo aqueles corpos relaxados e extremamente satisfeitos. Davam-lhe beijos ao acaso e o farejavam inquisitivamente, para saber se ele estava bem. Corriam para ele se algo os assustasse; e então, encorajados por sua presença, ficavam eriçados e rosnavam.

Só faltava sopa quente de carne para que tudo fosse perfeito.

Romochka ficou assustado quando viu um grande vulto pálido movimentando-se na escuridão, perto do buraco cinzento da entrada, e percebeu que a Irmã Branca havia crescido e se tornado uma jovem cadela.

A época mais rigorosa do inverno já havia passado e o dia começava a retornar aos poucos, primeiro com luz fraca, depois mais forte, com maior duração. Com a volta da luz, os novos rostos e formas dos cães voltaram a ser familiares, e ele percebeu, pela primeira vez, que a Cadela Dourada o tocava menos que os outros, e que ela foi a que menos teve contato com ele durante aquele longo inverno às cegas.

A Cadela Dourada o tratava com a distância e a tolerância reservada a todos os filhotes, mas nas ocasiões em que ela dava aos filhotes seu desprezo, ela reservava certa atenção para Romochka. Ela não fazia nada com ele. Só ficava sentada sobre as patas traseiras, quieta e serena, farejando os cheiros da entrada, observando-o. Não havia nada hostil em seu olhar, mas nada mais se manifestava. Com o tempo, esse olhar se tornou menos introspectivo e mais entusiasmado. Ela mexia as orelhas na direção dos sons que ele fazia, das brincadeiras que tinha com os filhotes, mas não saía de seu local de vigia. Ele só se aproximava dela se os filhotes fossem rolando para seu lado, mas mesmo assim ela não fazia nada para puni-lo. Ele se acostumou com a sensação de ser observado por ela, de ver seus olhos brilhantes na fina camada da luz do dia. Esse olhar era o maior contato que tinha com ela. Várias vezes ela era a última a deitar no ninho, então ficava mais para fora quando ele estava no centro, em posição fetal, meio adormecido, com os quatro cães mais novos e Mamochka.

Romochka gostava de saber que a Cadela Dourada o vigiava. Sabia que ela gostava dele. Não suspeitava que ela estivesse confusa, então fazia de tudo para conseguir o que os filhotes de vez em quando conseguiam — lambidas afetuosas. Não o banho que Mamochka dava, mas sem dúvida um beijo de aprovação, e, às vezes, um convite para aprender algo quando ela trazia um rato vivo ou uma toupeira para dentro da toca. Ficou imaginando se algum dia também poderia sentir nela a satisfação por seu aprendizado. Mas sempre que ele pulava para demonstrar suas habilidades, ela sentava e só ficava olhando para ele: com interesse, mas sem participar ou encorajar, assim como se observasse do buraco da entrada.

No fim do inverno, com os corpos maiores dos filhotes confinando Romochka enquanto dormiam, testando suas forças com brincadeiras cheias de energia, surgiu certa animosidade entre os cinco irmãos. Houve uma semana em que Romochka sentiu que todos continuavam igualmente brincalhões, mas um pouco diferentes uns dos outros. Na manhã seguinte, um deles já não brincava mais. Irmã Negra, que antes era divertida, agora era a mais irritadiça, a que tinha dentes mais afiados; antes era a mais esperta, e agora passou a ser feroz, zangada. Sempre estragava as brincadeiras e Romochka ficava irritado. Enquanto o ar mais ameno penetrava pela neve, a toca se tornava um lugar de explosões inesperadas, lutas sem sentido.

Quando os cães adultos saíam, não havia mais ninguém ali para vigiar as brigas ou apaziguar os ânimos. Todos brincavam de atacar Irmã Negra ao mesmo tempo, mas ela mordia Romochka com força, e muitas vezes deixava Irmã Branca submissa, rosnando e mordendo até que a cadela mais leve ficasse no chão, expondo o pescoço e a barriga. Ela ignorava ou repreendia seus irmãos e passava longos períodos sozinha no ninho. Ao mesmo tempo, o Irmão Cinza passou a provocar a ira dos adultos cada vez mais. Tentava diversas vezes segui-los quando saíam, ou fugir sem chamar a atenção dos outros que brincavam. Se Romochka fizesse um labirinto para ele, ele o destruía deliberadamente ou subia em cima das pedras. Às vezes, ele subia na estátua e latia, convidando Romochka e os outros a virem atrás dele, e então se recusava a persegui-los, optando sempre por ser a presa. Romochka dava início a brincadeiras com Irmão Cinza mas elas logo acabavam, já que Irmão Cinza decidia vê-lo como o caçador, e ficava só provocando, mantendo-se fora de seu alcance. Romochka não conseguia pegá-lo e ficava irritado demais para caçá-lo junto com os outros.

Eram como prisioneiros naquela toca. O ar a cada dia se tornava deliciosamente mais quente, mas a atmosfera começou a ficar abafada e úmida. Tudo ficou úmido. Romochka sentia escoriações horríveis na pele deixadas por suas roupas, mas ele congelaria se as tirasse. Os ferimentos sobre suas costelas e coxas ficavam maiores e mais doloridos a cada dia que passava. Poças começaram a surgir no chão do porão e em pouco tempo o ninho era a única parte da toca que não estava coberta por pedaços de gelo e neve encharcada. À noite, tudo o que Romochka ouvia eram as goteiras e o som de pedaços de gelo deslizando e caindo. E, então, certo dia, a luz da primavera penetrou ali e atraiu todos para fora.

Romochka arrastou-se pelo buraco da entrada, retorcendo-se na direção do sol. Olhou para cima e viu o azul. Um carro passou por eles na rua encharcada e o barulho do motor era alto; sentiu os ouvidos doerem com o som áspero. O céu era uma colcha de retalhos feita de nuvens de chuva. Os filhotes o seguiram, saindo do prédio abandonado. Agora estavam grandes, compridos, magrinhos! Os cinco começaram a correr por entre a neve acumulada, esquecendo-se de todas as preocupações. Lá fora, a neve cinza ainda cobria tudo, mas já estava mole, achatada. E então choveu, e a chuva era uma cortina branca contra a luz do sol. Romochka ficou de pé normalmente, não de quatro, e dançou, com a boca aberta. Aquela água sussurrante, que caía na neve, parecia-lhe algo que tivesse visto em seus sonhos.

No mês seguinte, toda aquela montanha de neve começou a cair, a encolher e desaparecer, deixando em seu lugar um gelo sujo e enegrecido e a lama da primavera. O tom cinzento pesado e o azul esfumaçado do inverno tinham desaparecido. A terra estava negra, grisalha com as plantas mortas. A grama queimada pela neve estava morta mas, acima dela, os galhos das árvores tinham uma penugem esverdeada que ia até as pontas. Até mesmo as árvores do pátio tinham botões de flor avermelhados em alguns galhos. Enormes poças refletiam o verde, trazendo a cor para o chão antes do tempo. O terreno visto da rua era uma imensa área feita desses olhos verdes e azuis no asfalto rachado. Romochka ficou parado na rua vazia em frente à sua toca e levantou as mãos para o céu branco da primavera, apontando os dedos da mesma maneira que as primeiras folhas brotam dos botões. Assim como havia dançado na chuva, sobre a neve cinzenta, ele agora dançava na lama. Os quatro cães mais jovens faziam grandes rastros enlameados ao seu redor, com as línguas para a fora, as cabeças erguidas, as orelhas para trás. E então um carro veio deslizando pela rua, as rodas patinando na lama, e todos foram correndo para o prédio em ruínas, brincando de estar com medo.

Os cachorrinhos tinham muito a aprender e Romochka também tinha muito a aprender com eles. Tinham permissão para brincar no andar superior da igreja abandonada e, depois, aos poucos, ganharam permissão para brincar na grama, embaixo das árvores. Para ir até o pátio do terreno baldio, do outro lado da rua, precisavam estar acompanhados pelos adultos. Iam todos os dias, e às vezes à noite, evitando os horários da manhã e do fim do dia, quando havia pessoas e carros na rua. Logo aprenderam a farejar o rastro uns dos outros pela área ampla e enlameada do terreno. Mas não podiam seguir Mamochka, Cão Negro e Cadela Dourada para além do campo vazio nem descer pela trilha que passava pelo terreno baldio e pelo mato comprido. Se Romochka tentasse, eles rosnavam. Se tentasse de novo, eles o advertiam, e, se ele insistisse, Mamochka o mordia com tanta força que ele gritava. Agora ela era a única que o repreendia com os dentes.

O Cão Negro demarcou mais ou menos metade do terreno como território onde eles podiam brincar. Cada vez que acordavam, os quatro saíam do prédio, fingiam farejar o ar como os adultos faziam, e então seguiam o rastro dos mais velhos até o lado de fora do terreno. Ficavam trotando ao redor dos marcadores do Cão Negro, examinando-os de maneira pensativa, e depois se jogavam nas brincadeiras com grande abandono, brincando dentro dos limites daquela cerca invisível. Romochka trotava com eles mas não conseguia sentir o que eles sentiam. Precisava observar as reações deles às mensagens demarcadas e interpretar as novidades a partir delas. Descobriu que sabia imediatamente se estavam sentindo o cheiro de um estranho ou de alguém da família.

Cadela Dourada ou Mamochka ficavam deitadas em algum lugar um pouco mais distante, nos escombros ao redor. Romochka só as via ficarem de pé e caminharem na direção dos filhotes se ele ou um dos filhotes saísse daquela fronteira, ou se um cachorro estranho se aproximasse do terreno. Quando Cão Negro cuidava deles, ele também brincava, na maioria das vezes. Cão Negro ensinou todos a caçar insetos, atividade de infância que ele ainda não havia superado: a feliz vitória de derrotar um gafanhoto, o respeito que deviam demonstrar pelas abelhas.

Brincavam à luz do dia, ao anoitecer, à luz da lua, das estrelas, das nuvens. Na chuva e na névoa. Nas horas iluminadas, na penumbra e nas horas da escuridão, quando os cães pareciam maiores e mais fortes e seus olhos brilhavam nos rostos delineados.

A pele ferida de Romochka infeccionou e ele precisou tirar todas as roupas que o incomodavam para que Mamochka lambesse o pus e as casquinhas perto de suas axilas e na parte interna de suas coxas. Com o tempo, sentiu o corpo se acostumar à umidade. As partes ásperas de sua pele ficaram mais grossas e ele passou a dormir seminu com os cães para se secar e para que lambessem seus novos ferimentos. Começou a separar suas muitas roupas e a pendurá-las em pedaços de madeira, assim como sua antiga mãe pendurava suas roupas úmidas nos canos da calefação do apartamento. E então passou a vestir a Irmã Branca e o Irmão Cinza com suas roupas quando iam dormir, rindo deles, do quanto ficavam parecidos com ele. Suas roupas mais finas secavam direitinho nos cães grandes e quentes. Logo ele já estava vestindo todos os seus irmãos, todas as noites. E começou a usar o mínimo de roupas possível.

O mundo diurno acima do esconderijo não era o mesmo que ele havia deixado para trás, no outono. Ele percebeu, de início surpreso, que carros, casas, lojas, pessoas e comida feita em casa (mesmo quando tais coisas eram vistas, farejadas ou evitadas) agora eram algo do passado, até mesmo sem importância. Eram elementos ignorados quando olhos, orelhas e narizes buscavam movimento, o movimento real e interessante no meio da grama ou nos terrenos baldios, que tanto poderia ser sinal de perigo quanto de comida. Havia tanto a aprender naquele novo mundo que logo ele se esqueceu de tudo que não fazia parte dele. Aquele novo mundo tinha leis imutáveis. Era dividido em dois reinos: o do perigo e o da segurança; tinha inimigos distintos e seus próprios demônios.

Aprendeu, acima de tudo, a observar os cães, e aprendeu que cães desconhecidos eram maus, sem exceção. Era preciso tratá-los com deferência e hostilidade. Qualquer invasão de território era deliberada e hostil, e deveria ser abordada com uma agressão contida, ou então com a desistência. Aprendeu que os mais perigosos eram os cães solitários, que não faziam parte de um clã. Eles já tinham sido cães de alguém, assim como Mamochka, mas agora eram párias, imprevisíveis. Aprendeu que o terreno era de sua família e que seus caminhos estavam fechados aos cães desconhecidos, mas que, fora dele, muitos outros clãs iam e vinham — trilhas e rastros abertos. Aprendeu que o esconderijo era secreto, que sempre deviam seguir um padrão ao entrar e sair. Aprendeu sobre caça. Notou que o que quer que um jovem cão conseguisse capturar era seu, de mais ninguém, mas que qualquer coisa que um cão adulto pegasse era de todos.

Não fosse pela Cadela Dourada, Romochka teria se sentido bastante confiante, já que seu conhecimento aumentava aos poucos. Ele desejava, acima de tudo, a aprovação dela. Queria que ela parasse de observá-lo tão intensamente. Esperava que ela o dominasse e o ensinasse a caçar ratos. Mas ele nunca conseguia da Cadela Dourada aquela lambida afetuosa e gratuita destinada aos filhotes, nem que ela ralhasse com ele como ralhava com os cães mais jovens. Houve um dia terrível, no auge do inverno, em que ele estava tão feliz que foi correndo até ela. Pulou e colocou os braços ao redor de seu corpo musculoso enquanto ela guardava o território em que eles brincavam. Sentiu o corpo dela ficar mais rijo e, depois, viu que ela silenciosamente adotava uma postura de respeitosa submissão. Colocou as orelhas para trás, com olhar suave, e lambeu o próprio nariz diversas vezes. E então, lentamente, deixou-se cair de seus braços até o chão. Rolou e exibiu a garganta para ele.

Romochka ficou horrorizado com aquilo e extremamente magoado. Ela havia dito a ele algo terrível e não havia como voltar atrás; algo que deixava tudo diferente.

Logo a Cadela Dourada passou a se retorcer de alegria sempre que o via e a lamber suas mãos e sua boca ao cumprimentá-lo. Ela sempre ficava olhando para ele com aquele mesmo ar ansioso, interessado. Romochka, por sua vez, não conseguia parar de pensar que, para ela, ele não era um cachorro. Também não era um cachorro para Cão Negro, mas o clima entre ele e Cão Negro parecia tranquilo como de costume. Percebia que Cadela Dourada esperava algo dele, algo que ele não compreendia.

Certo dia, Mamochka, Cão Negro e Cadela Dourada levaram todos juntos para fora, para o local das brincadeiras, e depois até o outro lado do terreno baldio. A luz do sol preenchia o mundo e o terreno brilhava com dentes-de-leão amarelos. Os cachorros novinhos tremiam de tanta excitação. Na outra extremidade do terreno, todos passaram pelo buraco na grade e então se agruparam de um lado. E ficaram ali, farejando tudo. Romochka se lembrava daquele lugar, mas agora ele parecia totalmente diferente. Ficou saboreando a lembrança, curioso. Naquela época, ele era um menino com uma mãe e um tio desaparecidos, seguindo uma cadela que não conhecia. Lembrou-se do quanto estava com fome e com frio. O quanto o caminho que seguiam era desconhecido. Agora o terreno baldio era a antessala do seu lar, redolente de cheiros conhecidos, um lugar de total segurança, até mesmo tédio. Agora ele era um cachorro. Sua mãe também. Seus irmãos e irmãs eram cachorros. Ficou observando com atenção enquanto os cães mais jovens farejavam tudo, respirando fundo, as caudas eretas e pensativas. O que é que estavam conseguindo identificar? Ele tentou fazer o mesmo, mas só conseguia sentir cheiro de xixi.

Aquele foi o primeiro ponto de encontro. Só algum tempo depois foi que ele percebeu que ali eles podiam saber quando e para onde cada um havia saído para caçar, quem havia voltado e o que haviam conseguido, se é que haviam conseguido alguma coisa. Ali podiam sentir se era seguro aproximar-se do esconderijo, e ali desconhecidos também deixavam mensagens: num ponto um pouco mais distante, se fossem neutros; e bem em cima do ponto de encontro, se fossem agressivos.

Ж

A montanha de lixo erguia-se, escura e atarracada, acima de uma floresta de bétulas, larícios, abetos, pinheiros e amieiros que se estendia desde o lado mais distante da montanha até o horizonte. O velho cemitério abraçava a base da montanha de um lado e ficava quase invisível sob a cobertura de árvores. Mal se conseguia ver a parede de blocos de concreto que havia entre o cemitério e o invasivo declive da montanha: se vista das construções abandonadas, parecia uma linha branca e fina. Atrás do cemitério havia a rua principal, e do outro lado ela era ladeada por prédios de apartamentos, ainda mais distantes. O cemitério se estendia até chegar a uma distância de cem metros da igreja em ruínas, o lar dos cães. E tudo o que havia entre os dois era mato alto e um brejo.

À beira da montanha, o terreno baldio terminava na margem de um rio, uma pequena bacia tomada pelo lixo. Não dava para saber se a água de fato saía dali e ia para algum riacho mais limpo. Era uma descida natural que ia serpenteando, circundando um dos lados daquela montanha arcaica, que crescia cada vez mais. Na primavera, aquilo era uma poça traiçoeira e encharcada, difícil de atravessar, bastante funda em determinados pontos. No verão, o rio de lixo parecia mover-se em seu leito, deslizando imperceptivelmente. Um balde que fosse visto em uma das inclinações ao leste da montanha poderia, depois de duas semanas, ser visto no centro da curva mais ao sul. Não havia um curso específico naquele leito mutante de resíduos e escombros.

Na primavera, no verão e no outono, um fluxo invisível e impetuoso, uma corrente poderosa de podridão química, fluía da montanha e penetrava nos mínimos lugares, para depois se dissipar no ar, em volta dos prédios de apartamentos, deixando um suave éster, quase doce, que persistia até mesmo no subsolo, na estação de metrô mais à frente. A floresta era uma produção em massa de flores, ninhos, frutas, sementes, frutos silvestres e cogumelos; a terra passava de pantanosa a verde, com relva abundante, dourada, cheia de lebres, toupeiras e um sem número de outras criaturas – e tudo isso como se a montanha não exercesse o menor efeito. Os cães e pessoas que moravam ali aceitavam o farol de sinalização que era aquela montanha. Ela era uma bússola permanente.

Na vez seguinte em que saíram de casa, os cães foram direto para o ponto de encontro e depois um pouco mais além. Mamochka levou Romochka e, para desgosto do último, também o Irmão Marrom, que era o mais desajeitado. Cão Negro levou Irmã Branca, Cadela Dourada levou Irmão Cinza e Irmã Negra, e todos se separaram, para caçar no mundo distante. Mamochka, Romochka e Irmão Marrom atravessaram em fila o terreno baldio, e então foram se desviando, da melhor maneira que podiam, do rio de lixo, dirigindo-se para os ares tóxicos da montanha, com seus ruídos e roncos de maquinário pesado, seu mau-cheiro. Assim que atravessaram a montanha, começaram a ficar mais alertas a outros cães e pessoas, e a desempenhar os rituais das trilhas abertas, cada vez que encontravam um cão.

Pela primeira vez em meses, Romochka estava perto de gente. Homens e mulheres vasculhavam a montanha, cabisbaixos, mexendo no lixo com gravetos e enxadas improvisadas. Crianças pequenas também vasculhavam ou ficavam montadas nas costas de seus pais. Não perceberam sua presença. Mamochka guiava Romochka e Irmão Marrom em círculos amplos para evitar as pessoas, e ele imaginou que provavelmente havia territórios fechados ao redor das pessoas também. Dava para perceber que Mamochka achava aquelas pessoas perigosas. Ele se lembrou que eram estranhos, que ele nunca deveria falar com eles. Suas duas mães haviam lhe ensinado a mesma coisa.

Mamochka contornou a montanha e foi na direção da floresta de bétulas e do pequeno vilarejo de barracos, num declive mais à frente. Romochka quase dançava de tanta animação e expectativa. A cauda do Irmão Marrom estava ereta, parecia um penacho na brisa e, de vez em quando, ele latia só por latir. Mamochka caminhava, determinada, em silêncio, e eles seguiam, de vez em quando saindo em disparada e brincando de brigar.

Mais à frente, quatro homens maltrapilhos gritavam, chutavam e batiam com pedaços de pau em algo a seus pés. A coisa grunhia e engasgava, erguia-se com dificuldade e se debatia no chão. Romochka imaginou que fosse algum animal grande que iriam comer depois, ou algum bicho que talvez os tivesse atacado. Mas então os homens de repente viraram e foram embora, e ele viu que era outro homem igual a eles, deitado no lixo, gemendo. Quando passou por ali, sentiu um cheiro que o lembrou do Tio. Apertou o passo. Mamochka os ignorou.

Muitos cães vadiavam pela pequena vila de barracos. Alguns estavam presos a cordas, obrigados a ficar de guarda no barraco de seus donos. Outros eram amistosos com as pessoas, mas não eram exatamente bichos de estimação: eram vira-latas que haviam descoberto o mundo das pessoas bondosas, cães famintos por calor e afeição recíprocos. Esses cães continuavam a ser livres. As pessoas que amavam eram generosas com eles, sentiam-se lisonjeadas com a afeição dos cães, mas não havia uma relação de posse. Seus caminhos poderiam se afastar tão inexplicavelmente quanto haviam se encontrado. Os cães que se esgueiravam à distância eram vira-latas assustados, cachorros doentes, aleijados, que se aproximavam na esperança de que pudessem pegar restos de comida. E havia outros como Mamochka e Irmão Marrom: cães selvagens, que pertenciam a clãs. Todos se conheciam e sabiam quem era de um clã forte ou de um clã fraco, e se deveriam se apresentar com um ritual de respeito ou agressão. Os cães de estimação e os dos clãs eram os únicos residentes semipermanentes. Os outros iam e vinham.

A área do vilarejo e da floresta adjacente era formada basicamente por trilhas abertas. Nenhum clã poderia fechar aquele lugar com seus rastros: era um local bom demais para achar comida e também muito pouco seguro. Homens uniformizados surgiam de vez em quando, de repente, demolindo tudo; prendiam ou roubavam as pessoas e matavam os cães; e então, depois de um ou dois dias, o vilarejo já estava novamente de pé.

Naquela primeira vez, Mamochka não deixou que os dois ficassem muito tempo ali. Circundaram o vilarejo e viram muitos cães e pessoas. Romochka viu um cachorro cego, um de três pernas, e uns quatro ou cinco cães tristes, amarrados a cordas. Mamochka deixava bem claro que eles deviam temer alguns dos cães que encontravam e outros não, mas ele não sabia ainda por que, e muito menos Irmão Marrom.

Nenhum cachorro era amigo. E todas as pessoas eram perigosas.

A ida até aquele território desconhecido deu a Romochka muito o que pensar. Deitou-se no esconderijo com os outros e relembrou a animosidade dos outros cães, diversas vezes. Viu os quatro homens espancando o outro homem. Ouviu de novo os gritos e fragmentos de outras vidas que vinham dos barracos.

"Alyosha! Vai lá pegar o moedor de carne do Kyril!" "*Oujas*, Volodya! Vai se lavar no lago!" "Vou te esfolar vivo, você vai ver!" "*Corvo Negro, lá lá lá ra lá lá... Me diga... lá lá lá ra lá lá...*"

Seus pensamentos percorriam todas aquelas imagens de mães e crianças pequenas, ocupadas em seus afazeres, tão profundamente alheias a ele. Não havia crianças mais velhas naquele vilarejo.

Mamochka levou para lá todos os cachorros mais novos, cada um de uma vez, para que aprendessem sobre os cães e os homens. Como Romochka precisava sempre estar com Mamochka, ele foi todas as vezes. Era um bom lugar para caçar ratos, mas assim que conseguiam um, precisavam lutar por ele. Com a ajuda dela, eles geralmente conseguiam ficar com o rato, mas precisaram aprender quando ceder. Romochka ficou chocado na primeira vez em que viu Mamochka ser confrontada por um grande cachorro preto: ela deixou o rato cair de sua boca e foi rapidamente para o outro lado, rígida, com o pelo eriçado. Depois disso, ele aprendeu a reconhecer os membros do clã da floresta. Eram um clã bem maior, com um esconderijo em algum lugar no meio das árvores. Mamochka nunca atravessava o território fechado por eles. O pelo dela se eriçava sempre que via ou sentia o cheiro de um deles, e ele logo aprendeu a reconhecer essa reação e a caminhar com cuidado. Com o tempo, os pelos na sua nuca também passaram a se eriçar como os pelos dela, e ele passou a ter um senso de território quase inconsciente.

No fim daquela primeira semana de expedições, Romochka ficou decepcionado com o quanto ele era um cão medíocre. Ele, mais uma vez, estava completamente dependente de seus quatro irmãos para saber o que era certo e o que era errado, e Mamochka não o deixava caçar com ninguém, só com ela, tamanha era sua desconfiança de que ele pudesse tomar conta de si próprio. Se ele insistisse e tentasse quebrar as regras, ou se se fizesse de bobo e agisse de maneira brincalhona, ou se tentasse atrair os outros para alguma brincadeira, ela o mordia.

E o pior de tudo é que ele era quase inútil. Sentia o coração ardendo no peito ao pensar nisso, deitado na toca, sem conseguir dormir. Via em sua mente os quatro irmãos com os focinhos no chão, sabendo coisas que ele não conseguia ver ou cheirar. Via suas reações: curiosos, alegres, intrigados, desconfiados, assustados, preocupados, radiantes; via-os andar mais devagar, mudarem de direção, voltar para trás ou apressar o passo, parar e prestar atenção aos sons, reagindo ao que seus narizes conseguiam identificar. Via-os caçar, farejando até conseguir fazer o bicho sair da toca, e podia perceber, pelo porte do corpo de cada um, o momento em que atravessava uma divisa de território fechado para perseguir a presa. Conseguia perceber o quanto ficavam apreensivos quando caçavam em território alheio. Mas ele mesmo não conseguia identificar cheiro de nada. Uma vez, tentou seguir o rastro do Irmão Marrom pelo terreno. Achou que tivesse conseguido detectar o cheiro. E aí deu meia-volta e viu o Irmão Marrom seguindo seu rastro com desenvoltura.

Como poderia caçar direito se não tinha bom faro? Tateava o próprio nariz e os pequenos dentes, profundamente desapontado. Esfregava as palmas das mãos nos braços sem pelos, sentia as mãos calejadas, as unhas compridas e quebradas.

Havia trilhas que saíam do primeiro ponto de encontro e que atravessavam as áreas inabitadas e brejos e iam até a montanha, o cemitério, a floresta e a cidade, trilhas abertas que nunca mudavam, que contornavam os caminhos fechados de outros clãs. Na montanha, à beira do cemitério e na floresta havia outros pontos de encontro. A trilha que levava para casa ou para fora sempre abarcava esses lugares, e todos (com exceção de Romochka) conseguiam saber se havia perigo ou comida na região.

Ele aprendeu tudo sobre a montanha, a beira do cemitério e a floresta, mas não sobre a cidade. Ele nem mesmo sabia que havia uma trilha que levava até lá, de volta para o lugar de onde ele viera há tempos. Aprendeu a contornar os prédios de apartamentos, as obras abandonadas e os depósitos que havia entre eles e a cidade, e que confinavam a estrada que ficava do outro lado do cemitério. Os prédios de apartamentos de azulejos azuis, com seus pátios enormes, áreas de lazer e gangues eram caminhos abertos a todos os cães. Não havia nenhum clã morando neles, embora muitos cães de estimação morassem ali. Mas ele aprendeu, com o tempo, que os caminhos fechados e misteriosos ao redor das pessoas eram imprevisíveis, e que as gangues eram um dos maiores inimigos.

Aprendeu que os depósitos perto do terreno baldio e os túneis aquecidos que passavam por baixo deles eram habitados por outras crianças e aprendeu a ficar longe delas. Elas eram amáveis com os cães, mas violentas com crianças e adultos que não fizessem parte de seu próprio clã. As caçadas e pontos de encontro dessas crianças ficavam espalhados, marcados pelos sacos plásticos que seguravam perto do nariz. Na primeira vez que notou a gangue do depósito, Romochka apanhou um saco plástico do chão. Havia uma mancha cinzenta no fundo e um suave cheiro químico, estranhamente agradável. Durante algum tempo, ele continuou a pegar esses sacos abandonados e a levá-los ao rosto como faziam os membros da gangue, para absorver o cheiro único daquelas crianças maiores, mas parou quando percebeu que seu nariz ficava inútil durante algum tempo sempre que fazia isso.

O pequeno clã mantinha com dificuldade a posse de seu território na igreja abandonada. As pessoas não representavam uma ameaça. A igreja estava destruída demais, era fria demais para servir de abrigo a mendigos. E há muito tempo já tinha sido substituída por uma nova igreja, em solo mais firme, cuja cúpula e torre brilhavam acima das copas das árvores ao longe, na lateral da montanha. Mas eles não estavam a salvo dos outros cães. Eram mais fracos e estavam em menor número do que alguns dos outros clãs, e às vezes também eram atacados por cães sem clã, principalmente quando saíam para caçar sozinhos. Os cães que pertenciam a clãs ficavam se circundando, arreganhavam os dentes, mas raramente brigavam. Cão algum podia se dar ao luxo de ficar ferido numa briga, e qualquer clã pequeno seria prejudicado se perdesse um de seus membros.

Eram extremamente cuidadosos. A trilha que saía da igreja fazia um caminho sinuoso. Romochka aprendeu a sair do esconderijo pelo terreno baldio. Logo que saía dos escombros da igreja, ele podia ver a rua toda e tudo o que havia entre eles e a montanha, mas aprendeu a dar meia-volta, a primeiro cruzar o terreno, fechar a trilha no último ponto de encontro, e só depois ir na direção da montanha, saindo por entre os canteiros de obra. A trilha que levava até a montanha era um único caminho, claramente delimitado, que atravessava o mato à beira do cemitério. Aprendeu a ir trotando por este caminho, em fila única, atento a tudo que se movesse ou a qualquer ruído. Sabia, de tanto observar sua família, que eles sempre farejavam e ficavam de orelhas em pé, sempre prestavam atenção caso surgisse alguma oportunidade ou algum perigo, e tentava, com seus olhos e ouvidos, fazer o mesmo. Corria levemente encurvado, virando a cabeça de um lado para o outro.

Todas as pessoas eram perigosas, sem exceção. Eram demônios à margem de tudo o que era importante em seu mundo, mas também eram familiares. Na montanha, ou entre as bétulas, ele e os outros percebiam facilmente se a pessoa era desconhecida. Passou a conhecer de vista os visitantes frequentes: motoristas de caminhão que subiam a estradinha recurva da montanha para despejar lixo, e também os dois motoristas de escavadeiras, que fumavam a mesma marca de cigarro.

De certo modo, as pessoas que moravam na montanha e no vilarejo também faziam parte de seu mundo. O homem de uma perna só, que balançava e fazia um ruído metálico ao andar; a velha que gritava *Ivan! Iva-aan!* As coisas que via, ouvia, cheirava. O cheiro de flor que exalava da mulher magricela com a boca arrebatada e sua filha de cabelos compridos. Romochka reconhecia todos sem nem precisar olhar direito. Os solitários e os que tinham filhos, os casais e as crianças. Desviava-se deles e os esquecia.

As preocupações do fim do inverno já tinham há muito cessado, mas uma leve tensão ainda persistia no esconderijo sempre que a Irmã Negra estava ali, e sumia quando ela saía. O tumulto que seu mau humor havia trazido ao esconderijo já era algo do passado, mas ninguém havia se esquecido. Quando Romochka estava presente, ela quase nunca gostava de brincar. Todos aprenderam a medir melhor as brincadeiras e as demonstrações de afeto para com Romochka quando ela estava com os filhotes, principalmente no esconderijo.

Romochka entrava no esconderijo com Irmão Cinza e encontrava Irmã Branca, Irmão Marrom e Irmã Negra brincando loucamente, a atmosfera carregada de uma felicidade simples. Mas quando via e sentia o cheiro de Romochka, a Irmã Negra se separava de todos e ia deitar sozinha na cama, deixando que Romochka assumisse seu lugar na brincadeira. Algum tempo depois, ela o atacou porque pensou que ele havia invadido o lugar onde ela dormia. Cada vez mais o espaço da Irmã Negra parecia aumentar, mesmo quando ela dormia no ninho. Um território bem delimitado, fechado a qualquer um que encostasse nela.

Mas Romochka percebeu que se dividisse um osso com Irmã Negra e rosnasse para todos os outros, sua difícil irmã se transformava. Se antes ela o recebia com rosnados e mordidas dolorosas no escuro, agora lhe lambia. Ela abria espaço para ele perto de si com gestos elaborados, e então afastava todos os outros, num tom que era um pouco de brincadeira, mas sem dúvida também sério. Enquanto o verão se aproximava, e Romochka fazia de tudo para dar a ela os momentos de exclusividade que ela desejava, o ciúme da Irmã Negra aos poucos diminuía.

Os sentimentos da Irmã Negra eram constantes ou previsíveis; mas Romochka era instável. Às vezes, ele empurrava um dos outros cães para dentro da invisível cerca elétrica que Irmã Negra havia erguido ao seu redor. Provocava brigas feias, principalmente entre ela e Irmã Branca. As duas se atracavam furiosamente quando Romochka lhes dava motivo para brigarem.

Certo dia, Romochka e Irmã Negra seguiram um rato em meio às flores do fim da primavera, no pátio. O rato foi correndo na direção das ruínas da igreja, atravessou o térreo, entrou numa fenda e se enfiou no esconderijo lá embaixo. Irmã Negra correu para a entrada e começou a descer para o esconderijo vazio com Romochka em seu encalço, gritando de alegria. Irmã Negra farejou o rastro deixado pelo rato, mas estava claro que ele havia se escondido debaixo de uma pilha de caixotes, pedaços de madeira de janela e outros escombros, pesados demais para que Romochka conseguisse tirá-los do lugar. Irmã Negra agachou-se, o rabo abanando, olhos brilhantes na penumbra, o focinho farejando e fungando uma fenda embaixo da pilha de escombros. Virou o rosto para ele, e seu olhar era tão esperançoso, com tamanha expectativa, que ele ficou comovido. Ela confiava nele, sabia que ele iria ajudá-la a pegar o rato! Confiava de verdade! Imediatamente, Romochka sentiu um grande orgulho. Sim, ele iria fazer o impossível para ajudá-la.

Ela observava, muito interessada, latindo de vez em quando para ele, e enquanto isso ele vasculhava coisas em busca de algo que servisse. Pegou um galho de bétula comprido e o enfiou no buraco. Irmã Negra continuou rente ao chão, mas afastou-se para abrir caminho. Seu corpo estremecia de expectativa e ela encostou o queixo no chão para ver o que iria acontecer. Ele enfiou o galho ali e começou a golpear loucamente, em todas as direções. Irmã Negra deu um salto, a cabeça indo para lá e para cá, e ele percebeu que o rato estava se movendo. Irmã Negra ficou quieta, imóvel, e Romochka deu um último golpe.

O rato saiu correndo da pilha de pedaços de madeira, Irmã Negra avançou sobre ele e tentou abocanhá-lo. Conseguiu. Romochka deu um grito de alegria e pulou nela, rolando no chão. Ela chacoalhou a cabeça com força, com o rato na boca, e depois começou a correr o mais rápido que conseguia ao redor de Romochka, fingindo que estava sendo perseguida por ele. E então os dois brincaram de jogar e pegar o rato, fingindo que ele ainda estava vivo e precisava ser capturado de novo, e de novo.

Àquela altura, o rato já estava bem desgrenhado e maltratado. Ele abriu a boca do bicho e olhou seus compridos dentes amarelos, tão diferentes dos dentes de um cachorro. Que estranhos eram aqueles dentes da frente, tão compridos! Enfiou o dedo dentro da boca que esfriava para sentir se eram muito pontudos, saber como roíam e mordiscavam as coisas. Sim, aquilo explicava o que os ratos faziam. Decidiu guardar aqueles dentes como lembrança, e depois usá-los caso tivesse alguma necessidade semelhante às dos ratos. Lixar ou roer coisas bonitas ou alguma outra atividade específica.

Mas Irmã Negra continuava a observá-lo. Ela esticou educadamente a pata na direção do rato, olhando para Romochka com olhos brilhantes. Ele entregou-lhe o rato e ela o abriu com grande delicadeza, e então inclinou a cabeça na direção de Romochka. Ele ficou extremamente feliz. Deitaram-se com a barriga para baixo e dividiram a comida. Romochka decidiu que aquela era a sua comida favorita. Mastigou a área entre as costelas escorregadias até a carne tenra no meio, ocultando a cabeça com a mão, para que Irmã Negra não mastigasse e comesse seu tesouro.

Romochka então ficou deitado de costas, com a cabeça apoiada no lombo de Irmã Negra. Chupou e tirou toda a carne do crânio; ela revirava o rabo entre a boca e as patas cor de creme. Toda vez que ela deixava o rabo cair, ele esticava o braço e devolvia o rabo para ela, para evitar que ela saísse do lugar. Amarrou o esqueleto do rato em seu cabelo e pegou o galho liso da bétula. Revirou-o nas mãos, tateando cada uma das extremidades. Uma era um pouco mais estreita que a outra. Segurou a extremidade mais estreita e girou o galho de leve acima da cabeça.

Muito tempo depois, ele se lembrou: o dia em que havia decidido fazer para si mesmo um tacape e uma coleção de tesouros também tinha sido o dia em que ele e sua geniosa irmã foram mais felizes.

Ж

Mamochka evitava a cidade. As áreas de caça do vilarejo pobre e da floresta eram mais seguras, e mesmo ali Romochka percebia que ela o guiava para longe dos locais onde havia gente. Eles eram uma matilha urbana, cercada por uma cidade grande; mas, na primavera, levavam a vida no campo, na montanha e na floresta. Os dias começaram a ficar mais quentes: bolotas verdes com sementes formavam-se e amadureciam onde antes havia flores, e a primavera deu lugar ao verão.

A floresta ficou farta: passarinhos novos e inexperientes, ninhos abandonados, filhotes de lebre e restos de piqueniques.

Em uma semana, todas as roupas de Romochka se desfizeram. Já estavam bem justas e desgastadas, mas aí o velho casaco acolchoado, que ele havia tirado por causa do calor, foi destruído por um dos cães, e ele encontrou-o rasgado e espalhado pelo esconderijo. Seu suéter rasgou quando ele o puxou pela cabeça. Logo em seguida, foram as calças. Um arame farpado enferrujado na montanha acabou cortando uma das pernas fora. Examinou as roupas que lhe restavam. As roupas de baixo estavam cheias de buracos, puídas e quase transparentes em alguns pontos. Seus chapéus já tinham desaparecido. Os dedos dos pés saíam dos buracos nas botas. Olhou, com cenho franzido, para os braços nus. Queria que seu pelo crescesse.

No dia seguinte, na montanha, saiu em busca de roupas, não de comida. Era a época das roupas. No fim do dia, ele já tinha uma pilha de coisas bastante limpas e duráveis. Três botas, cada uma grande o suficiente para caber em qualquer um dos dois pés; meias em número suficiente, para as mãos e os pés; três calças, sendo que uma delas tinha até tamanho de criança; uma meia-calça azul brilhante; algumas roupas de manga comprida e, o melhor de tudo, um casaco militar bem grosso. Ele até conseguiu um pedaço de barbante para amarrar coisas que achava em volta de sua cintura magricela.

Trocou de roupa e preparou-se para ver a reação dos cães quando entraram no esconderijo. Eles estranharam, rosnaram e latiram para aquela estranha figura com cheiro esquisito, e ele ficou imensamente satisfeito. E então deliciou-se com a ávida atenção que passaram a dar a cada detalhe de suas roupas.

No início do verão, eles bebiam das poças e pequenos lagos que achavam. Às vezes ficavam deitados no esconderijo, arfando, com sede o dia inteiro, à espera da noite, para que pudessem sair. E então Romochka achou um velho balde vermelho no lixo do leito do rio. Encheu o balde com água fresca da torneira que ficava na parede exterior da igreja e levou-o com dificuldade para o esconderijo, descendo pela pilha de escombros. E, a partir desse dia, eles sempre tiveram água fresca. E ele se sentia muito orgulhoso de si sempre que os via beber.

Trocou a água quando começou a ficar com um gosto esquisito, achou outro balde quando o antigo rachou, e chutava o balde e olhava feio para os outros cães quando ficava irritado com eles.

O fim do verão foi quente e a vida era mansa: havia muita comida para todos os clãs e cães solitários que vadiavam pelos lados da montanha. Romochka acostumou-se a se sentir seco de novo. Suas feridas cicatrizaram, desapareceram e foram esquecidas. Ele também se esqueceu do quanto dependera dos ouvidos na escuridão, e agora estava acostumado a usar os olhos com aquela luz dos dias compridos. Sentia que os corpos fortes de seus irmãos e irmãs começavam a ficar maiores, adultos. Ele mesmo havia ficado mais duro, rígido, e tudo isso aconteceu bem rápido. Mas ainda estava longe de ser tão eficiente quanto os cães.

Mais do que tudo, Romochka queria ter sucesso numa caçada, queria levar para casa algo que ele mesmo houvesse capturado. A Irmã Branca havia levado para casa um presunto que conseguiu roubar de algum lugar. Irmã Negra, a mais inteligente e a mais rápida, conseguiu matar uma garça. Ela estivera caçando com a Cadela Dourada perto dos lagos que ficavam bem longe na floresta, mas foi ela, Irmã Negra, que trouxe para dentro do esconderijo a ave em sua boca, toda orgulhosa. Irmão Cinza conseguiu alguns gatinhos, também com a ajuda da Cadela Dourada. Até mesmo Irmão Marrom, tão grande e desajeitado, conseguiu caçar: trouxe para casa uma baguete. Ficou preso na entrada do esconderijo ao tentar entrar com a baguete, e Romochka, rindo, precisou ensiná-lo a virar a cabeça de lado e enfiar a baguete primeiro. Quando Irmão Marrom colocou a baguete no chão, todos se afastaram, esperando que ele decidisse que o pão era de todos. Todos eles, com exceção de Romochka, haviam feito a transição para exímios caçadores e eram reverenciados como tal.

Mas, mesmo assim, Romochka sabia que ele também era útil. A área da montanha que recebia dejetos das residências era fácil de explorar, mas tudo ali acabou rápido. Ele tinha um saco, vários baldes e sacolas plásticas, e ficava zanzando perto das traseiras dos caminhões de lixo, saindo em disparada sempre que caía algo comestível. Era uma caçada que precisava de pelo menos três: um para farejar por ele, um para rosnar para as pessoas e cães que estavam ali pelos mesmos motivos, e o próprio Romochka, para encontrar a comida e agarrá-la com as mãos. Mas aquela era uma caçada sórdida e nada nela o fazia sentir que ele também havia crescido como os outros.

Saquear o cemitério, indo de túmulo em túmulo para roubar as pequenas oferendas de doces e biscoitos que as pessoas deixavam ali, era mais difícil. Logo depois que escurecia, o cemitério ficava cheio de cães e pessoas que faziam a mesma coisa. Romochka sonhava em dar um salto e abocanhar o gracioso pescoço de alguma presa, em levar para casa algo fresco, sem a ajuda de ninguém.

Ciente do estranho olhar que a Cadela Dourada lhe lançava de vez em quando, Romochka achava que sabia o que ela pensava. Que seus irmãos e irmãs agora caçavam para todos. E que só ele precisava de ajuda. No entanto, à medida que o verão avançava, sua habilidade para pegar coisas começou a fazer com que ele sentisse um discreto orgulho. Suas mãos podiam fazer o que as patas e dentes dos outros não conseguiam. E ele, sem dúvida, estava trazendo muitas coisas naqueles dias, quando voltava do lixo recém-despejado, e, com a proteção de seus irmãos e irmãs, sabia que ninguém lhe tomaria o que havia encontrado.

Com tantos deles caçando e com Romochka trazendo lixo e doces, eles agora eram um clã bem bonito, embora um pouco sujo. As costelas de Romochka desapareceram sob uma camada de músculo.

Em algumas noites, eles subiam até o topo da igreja em ruínas ou até a parte mais alta do terreno para cantar. Uivavam para todos os clãs da montanha para informar que o verão era cheio de alegria, de comida, que seus corpos eram fortes e musculosos, que tinham grandes esperanças. Celebravam sua própria força cantando para o céu que tudo cobria, para a cidade cintilante. Os outros clãs também cantavam à distância. Mas quando Romochka jogava sua enorme cabeça para trás e unia sua radiante voz ao coro de sua família, os clãs da floresta e da montanha ficavam em silêncio.

Havia algo acontecendo com Mamochka que Romochka não conseguia farejar, mas que todos os outros conseguiam. Todos ficavam próximos dela, seguiam-na pelo esconderijo, saboreando o cheiro. Todos pareciam felizes e animados. Mamochka gostava da atenção que recebia, mas só até certo ponto: sempre os afastava quando ficavam absortos demais diante do odor que sentiam nela. E então veio a época em que pareciam cheirá-la como se estivessem num ritual de dança, mas ela não rosnava e nem os repreendia. Cada um, um de cada vez, andava em círculos ao seu redor e depois ia embora, antes que ela ficasse brava. Todos, com exceção do Cão Negro, dançavam ao redor de Mamochka em cada um dos encontros, cada um deles com o mesmo ar de respeito, e depois se afastavam e ficavam olhando enquanto Mamochka e o Cão Negro brincavam e brigavam e brincavam de novo. E então, durante dois dias, Mamochka e Cão Negro ficaram copulando, não faziam mais nada: juntavam-se, encaixavam-se, arfavam e se afastavam. Ficavam grudados um no outro durante longos períodos, exaustos, concentrados somente um no outro, até que o dia escurecesse. Agora, até mesmo Romochka conseguia sentir o cheiro deles e estava inebriado de tanta ansiedade. Sentia a pressão daquela felicidade obscura. Observava com os outros cães, que ficavam deitados com ele um pouco mais afastados daquela dança. Não havia nenhum sentimento de inveja. Somente um ar de sisuda satisfação pairava ali, e isso fez com que Romochka suspeitasse que todos, inclusive ele, haviam trabalhado e caçado tanto só para aquele momento; e que a dança de Mamochka e do Cão Negro era o ápice do verão.

Ж

Um silêncio pairava no ar, que começava a esfriar. Os pássaros estavam calados e a luz estranha e dourada do outono lentamente começou a se apossar das florestas, a penetrar pelas árvores dos parques e dos quintais dos prédios altos.

E o outono dourado chegou ao fim, bem rápido, de repente. Três geadas violentas queimaram tudo que era delicado, deixando algumas folhas enegrecidas, cauterizando outras e tingindo tudo de um tom marrom. Durante dois dias, os vastos campos ficaram cheirando a feno ou chá: grama e folhas queimadas pelo gelo, não pelo sol. As folhas dos choupos tremulavam feito bandos de aves que estivessem muito próximas umas das outras. Agora, as árvores estavam seminuas. Romochka, os cães, as gralhas cinzentas e os pássaros menores comiam avidamente as frutinhas das sorveiras, que antes das geadas não eram comestíveis.

O frio veio do norte, mais violento do que nunca. Os dias sem chuva eram absurdamente frios. O céu era um disco sólido, imóvel, e Romochka sentia o ar congelando seu corpo. A cidade parecia estar ficando cada vez mais rígida com os ventos de inverno, que surgiam cedo demais. As folhas das bétulas farfalhavam de leve ao cair.

E então começou a nevar, antes da época, e a neve não parava de cair. Cada ser vivo foi pego desprevenido. As folhas da vegetação rasteira que ainda estivessem verdes ficaram cobertas de branco. A neve caía dos galhos, que não aguentavam seu peso, e folhas amareladas caíam junto, criando um tapete desbotado sobre a superfície branca no solo. A luz do dia na montanha, cada vez mais fraca, contemplava pessoas e cães andando em círculos, para lá e para cá, olhos e narizes virados para cima, para o norte. As escavadeiras e caminhões que zanzaram sem parar durante todo o verão nas encostas ao sul da montanha desapareceram, foram se esconder onde quer que fosse o canto em que hibernavam. O cheiro de cigarro dos motoristas das escavadeiras agora era só uma memória distante.

A família de Romochka andava para lá e para cá no esconderijo, inquieta, e mesmo assim o frio continuava a aumentar. A neve geralmente deixava o esconderijo mais quente, já que ele ficava bem lacrado, mas dessa vez eles só conseguiam perceber que lá dentro estava mesmo mais quente quando saíam para o mundo que a cada dia ficava mais frio que a noite anterior. Romochka mal conseguia caminhar naquela neve funda. Tudo parecia estar errado.

Na penumbra da toca, Mamochka ficava de pé, perto de seus três filhotes recém-nascidos, ignorando o choro, prestando atenção aos ruídos lá fora. Romochka percebia sua preocupação, percebia que ela sabia alguma coisa que ele não sabia. E então ela piscou de leve, lentamente, inclinou a cabeça sobre os filhotes e matou um de cada vez, dando uma única mordida que atravessava suas cabeças macias. Depois, ela se deitou e, devorou-os um por um. Primeiro as barrigas, roendo os ossinhos cartilaginosos até que não houvesse mais nada, rosnando até mesmo para Romochka quando ele tentava se aproximar. E então ela adormeceu durante um bom tempo. Durante a noite, ele a ouviu se lamber lentamente. Ela o ignorava e não se levantou para ir caçar. Ele adormeceu, um sono difícil e intermitente, tremendo de frio mesmo com os quatro cães ao seu redor, mesmo vestido com todas as suas roupas.

Com a luz fraca do dia que nascia, a qual eles mais ouviam e cheiravam do que viam, Romochka descobriu que estavam totalmente encobertos pela neve. Arrastou-se para perto de Mamochka, assustado. Ela lambeu seu rosto, depois prendeu sua grande cabeça no chão com a pata e limpou suas orelhas. Ele deixou. Ela rosnou quando ele foi para perto de seus mamilos, mas ele esperou e implorou até que ela cedesse.

Cão Negro e Cadela Dourada esgueiraram-se para dentro da toca, vindos de fora. Tinham ficado ali a noite inteira mas não acharam nada. Cumprimentaram todos, trazendo o frio consigo, sobre os ombros felpudos. Farejaram o ninho vazio, fungando fundo. E então ficaram esperando com os cães mais novos até que anoitecesse de novo. Todos teriam de sair para caçar.

Mesmo no inverno, a montanha exalava calor suficiente para derreter a pesada nevasca e, com aquele calor débil, ela ainda era o farol que exalava um constante bafo químico na direção da floresta congelada e para os condomínios e prédios de apartamentos. Naquela corrente de ar ascendente, aves meio depenadas — gaivotas e gralhas cinzentas — pousavam e grasnavam, parecendo elas mesmas dejetos levados pelo vento. As nevascas deixavam todos isolados em seus buracos ou barracos. Nos intervalos entre as tempestades de neve, a terra ficava fofa e evanescente; o céu era sólido feito metal. Todos iam à caça nas horas de calmaria. A caça às vezes era boa para os cães, mas bem difícil para as pessoas. No cair da noite de inverno, vultos encurvados desciam e subiam a montanha ou vagavam pela margem do rio, vasculhando em busca de pedaços de metal ou madeira, procurando comida. Fogueiras ardiam na montanha, dia e noite. De perto, tudo ao redor da montanha parecia se movimentar. Os flocos de neve dançavam e flutuavam na fumaça que subia das fogueiras. As pessoas batiam os pés e dançavam, vestidas em suas roupas pesadas; cães trotavam para lá e para cá sem parar. Os pássaros voavam baixo e se esquivavam da neve, fazendo curvas difíceis.

Romochka não conhecia quase nada daquilo. Preso na toca por causa do frio, ele dependia do alimento que os outros traziam e do leite que mamava. Ficou esperando o momento em que a primeira queda de temperatura chegasse ao fim, para que a neve endurecesse. Aquelas duas primeiras semanas de nevasca significaram um grande prejuízo. E, quando as nevascas finalmente cessaram, Romochka não aguentava mais ficar na toca. Vestiu todas as roupas, pegou sua sacola e foi para a montanha em companhia de Irmã Branca e do Irmão Cinza. Era uma noite amena e clara, e a trilha que levava até a montanha estava demarcada na neve — pessoas e animais já haviam passado por ali.

Ele já tinha passado pelos canteiros de obras abandonados quando ouviu uma música ao longe. Parou. Era um canto. Uma pessoa cantando na montanha. A melodia, que ia descendo, até morrer, parecia cair do céu, feito neve ou chuva. Preenchia o ar ao seu redor com uma sensação tão suave e agradável quanto o cheiro das flores na primavera.

Decidiu que caçaria depois. Irmã Branca e Irmão Cinza o seguiram sem questionar, trotando em direção à floresta e às fogueiras. Ele gostava de fogueiras, mas nunca conseguiu chegar perto delas. As pessoas do lugar sabiam que ele não era um deles, e ele suspeitava que estava desobedecendo as regras, cruzando territórios invisíveis, transgredindo a ordem. Romochka era mais rápido que eles, mais silencioso, e também tinha os cães: não corria nenhum perigo de fato. Mas não teria como chegar perto e tentar fazer amizade com alguém que estivesse perto de uma fogueira, já que os cães sempre o seguiam.

A música ficou mais alta, fazendo-o se aproximar mais. Os homens estavam iluminados por uma luz laranja, assando os quartos traseiros de um cão que haviam matado. A pele e a cabeça do cachorro estavam no chão, sobre a neve manchada. Não era nenhum cão que ele conhecesse, e Romochka desconfiou, pelo cheiro, que devia ser um cachorro daquelas pessoas, não um cão de clã. Em poucos dias, alguém estaria usando aquela pele de pelos dourados. O cheiro de carne sendo cozida era muito bom. Irmã Branca e Irmão Cinza esconderam-se na floresta e ele andou silenciosamente até as bétulas que circundavam o grupo de pessoas. O fogo era tão quente que conseguia sentir um pouco do calor chegando até ele, mesmo de tão longe. Havia homens e mulheres ao redor da fogueira, estendendo as mãos na direção do calor, e todos estavam cantando. A música era triste, bonita. Embora Romochka conhecesse todas aquelas pessoas de vista, de som e de cheiro, agora elas pareciam estranhas, transformadas, misteriosas. Sentia o peito arder com uma sensação que parecia fome, mas era mais perto da garganta. Desejou ter alguma coisa para mastigar naquele momento.

As vozes das mulheres subiam e se entrelaçavam no ar inquieto, enchendo o nada acima de sua cabeça com dor e desejo. A Romochka parecia que as vozes dos homens tentavam desajeitadamente subir até o céu e caíam de volta à terra, lamuriando-se pelo seu próprio fracasso. As vozes das mulheres saíam tremulando de acordo com seu bel-prazer, iam descendo a escada feita pelas notas que mudavam, e então finalmente descansavam com os homens em longos acordes, unidas.

Romochka sentiu que ia explodir de tanta vontade de gritar, uivar ou correr. Mas continuou quieto, oculto nas sombras, colado ao tronco da bétula. As vozes ergueram-se novamente, cantando o mesmo refrão frenético, e um gemido ou grunhido de esperança escapou de sua própria garganta. Uma mulher que ninava uma grande menina adormecida parou de cantar, virou o rosto e ficou observando atentamente a escuridão. Os outros continuaram a cantar ao redor do fogo, mas ele percebeu, com a repentina ausência na música, que ela era a dona da voz que pairava acima das outras. A mulher olhava diretamente na direção dele, mas não conseguia vê-lo. Ele continuou parado, em posição de caça. Os braços dela ajeitaram a criança, que estava bem agasalhada, e ele pôde ver a beirada puída do casaco dela, delineada pelo fogo. A boca da mulher que cantava parecia enorme, como se ela estivesse sorrindo para a escuridão. De repente, ficou com muito medo dela. Ela deu um passo na sua direção e ele pôde ver claramente seu rosto. Ele a conhecia, mas nunca havia olhado com mais atenção para ela. Era jovem e bonita e tinha uma enorme cicatriz que lhe descia pelo rosto, indo do meio da testa até o queixo, partindo até mesmo o nariz e os lábios. Na verdade, ela só aparentava estar sorrindo: era o efeito da cicatriz em seu rosto. Ele sabia em qual barraco ela vivia e conhecia o som de seus gritos. Também sabia quem era sua filha magricela. *"Irena! Irena! Não vá muito longe!"* Era a mesma voz.

Não sentiu mais medo. Ainda ouvia o seu canto glorioso tinindo nos ouvidos. Por puro impulso, saiu de repente das sombras e ficou ali, de pé, com as pernas afastadas, os braços largados ao lado do corpo. Ouviu-a arfar com o susto. Ela também o conhecia. Todos ali sabiam que ele não era um deles, que era um menino selvagem, que tinha cães. Ela não se moveu, mas ficou olhando com medo para a floresta atrás dele. O coração dele batia tão forte que o fazia estremecer. Ele sabia que deveria correr, mas mesmo assim ficou parado.

Ela inclinou a cabeça; ele viu o fogo iluminar metade do seu adorável rosto. Ela agora estava olhando diretamente para ele, para dentro de seus olhos, e seu rosto brilhava à luz alaranjada que tremeluzia, à luz repleta de som. E então ela abriu sua enorme boca partida e começou a cantar de novo, de costas para os outros cantores, sem tirar os olhos dele, com os braços segurando firme a criança que dormia. Ele continuou parado, petrificado feito uma gazela diante de uma luz forte, sentindo que parte de si subia até o céu negro com a voz dela, aumentando de tamanho até que ele, Romochka, preenchesse todo o vasto círculo do céu noturno, pairando acima do fogo, da montanha e da floresta.

Ela de repente fez um gesto de cabeça na direção dele, sua boca arqueando num sorriso ao redor do buraco negro do qual sua voz altiva saía, e ele voltou a si. Com os olhos ainda fixos nos dele, abaixou a cabeça, o que ele imaginou que fosse um cumprimento, talvez até mesmo uma despedida, um sinal de que confiava nele. E então lhe deu as costas, ainda cantando, e voltou para perto do fogo e das outras pessoas. Romochka ficou tão feliz que não conseguia se conter. Começou a correr sem emitir nenhum som, sentindo o Irmão Cinza e então a Irmã Branca reaparecerem, vindos de diferentes partes da floresta, seguindo o rastro que ele deixava atrás de si.

Depois disso, ele foi até lá diversas vezes para ouvir o canto, mas só depois de várias visitas pôde ver novamente sua cantora. Ela estava desacompanhada e parecia doente; sua voz havia perdido o tom que o deixara hipnotizado. A voz dela tremulava feito um pássaro enfermo que não conseguia voar, e ele ficou decepcionado, irritado.

Romochka ficou esperando até a hora em que ela foi embora para o seu barraco, caminhando com dificuldade pela neve. Ele saiu da floresta e pôs-se sob a luz do fogo que ela carregava, só para ver sua reação. Com o susto, ela deu um grito e levou a mão ao peito. Primeiro ele ficou feliz com a reação mas, de repente, sentiu-se muito zangado com a cantora. Ela se recompôs e os dois ficaram ali se encarando, de pé sobre a neve funda. A tocha que ela segurava crepitava entre os dois, a luz trêmula refletindo-se nos contornos pálidos das bétulas. A borracha quente atada ao pedaço de madeira emitia um som que era alto demais para ele, e Romochka olhou para baixo, encabulado. E então ela sugou a saliva que caía da boca aberta e ele voltou a olhar para ela. Ela fez novamente um cumprimento de cabeça em sua direção, mas não como se estivesse se despedindo, e, segurando a tocha em uma das mãos, lentamente inclinou-se para frente, esticando a outra, que estava enfaixada. Acariciou seu rosto com as costas dos dedos nus, os olhos sorrindo. Ele deu meia-volta e saiu correndo para dentro da nevasca que caía na floresta. Era como se ela finalmente tivesse cantado como antes.

Fazia mais frio. Os cães agora ficavam inquietos dia e noite. No começo, não era muito difícil caçar: todos na montanha lutavam para sobreviver, fossem animais ou seres humanos. Os mortos ficavam rapidamente soterrados pela neve, mas era possível fazer várias viagens até uma carcaça recente antes que ela desaparecesse.

A vida tranquila de filhote que Romochka levara no inverno anterior não passava de um sonho distante. Agora, ele precisava ficar no esconderijo, mamando em Mamochka sempre que ela aparecia, comendo aquilo que os cães lhe traziam. Com todos os cães fora, caçando, e sem filhotes, o esconderijo estava absurdamente frio. Mamochka não tinha leite suficiente para satisfazê-lo, mal dava para deixá-lo aquecido. Ele vestiu a meia-calça, as três calças, todas as roupas de manga comprida, colocou as meias nas mãos, nos pés e na cabeça e se cobriu com o casaco, tremendo. Agitou um cobertor cheio de pelos que havia na cama e enrolou-se nele. Tentou convencer um dos cães a ficar com ele, algo que só Irmã Branca entendia. E ficava encolhido perto dela, esperando, tremendo, até os outros voltarem.

Dormia mal e sonhava com a cantora, com a voz dela rodopiando pelo ar com o poder de uma nevasca, mas mesmo assim tão ensolarada, tão cheia de estrelas. Um uivo forte, maior que a própria lua! Às vezes, ele se sentia preso e indefeso dentro das amarras e espirais de sua voz; outras vezes, tinha asas, e ele e ela eram pássaros brilhantes. Às vezes, sonhava que ela era sua primeira mãe e que era o nome dele que ela cantava. Certa noite, decidiu dar-lhe um nome, vasculhando a própria mente em busca de palavras na linguagem dos humanos, roendo os ossos da memória até achar o tutano que ele sabia estar lá. Pievitza. A Cantora.

Agora era comum ver os cães andando sem rumo pelo esconderijo, preocupados, com o pelo eriçado. Eles não se movimentavam só para se manterem aquecidos, como ele fazia. Também se sentia apreensivo, mas não sabia o que, além do escuro e do frio, poderia deixá-los tão preocupados. Nenhum deles de fato sabia, com exceção de Mamochka. Ela sabia o que o frio que vinha das florestas do norte poderia trazer consigo e ficava sempre atenta, andando para lá e para cá, contaminando todos com sua ansiedade.

Numa noite um pouco menos gelada, Romochka escapou do esconderijo e foi em direção à montanha. A neve recém-caída havia finalmente ficado compacta o suficiente para que ele pudesse caminhar sobre ela sem grande dificuldade, e isso fez com que Romochka se sentisse bem menos mal-humorado. Abandonou o cobertor e andou com passos tão alegres quanto suas roupas permitiam, agitando sua clava de madeira. Sabia que Irmã Negra, Mamochka e Irmão Marrom também tinham saído e estavam em algum lugar ali perto. Todos os outros ficaram no esconderijo.

Estava escuro, mas ele conseguia enxergar bem. Agora ele sempre conseguia enxergar bem no escuro do lado de fora. Seguiu a trilha até a montanha. Não tinha ido lá para caçar; agora ele precisava do clã todo para isso. O inverno transformou a montanha num território difícil. Mesmo que encontrasse alguma coisa, uma pessoa ou um animal acabaria tomando dele. Naquela noite, ele queria ouvir gente cantando; queria encontrar algo que servisse de ferramenta para desbastar o punho de sua nova clava. O punho estava largo demais para sua mão, e sempre dava para achar tudo na montanha, mesmo que demorasse.

Dobrou a esquina que levava às trilhas abertas que atravessavam o descampado cheio de neve e foi até a montanha, mas não ouviu canto algum. Sabia que as fogueiras estavam acesas — dava para ver o brilho delas no céu. Por que será que naquela noite estavam em silêncio?

E então sentiu: algo vinha em sua direção. Algo mau, rápido, que se espalhava para os lados, à sua frente. Sentiu um arrepio no couro cabeludo e nos pelos da nuca. De repente, percebeu que na verdade enxergava pouco, não muito. Não conseguia farejar nada. Seu nariz estava envolto pela roupa, mas isso era irrelevante, já que o frio havia embotado seu olfato. Parou a tempo de ver a coisa se transformar em dois olhos num ponto negro e fluido bem à sua frente, descolando-se da enorme escuridão e se transformando num animal enorme que corria, corria, corria e saltava, no mais absoluto silêncio, até preencher seu campo de visão. Romochka caiu de costas, sem fôlego por conta do impacto, o rosto contra a pelagem quente e áspera, esmagado sob o fedor desconhecido, o som de dentes.

E tudo se transformou numa algazarra terrível no momento em que sentiu Mamochka dar um salto, logo atrás de sua cabeça, e aterrissar nas costas do bicho, fazendo-o deslizar e cair na neve com um estrondo terrivelmente alto.

Romochka rolou no chão e foi se arrastando, lutando com suas várias camadas de roupa. Virou a tempo de ver que a escuridão atrás de si também se transformava em animais que saltavam e, logo depois, Mamochka se contorcia e gania debaixo deles. Irmã Branca, Irmã Negra, Irmão Marrom, Irmão Cinza, Cadela Dourada e Cão Negro de repente estavam todos em cima deles, mordendo e rosnando. A neve rangia sob o peso da luta; os cães grunhiam e rosnavam, as vozes conhecidas misturadas com os urros graves e assustadores dos Estranhos. Romochka teve vontade de sair correndo, mas continuou onde estava, desferindo golpes cegos à sua frente com sua clava, gritando por entre dentes cerrados, dentes que ele rangia de medo.

As três enormes criaturas de repente se afastaram dos sete cães. E então parecia que haviam se mesclado às sombras; mas Romochka podia sentir que estavam apenas olhando a floresta... observando... esperando. Os cães sabiam. Não pararam para verificar se ele estava bem e nem para ver como os outros estavam. Retrocederam; as sombras foram atrás. Viraram e caminharam lentamente até ficarem próximos do portão e da trilha que levava ao buraco do esconderijo, e de repente Romochka sentiu que todos decidiram que ele deveria *sair correndo! Agora!* AGORA!, e ele saiu em disparada na direção da entrada, correndo e tropeçando, com os cães mais ou menos em seu encalço. Contorceu-se e passou pelo portão, e enquanto isso Mamochka e Cadela Dourada viraram e ficaram de frente para os outros, as orelhas para trás, arreganhando os dentes, rosnando e babando para a escuridão. Todos os outros entraram às pressas depois dele. Ele sabia, mesmo sem ver, que as sombras haviam novamente se transformado em animais e que também corriam.

Depois de descer às pressas, arfando e agarrando-se às pedras para entrar no esconderijo, os cães controlaram o pavor que sentiam e ficaram de frente para o pequeno buraco da entrada, no escuro, prontos para a luta. O cheiro dos Estranhos pairava sobre eles, ao redor, em seu pelo, no ar.

Nada aconteceu. Ficaram de prontidão, com o pelo eriçado, até o cheiro se dissipar, até que pudessem lamber o resquício do odor uns nos outros e limpar os ferimentos. Farejaram o ar que vinha de fora e saíram do esconderijo com cautela. Os rastros, tanto deles quanto dos Estranhos, estavam bem evidentes. Os Estranhos hesitaram e depois deram meia-volta ao se deparar com o primeiro canto em que Romochka havia feito xixi. Mamochka farejou o ar profundamente, saboreando os detalhes: a certeza que sentiram os Estranhos, e depois sua dúvida e seu medo.

Na noite seguinte, eles estavam de volta, os mesmos três cães. Alguns dias depois, eram cinco; depois disso, apareceram ainda outros. Os dias ficavam mais curtos. O frio abocanhava toda a cidade com enormes mandíbulas. Os sete cães dormiam empilhados no ninho de Mamochka, uma massa desordenada com Romochka no meio. Ele sonhava que os Estranhos o caçavam.

Romochka sentia sempre que Mamochka erguia a cabeça. Podia imaginá-la ali no escuro, com orelhas eretas. Ela murmurava seu rosnado grave, e então os cães despertavam daquele sono inquieto e ficavam andando para lá e para cá, resmungando. Agora todos ficavam sempre juntos. Ninguém mais caçava sozinho e o esconderijo vibrava com os rosnados feito uma colmeia no verão.

Quando os Estranhos estavam bem perto, cercando as paredes do refúgio, Romochka achou que até ele podia sentir o cheiro deles. Ficava fitando o vazio no escuro, aterrorizado, desejando que Mamochka parasse de rosnar, que desse algum sinal de que tudo estava bem, que o lambesse e ficasse perto dele.

Quando ela finalmente se acalmava e a sensação de alívio se espalhava pelo escuro, eles saíam, cautelosos, e ficavam ao redor de Romochka sempre que ele urinava e renovava as marcas humanas que mantinham os estranhos afastados. E então, quando a luz fraca do dia surgia, eles saíam juntos para a montanha, para caçar.

O esconderijo parecia estar a salvo, mesmo que os Estranhos famintos soubessem exatamente seu paradeiro. Iam para a montanha somente de dia, e com frequência cada vez menor. Todos os outros cães que habitavam a montanha e a floresta desapareceram. Talvez tivessem se mudado para a cidade, ou então sido abatidos a tiros; ou talvez tivessem sido devorados pelos Estranhos. Romochka reconhecia alguns, cães jovens de clãs extintos: eles se aproximavam das fogueiras e das pessoas que habitavam a montanha. A família de Romochka também precisou aprender a caçar perto das fogueiras, atravessando em bando o descampado vazio e coberto de neve até chegar ao vilarejo, e depois se dispersando nas sombras em volta dos barracos. Depois se reuniam, antes de tentar voltar para o esconderijo. Quando sentiam o cheiro dos Estranhos no vento, ficavam na vila, esperando. Começaram a voltar para casa quando ainda havia a luz do dia. Isso fazia com que restassem poucas horas para encontrar tudo aquilo de que precisavam. Voltavam pelo caminho mais longo, dando voltas nos depósitos sem aquecimento, agora desertos, e só depois entravam no terreno.

Era o ápice do inverno. A noite agora havia perdido completamente o tom que tinha no verão: era apenas uma vastidão alaranjada e encardida. Os dias eram uma breve visita de muitos tons de cinza. Só ao meio-dia Romochka conseguia ver os olhos e as formas dos cães na penumbra do esconderijo. Nas outras horas, ele não conseguia enxergar nada, mas podia sentir quem era quem. Os Estranhos ficavam o tempo todo nas obras de construção inacabadas. Quando podiam ir até a montanha, Romochka ficava próximo dos caminhões de lixo, saindo em disparada sempre que algo fresco caía. Tentava conseguir comida para a semana toda com um pequeno saco mas, quando conseguia, precisava que toda a família o protegesse dos outros cães e das pessoas. E depois ainda havia a corrida para casa, sob a ameaça de um ataque dos Estranhos. Irmão Cinza era o mais forte, então Romochka pendurava o saco sobre seus ombros e corria perto dele, equilibrando o saco, dando tapas e ordens para que o cão ficasse submisso. Confiava em Mamochka e Cadela Dourada para que ficassem de guarda e avisassem caso algum Estranho se aproximasse. Ele se concentrava só no saco de comida e no Irmão Cinza. Os outros ficavam por perto, agindo como guarda-costas. Depois que conseguiram, com muita dificuldade, levar comida para casa duas vezes dessa maneira, Irmão Cinza entendeu o processo e ficou mais ágil.

Romochka percebia, à luz do crepúsculo, que todos na família estavam menores que antes. Mais magros. Costelas aparecendo, a cabeça maior, principalmente Mamochka. A gordura no corpo havia sumido tão lentamente que ele não percebeu. Apalpou o próprio peito: ele também era só osso sob a pele sem pelos. Às vezes conseguiam matar algum bicho, e então tinham comida fresca, e também frutas quando procuravam por elas às pressas perto da montanha, mas só aquilo não bastava.

Romochka pelo menos tinha o leite de sua mãe. Dali em diante, Romochka passou a mamar nela: enchia a boca e passava o leite para a boca de cada um de seus irmãos, que o lambiam. Fez isso até o leite de Mamochka secar. Os outros ficavam andando ao redor dele, ansiosos, sempre que ele mamava. Seus dedos se acostumaram aos corpos ossudos e nem sempre ele dividia o leite. Às vezes estava com fome demais, ou então ficava de mau humor. Às vezes não dava o leite só de raiva.

Os Estranhos uivavam, chamavam-se uns aos outros, e o som atravessava a igreja em ruínas. Mas ali, do lado de fora, o círculo demarcado e encantado protegia o esconderijo. Os Estranhos também estavam morrendo de fome.

Romochka começou a construir armas. Vasculhou sua coleção de pregos e ferros e encontrou um pedaço de cano de metal, o qual usou para marretar pregos em pedaços de madeira. Quando suas mãos congelavam e grudavam no metal, precisava fazer xixi nelas para se desgrudar. Sentia uma dor lancinante nos dedos, então envolveu o metal num pano velho e colocou várias meias nas mãos. Mamochka lambia suas mãos com esmero nos períodos de descanso entre as marteladas, e ele as aquecia colocando-as perto da barriga dela, ou entre suas próprias coxas. Não conseguia fazer nada sem um cachorro ali perto para deixá-lo novamente aquecido. Pedia ao Irmão Cinza, que era o mais peludo e tinha os dentes mais fortes, para roer as partes das armas que seriam os punhos, e dava tapas no cão quando ele achava que já tinha roído o suficiente. Fez uma pequena coleção de diversos tipos de porretes e pedaços de madeira com pregos e encostou suas armas na parede do fundo do esconderijo. Experimentou cada uma delas, manejando-as e dando golpes no ar, na escuridão. Ficou satisfeito com sua própria força e com aquele novo conjunto de dentes. Bateria com força naqueles Estranhos caso ousassem se aproximar dele novamente.

Ж

Romochka acordou de seu sono inquieto e ficou rígido, mantendo os olhos fechados. Todos os outros já estavam acordados. Apesar de estarem em silêncio, sentia que a ansiedade voltava a tomar conta do esconderijo. Ele não sabia. Mas eles sabiam; e os Estranhos também. O vento estava diferente.

Não conseguia sentir nenhum cheiro vindo do norte, e mesmo assim todos estavam arrepiados. Romochka arrastou-se até a parede do fundo, para perto de suas armas, e enquanto isso pôde sentir que os outros estavam se posicionando: Cão Negro e Irmão Cinza, os dois mais fortes, ficaram perto da entrada. Caminhando para cá e para lá atrás deles, Cadela Dourada, Mamochka, Irmã Negra, Irmão Marrom. Tateou o chão com os dedos, em busca da tábua cheia de pregos. À frente dele, rente ao chão, ele sabia que estava Irmã Branca, agachada, com as orelhas para trás e os dentes arreganhados. Podia ouvir a vibração da respiração-rosnado dela, sentir seu medo. Todos eles também já sabiam onde ele estava, sabiam que ele iria desferir golpes com suas armas de madeira na escuridão. Ficaram um pouco mais afastados dele, sem deixar de vigiá-lo.

Ainda nada de cheiro. De repente, o som dos rosnados ficou mais alto e ele pôde sentir que todos estavam tensos. Nenhum cheiro. Cerrou as pálpebras, para não ficar mais olhando cegamente para a escuridão gelada com olhos arregalados, cerrou os dentes, sufocando um grito, e golpeou o ar com mais força. Cada vez que inspirava, sua respiração ameaçava tornar-se um grito de pavor. Golpeou o ar vazio mais uma vez, com força.

E foi aí que o cheiro dos Estranhos de repente surgiu entre eles e os rosnados da família explodiram naquela câmara escura. Havia um grande tumulto à sua frente, uma confusão de ruídos, corpos caindo uns sobre os outros, grunhidos, mordidas, escorregões, bufadas e enormes ondas de fúria. Ouviu o Irmão Cinza ganir de dor enquanto corpos rolavam, lutando, caindo no chão, arrastando-se, rolando até o ninho e depois de volta para o lugar de onde haviam saído. Irmã Branca, que estava à sua frente, saiu em disparada: agora havia duas brigas perto da entrada. O som de bufadas e rosnados graves e desconhecidos ia e voltava de uma briga para a outra. Urros estranhos. Patas arranhando o chão da entrada escura; urros estranhos e ferozes mais uma vez, e mais ruídos de patas arrastando-se no chão, passando pela entrada. Podia ouvir Mamochka rosnando por entre os dentes que ela fincava com força, mandíbulas que puxavam e arrancavam, e a cada puxada ele ouvia os ganidos do Estranho, mais ou menos no meio do túnel. Ouviu todos atacarem, morderem e puxarem, e depois a respiração roufenha, o animal se debatendo freneticamente perto de sua família, que estava concentrada, em silêncio; mais sons ásperos de respiração, sons de um animal se debatendo com menos força. E depois o silêncio.

Todos ficaram mais calmos e ele abaixou a tábua com pregos que segurava, sentindo o corpo todo trêmulo. Podia sentir o cheiro de sangue. Mamochka e Cadela Dourada arrastaram o animal morto para um lado e todos ficaram andando para lá e para cá, farejando a história, seguindo o rastro daquele que havia escapado e subido até a entrada. Ninguém se moveu para sair do esconderijo. O Irmão Cinza fazia um barulho estranho enquanto andava para lá e para cá — estava usando só três pernas.

Lá fora, os Estranhos uivaram e todos ali ficaram arrepiados, rosnando baixinho. Desta vez, ele sentiu que todos acompanharam Mamochka e se reuniram bem perto da entrada. Irmã Branca continuava rente ao chão, perto dele, e ele percebeu que ela era a única coisa que havia entre ele e a entrada. Ele ofegava, segurando firme a tábua à sua frente.

Quem não tem nada, se vira com o que tem. E nós somos a última coisa que eles têm para comer. De repente, viu o rosto de sua primeira mãe quando ela disse a frase, a expressão de desdém, o sorriso meio de lado. Fazia tempo que ele não tentava lembrar-se dela. Na maioria das vezes, não conseguia se lembrar de seu rosto. E era um rosto tão bonito! Mas sem pelos e com dentes muito pequenos. Prendeu-se àquela imagem. De alguma maneira, ela havia conseguido passar pelos Estranhos e chegar até ele, para saber como ele estava, para verificar se ele não estava com meleca no nariz e nem mexendo no próprio pênis. Ela não ia gostar nem um pouco dos cães e nem dos Estranhos. Ela os expulsaria dali e também lhe daria uma surra. Todos acabariam indo embora, com o rabo entre as pernas, com barriga, olhos e dentes rentes ao chão, e ele deitaria em sua cama quentinha, num quarto iluminado e aquecido, com a mão em seu *pisya*, e ficaria choramingando até ela entrar, toda arrumada, usando aquele vestido brilhante vermelho. E aí ela ajeitaria as cobertas ao redor dele e lhe daria um biscoito e um copo de leite quente antes de sair para caçar. Que maravilha. Que delícia! Tudo aquilo iria desaparecer.

Desta vez, sentiu que o Estranho desceu lentamente pelo buraco gelado. Sentiu que ele esperou um pouco e só depois pulou para dentro do esconderijo. O cão ficou parado. Os cães continuaram em silêncio, sob as ordens de Mamochka. Sentiu aquela nova presença engrossando o ar, bloqueando o fluxo gelado que ia do buraco até ele, e então teve a impressão de sentir o animal enrijecer o corpo ao ver Irmã Branca e ele ali. Irmã Branca tinha começado a rosnar, um rosnado alto, feroz. E então Romochka ouviu a leve pressão das unhas no chão, o impulso das fortes patas traseiras. Tudo ficou lento. O Estranho havia saltado: pairava silenciosamente no ar. Só havia um lugar onde ele poderia aterrissar: sim, bem ali! E então o baque abafado, patas raspando no chão.

E mais uma vez o Estranho saltava e pairava no ar, enorme, preenchendo a escuridão, voando por cima do rosnar cada vez mais alto da Irmã Branca, vindo em sua direção. Agora!

Romochka girou o corpo e deu um golpe com a tábua, o mais forte que conseguia. Foi lançado para trás, contra a parede, no momento em que sua tábua cheia de pregos fincou-se em algo e escorregou de suas mãos. No mesmo instante, ouviu o rosnado alto da Irmã Branca ficar abafado, enterrado bem fundo na carne, e depois sentiu o cheiro de vísceras quentes se abrindo. Irmã Branca e o Estranho caíram com um estrondo no chão à sua frente e a outra extremidade do esconderijo explodiu em rosnados, gritos, ganidos, tumulto. Ouviu o ronco do rosnado de Mamochka, amplificado pelo som da força de seus dentes, que ela fincava com gosto.

Ouviu outro corpo deslizando pelo buraco de gelo, outra explosão de rosnados e cães brigando. Duas brigas se separaram, movimentando-se na escuridão para os cantos do esconderijo, e ele viu o buraco gelado vulnerável, sem ninguém vigiando. Pensou que tivesse sentido mais um Estranho, depois mais um, e mais um, todos saltando na sua direção, assim como o primeiro... mas não, eram só fantasmas. Agora Romochka emitia um som de ganidos enquanto tateava desesperadamente em busca de outra arma. Ficou um pouco mais calmo quando seus dedos encontraram sua clava, e aí percebeu que Irmã Branca ainda estava perto dele, e que estava ocupada. Ela contraía os músculos, soltava e depois abocanhava de novo. Os sons sutis e inconfundíveis de estrangulamento, o animal eviscerado raspando de leve as patas no chão.

O esconderijo aos poucos foi ficando mais calmo, tomado aos poucos por vibrações diferentes, sons arrastados, grunhidos guturais, ruídos de dentes triturando ossos. Sentia cheiro de sangue em todo o lugar, cheiro da morte. Tentou prestar atenção nos sons, buscando as vozes de sua família, já que seus sentidos estavam fora de controle. Podia ouvir Cadela Dourada e Mamochka mordendo com força, para matar. Cão Negro andando livremente, rosnando de frente para o fluxo de ar que vinha do buraco gélido. Irmã Branca agora com respiração mais calma, mas ainda com mandíbulas firmemente plantadas na carne, bem ao seu lado. Depois, uma briga leve, e então reconheceu também a voz de Irmã Negra, talvez prendendo algum cão pelo tendão da perna. E, no ninho, Irmão Negro respirando com dificuldade, com dor, mais rente ao chão. Irmão Marrom... tateou com as mãos e os ouvidos a escuridão, com um mau pressentimento.

Nada. Nada. E nada de novo.

Lentamente, a tensão no esconderijo foi se dissipando. Mais uma vez ouviu movimentos e respiração normais, mas a sensação de aperto em seu peito começou a aumentar. Começou a andar aos tropeços, esticando cegamente as mãos, desorientado no espaço em ruínas. Irmã Branca veio para perto dele e, apoiado nela, agora chorando, caminhou lentamente na direção do ponto onde os outros haviam se reunido e de repente enrijeceu de susto.

Os cães ficaram farejando o local durante um bom tempo, com grande abandono, e então, ainda com um resquício do calor do Irmão Marrom em seus focinhos, deram-lhe as costas, ignorando a massa ensanguentada como se ele também fosse um Estranho.

Mas Romochka não podia deixá-lo sozinho. Acariciou com dedos trêmulos o corpo do irmão, mexendo em cada ferida, investigando, inserindo o dedo. Lambeu o rosto ensanguentado, chorou. Ganiu feito um cachorro, praguejou, tentou encorajá-lo, persuadi-lo. Aninhou-se perto do Irmão Marrom do mesmo jeito que fizera tantas vezes antes. Nem mesmo Irmã Branca veio para perto dele enquanto ele ficou ali chorando, sem fôlego, tentando aplacar o vazio que a escuridão e os Estranhos haviam deixado dentro dele.

O enorme corpo esfriou. Romochka, não aguentando mais de frio, foi tremendo para o ninho, em busca do calor dos outros.

Todos estavam feridos, com exceção de Romochka. O Irmão Cinza era quem estava mais machucado. A sua perna da frente estava pendurada logo acima da articulação, uma massa de carne em pedaços irregulares. Irmã Branca estava com um corte profundo no lombo, do ataque do primeiro Estranho. A orelha de Mamochka, tão bonita e macia, estava rasgada. Irmã Negra tinha um rasgo no rosto, o qual depois a deixaria com aparência ainda mais assustadora. Os outros tinham mordidas no pescoço e nos ombros.

Ficaram ali deitados, lambendo-se uns aos outros, concentrados em cada ferimento. Quando finalmente terminaram, os cadáveres já estavam duros, com cristais de gelo, sólidos feito pedras.

Foram os mortos que os salvaram. Tinham carne congelada em quantidade suficiente para sobreviverem até que o odor da primavera penetrasse a neve e chegasse até eles, até que a luz do dia ficasse mais forte e as pessoas expulsassem os Estranhos do descampado, da floresta e da montanha. Ficaram de guarda no esconderijo, limpando as feridas com lentas sessões de lambidas, conservando suas forças. Irmão Cinza recuperava-se lentamente. Romochka alimentava-o com pedaços de carne já mastigados, dormia com os braços ao seu redor. Durante algum tempo, sempre que os outros se aproximavam do cadáver do Irmão Marrom, ele os expulsava. Mas depois a memória se esvaiu e aquela carcaça congelada passou a ser um Estranho também para ele.

Depois daquilo, nenhum Estranho tentou entrar no esconderijo. E a operação de extermínio de cães de rua, que eliminou praticamente todos os cães famintos e sem dono, passou batida por eles.

A luz do dia e o calor atraíram todos para fora do esconderijo. Romochka estava de pé na ruazinha que dava para as obras abandonadas, respirando fundo. Ainda havia neve, em camadas grossas, cobrindo tudo, mas agora as árvores estavam livres e nuas. Havia algo no contorno de renda negra das árvores contra o céu que dava a sensação de frescor, muito embora elas não tivessem uma única folhinha verde. A neve acumulada contra os troncos, sob a luz fraca do sol, agora tinha um ar de derrota: estava perdendo terreno, sendo sugada pela neve derretida que havia debaixo dela. Romochka conseguia sentir o cheiro dessa neve, empapada com as folhas podres do outono e a promessa de cogumelos. Podia ouvi-la gorgolejando silenciosamente para si mesma, aguardando o momento de escorrer e deixar tudo terrivelmente enlameado. O interior das nuvens tinha um tom cinza suave. Nuvens que jamais trariam neve, pensou ele, com o coração alegre. As nuvens de chuva da primavera o deixavam tão feliz! Saltitou em pequenos círculos. Logo todos eles estariam na floresta brincando na grama, na grama bem verde, bem verdinha! Tudo que havia de doente e moribundo no mundo iria desaparecer com o inverno, eles ficariam gordos novamente, sem ossos aparentes, ficariam todos maiores; o mundo renasceria mais uma vez.

Naquela noite, Romochka insistiu para que saíssem em busca do jantar, para caçar algo fresco, quentinho, cheio de sangue. Já estava enjoado das carcaças congeladas, não aguentava mais o cheiro delas, estava cansado do esforço que tinha de fazer para roer a carne congelada dos ossos, cansado de urinar em sua própria comida para deixá-la menos dura.

II

Um menininho de aproximadamente seis anos de idade caminha pela floresta, traçando seu caminho por entre amieiros, tílias, carvalhos e bétulas. É um verão pitoresco: a luz cremosa do sol desliza sobre os troncos sarapintados das árvores; os galhos brancos e finos e as folhas balançam contra a brisa. O canto dos pássaros e o pólen flutuam no ar. Há cachos de flores brancas pendurados às sorveiras, na beira da floresta e no cemitério. Botões de urtiga-amarela, lírios do vale e azedinhas pontilham as clareiras. O aroma doce das flores das tílias paira no ar e, próximo a elas, é possível ouvir a música das abelhas misturando-se ao ruído constante e sutil do canto dos pássaros, o zunir dos cabos elétricos e da rodovia à distância.

O lugar é uma daquelas áreas estranhas de Moscou em que a floresta invade a zona urbana e a cidade retrocede, transformando-se apenas em ruído. É como uma pequena fronteira: uma natureza não cultivada e maltratada, intercalada por trechos urbanizados, depois mais outros, e depois bosques, casas de campo e vilarejos. Pequenas doses da natureza selvagem e infinita que se expande, mítica, para o norte.

Ao redor dos terrenos baldios, os prédios são uma estranha mistura de blocos de apartamentos mais antigos, muito altos, com fachadas de azulejos azuis, e de novas construções financiadas pelo governo — aberrações que roubaram para si a grama e os brejos, prédios que começaram a ser erguidos com grande entusiasmo durante a *perestroika*, mas cuja construção era abandonada em períodos cíclicos, cada vez mais longos, até cessar por completo. As vigas enferrujadas e as fachadas de concreto erguem-se à beira dos campos cheios de mato, à beira dos brejos e das bétulas mortas. Torres de energia levam fios de eletricidade frouxos e recurvos, que atravessam os campos até chegar à floresta. É possível avistar algumas casas de campo verdes e marrons, em grupos espaçados, no matagal sob uma das torres de energia mais próximas. Dão a impressão de ser fragmentos de vila à deriva, e é exatamente o que são.

Ele caminha com passos arrastados, chutando qualquer coisa sólida à sua frente. Os habitantes da montanha de lixo e da floresta sabem quem ele é e o deixam em paz; na verdade, fazem o possível para evitá-lo. O que chama a atenção, à primeira vista, é a sua juba de cabelos negros e embaraçados. A juba começa em sua testa e vai até o meio das costas, uma massa emaranhada e grossa. Ele, como todas as outras pessoas dali, está imundo, e veste várias camadas de roupas e trapos diversos. Para uma criança daquele lugar, ele é estranhamente saudável. Seu corpo é musculoso e tem bom porte. Seu físico é mais resistente e ágil do que o de qualquer outra criança. Ele é mais hábil e consegue se movimentar bem mais rápido que os outros seres humanos. Maneja a rudimentar clava em sua mão direita com exímia destreza. Quase não emite sons, com exceção dos rosnados que às vezes escapam por seu nariz e por entre seus dentes.

Não é possível saber exatamente como são seus pais, mas dá para ver que ele tem olhos escuros e traços vagamente tártaros, que sua pele é clara por baixo de toda aquela imundície. Tem belos traços: maçãs do rosto largas, emoldurando uma boca grande e dentes bem fortes, mas é difícil dizer se ele é de fato uma criança bonita. Seus olhos negros, levemente orientais, sempre fitavam os olhos de qualquer pessoa que se deparasse com ele, com ar de ingênua hostilidade, de avaliação mercenária: algo bastante perturbador numa criança de seis anos de idade. Ele também fede bem mais do que qualquer *bomj*. Mas não é por isso que as pessoas o evitam. Existem muitas outras pessoas esquisitas como ele morando por aqueles lados das montanhas, e ele é uma criança, presa fácil para qualquer predador.

As pessoas o evitam porque ele nunca está sozinho.

Dizem que seus cães aparecem do nada, que há mais de vinte deles. Que são cachorros maiores e mais fortes que cães normais. Que as unhas compridas e afiadas do menino têm a força das garras de um lobo. Algumas pessoas dizem que ele é um demônio que se alimenta de carne humana e fica vagando sozinho, sem rumo, na forma de criança, para que as pessoas se aproximem. Outras dizem que ele é um ser que passou por mutações genéticas, que escapou de um laboratório altamente secreto. Até mesmo os céticos sabem que ele é perigoso. Sempre que o veem, todos começam a cochichar e murmurar entre si, na montanha e na floresta. Fecham as portas de seus casebres e ficam observando pelas frestas.

Nas casas, os cães de guarda ficam arrepiados e começam a rosnar, inquietos, farejando o ar quando ele passa. O fato de que até mesmo os cães têm medo dele contribui para sua reputação.

Nas estações mais amenas do ano, os cães e pessoas que habitam as cabanas decrépitas na floresta à beira da montanha de lixo evitam se intrometer na vida alheia. Afinal, partilham do mesmo território, das mesmas dádivas e atribulações. Dos mesmos perigos.

A *militzia*, incumbida de combater a doença e o crime, mazelas que sempre andam juntas, patrulham a montanha e a beira da floresta e tentam ao mesmo tempo complementar seus próprios salários miseráveis Destroem barracos, recolhem pessoas, atiram em cães na frente de seus donos. No outono anterior, a operação limpeza foi radical: uma tentativa sem precedentes de eliminar as pessoas desabrigadas do centro da cidade e exterminar um número cada vez maior de cães selvagens e de rua. Moscou precisava ser um cartão-postal, proclamavam os canais de TV do governo. Ruas eram varridas, canais eram limpos por barcaças amplas e armadas; uma lei de registro de cães foi criada, mas sem muito sucesso. Fizeram um censo da população e analisaram a documentação das casas próprias. Pegaram várias pessoas e cães de rua e os forçaram a ir para as periferias da cidade, e até mesmo um pouco mais além.

No inverno, as coisas foram diferentes. A época da ronda da *militzia* já havia chegado mais ou menos ao fim, pelo menos ali nos descampados perto da floresta e da montanha. Os *bomji* sobrevivem trabalhando ou pedindo esmolas na cidade; lá, eles são vítimas dos *militzi* que ficam esperando perto das fábricas, no dia do pagamento. Os *bomji* também complementam sua renda com os programas de proteção aos desabrigados. A hostilidade entre os cães selvagens e os *bomji* depende das estações, e no inverno ela atinge seu ápice. Os cães selvagens invadem qualquer cabana que pareça estar fria demais e lutam com outras matilhas pela carne fresca que sabem que lá encontrarão. Se os humanos percebem, às vezes os expulsam com paus, fogo ou gritos, mas mesmo assim, quando a noite cai e a penumbra indecisa do crepúsculo é absorvida feito leite pelo céu noturno, os vizinhos às vezes se deparam com um cadáver congelado e meio mastigado.

Nessa terra de mortos e abandonados, ninguém fica surpreso ao ver cadáveres surgindo na primavera, quando a neve derrete. As pessoas da cidade os chamam de "fura-neves" – em homenagem à flor de mesmo nome. Naquele ano, as autoridades municipais e a *militzia* coletaram mais de trezentos quando a neve derreteu.

Na primavera, a vida volta à sua precária normalidade. Mas, no inverno, tanto os homens quanto os cães convivem sob um silencioso véu de hostilidade, com medo uns dos outros. O clima agora está mais ameno; há comida na cidade e na floresta. E os dois grupos têm um inimigo em comum.

Ж

Romochka chutava folhas e lixo. Irmã Branca, Irmão Cinza e Cão Negro estavam com ele. Ele podia ver Cão Negro vasculhando o lixo perto do rio mais à frente, igual a qualquer outro cachorro solitário, cuidando da própria vida. Irmão Cinza e Irmã Branca estavam na floresta, à sua direita, fora do alcance de sua visão, mas ele sabia que o vigiavam. Estavam esperando que ele se juntasse a eles na floresta, para caçar. Podia sentir as presenças distintas e reconfortantes de cada um dos cães, sua paciência.

Perambulava à beira da floresta sem nenhum motivo aparente, algo que ultimamente havia se tornado um hábito. No começo, ele gostava da agitação que causava ao passar por ali com os irmãos e irmãs em seu encalço. Mas ultimamente gostava de ficar andando sozinho, sem rumo. Ouvia fragmentos das conversas de outros seres humanos e os repetia mentalmente, sentindo-se ao mesmo tempo maravilhado e triste. *"É, dá para te arranjar um* teev. *Vai ser difícil pra burro, mas eu consigo um* teev *pra você"...* "Você vai virar comida de cachorro se não parar de chorar, ouviu bem?" "Você quer um carro, é? PEDE PRO CHEFÃO DA MILITZIA, ENTÃO!" Se avistava pessoas, principalmente crianças, ia até uma bétula e batia na árvore com toda a força, com a clava, até destruir a casca. E depois ia embora, novamente saltitante. Agora ele já se aproximava das cabanas, da periferia do vilarejo miserável. Várias bétulas já exibiam as marcas de sua clava nos troncos.

Mas naquele dia ele não tinha visto ninguém. A inspeção da polícia já tinha chegado ao fim. Dois homens armados às vezes ainda apareciam no vilarejo, todos os dias, pela manhã. Trajavam roupas normais, só que limpas, mas o corte de cabelo dava a impressão de que eram da *militzia*. Tinham um leve cheiro de casa: óleo de cozinha, suor, sabonete. Reuniam os homens, as mulheres e as crianças. Então escolhiam os homens que estivessem feridos, aleijados ou com cicatrizes. Tomavam os bebês das mães e os davam para outras mulheres. As crianças mais jovens também eram trocadas, e depois os homens gritavam com todas elas, enfiavam todo mundo num pequeno furgão e iam para a cidade. Voltavam tarde da noite, e as mães exaustas iam buscar e alimentar os filhos famintos.

Com a clava, Romochka quebrou algumas garrafas que estavam atrás de um barraco, mas ninguém saiu de lá. Mas ele sabia que havia crianças escondidas lá dentro, que antes estavam se escondendo da patrulha, e agora se escondiam dele. Sabia que elas o estavam observando lá de dentro. Uivou, olhando para a renda bonita na janela. Irmã Branca e Irmão Cinza apareceram e sentaram ao seu lado. Romochka ficou olhando para a porta dos fundos, mas nada aconteceu.

Pensou em puxar um pedaço do acrílico das paredes do barraco e arrebentá-lo totalmente, só para provocar as crianças, mas mudou de ideia. Até aquele barraco parecia algo especial — seria errado tocá-lo. Foi para a floresta, sentindo-se triste; inconsolável, até. Desejou muito ter um pedaço daquela renda na sua coleção de coisas especiais. Ou (melhor ainda) um pedaço bem grande para pendurar na frente de sua alcova no esconderijo, o lugar onde dormia.

Há muitos e muitos meses ele não via a cantora, a sua cantora. A cabana dela também havia desaparecido, como se nunca tivesse existido. Queria que ela aparecesse de novo. Dizia a si mesmo que, se a visse novamente, ou sua filha magricela, falaria com elas. "Oi", disse ele, puxando conversa com uma árvore de galhos finos. Sua voz soava estranha, rouca. Experimentou mais uma vez, mais alto: "Como vai?" Cão Negro, espantado, veio trotando até ele, lambeu-lhe o rosto e depois ficou às suas costas, com Irmã Branca e Irmão Cinza. Depois, os três entraram na floresta.

Quando estava com os cães, ele não tinha nenhum motivo para sentir medo dos *bomji*, mas mesmo assim eles o deixavam preocupado, ansioso. Pensava muito neles, ruminando sobre as coisas que os via fazer. Os *bomji* claramente tinham caminhos e territórios, mas, com exceção das zonas mais óbvias ao redor das fogueiras e das casas, ele não conseguia perceber as linhas divisórias entre seu mundo e o deles, e isso o fazia sentir certo medo. Às vezes, eles pareciam cães doentes ou cães sem dono, solitários. Não dava para saber se seriam perigosos ou não. Alguns não sabiam como se comportar, nem com ele e nem entre si. Brigavam e gritavam, agarravam-se, rasgavam as próprias roupas, tudo por causa de comida ou de pedaços de metal. Roubavam uns dos outros, espancavam-se até ficarem caídos no chão. Também matavam e copulavam, até mesmo se um deles não quisesse. Outras vezes, tocavam-se com tanta ternura que Romochka se sentia confuso e nostálgico.

Romochka sabia que, à primeira vista, assim que percebessem o seu cheiro, os estranhos e as pessoas que moravam em casas achariam que ele era um dos *bomji*, que fazia parte daquela horda de seres desabrigados, indistinguíveis entre si para as pessoas da cidade e para a *militzia*. Durante um bom tempo, ficou satisfeito com a possibilidade de ser confundido com um *bomj*, mas ultimamente isso o deixava preocupado. Naquele dia, assim como em vários dias anteriores, ele tentava escapar da vaga infelicidade que sentia dedicando-se às suas atividades habituais: caçar e depois voltar para casa, para o esconderijo.

A melhor época da floresta era a primavera. Os cães farejavam por ele e ele escalava as árvores feito um jovem urso, vasculhando os ninhos em busca de ovos e filhotes de pássaros. Cão Negro sempre cavava loucamente o chão em busca de toupeiras, mas raramente conseguia pegar alguma. Corriam atrás dos cervos pequeninos e sarapintados que avistavam, mas evitavam os filhotes de alce: eles tinham mães fortes, corajosas. Nos laguinhos alimentados pela nascente, nadavam filhotes de pato e de outras aves aquáticas, em grande quantidade, mas eram muito espertos.

Romochka não sabia nadar e não gostava de se molhar, mas todos se esforçavam ao máximo quando pescavam, de tão sedutor que era o brilho daquela água rápida que saía dos laguinhos e atravessava a floresta, em direção à cidade. Irmã Negra, sempre a mais rápida, foi a única a conseguir pegar um peixe. Tinha ficado com água até os ombros no riacho, olhando fixamente para dentro da água, mergulhando a grande cabeça repetidas vezes. A única vez em que ela emergiu com aquela refeição prateada que se contorcia em sua boca, respingando água para todos os lados, fez com que todos se esforçassem ainda mais.

Mas naquele dia Romochka estava de mau humor, desanimado, e eles não conseguiram pescar nada.

Ж

Irmão Cinza seguia saltitante, alegre, com o ar inconfundível de quem estava transgredindo alguma regra. Conduzia Romochka pelo terreno, meio saltitante, mancando de maneira quase imperceptível.

Romochka imaginou que Irmão Cinza estivesse feliz por aquela ser a primeira vez em que só os dois saíam juntos. Ele também estava animado, correndo de leve, imaginando o mundo de possibilidades ao caçar com seu único irmão sobrevivente. Irmão Cinza era forte, um bom caçador, mas não era mais tão ágil quanto antes. E ainda se sentia atraído pelas coisas proibidas. Gostava de começar brigas com os cães de outros clãs, desrespeitando seus territórios, e gostava de sair sozinho. Já havia acontecido de ele sair para caçar com Irmã Negra e os dois voltarem em horários diferentes, um de cada vez, vindo de partes diferentes do território. Certa vez, ficou desaparecido durante mais de um dia e voltou para casa sem nada, com cheiro de outros cachorros.

Irmão Cinza levantou a perna, demarcou o último ponto de encontro e parou, agitado. Olhou para a montanha e hesitou. Romochka estava prestes a tomar a liderança quando Irmão Cinza de repente se decidiu e começou a andar rápido em outra direção. Romochka correu atrás dele, dando ganidinhos de alegria. Ele nunca tinha ido para aqueles lados.

Irmão Cinza rescendia a travessura, com ar de quem tinha muitas coisas a mostrar a Romochka. Os dois ficaram andando a esmo pelas beiradas verdejantes dos prédios altos, ao longo das ruas, esquivando-se do trânsito e das pessoas que corriam para se exercitar, passando por lojas e quiosques. Romochka estava excitadíssimo com aquela aventura. E então chegaram à entrada do metrô. Ao redor da construção baixinha, de vidro, com portas que não paravam fechadas, Romochka viu rostos conhecidos: pessoas que dormiam nos pequenos quadrados gramados com seus cães ou então pediam dinheiro na porta do metrô. Percebeu que eles também o reconheciam. E reconheciam Irmão Cinza.

A animação que sentia lentamente se dissipou. Irmão Cinza conhecia aquele lugar muito bem, bem demais. Caminhava com desenvoltura de um ponto de encontro a outro. Então era dali que vinham os sacos de papel com *piroshki* pela metade. Era ali que eles achavam pães de forma inteiros. Bolo.

Franziu a testa. Todos o haviam enganado. Todos caçavam na cidade. Todos, menos Romochka.

Irmão Cinza percebeu a mudança no humor de Romochka e se esforçou ao máximo para encontrar alguma travessura que pudesse deixá-lo alegre de novo. Tentou assustar um velho, mas Romochka não fez nada, só continuou andando atrás dele, meio encurvado, pensativo. Correram atrás de um gato sem muita vontade, mas logo desistiram e voltaram para o terreno. Romochka não demarcou o poste. Sentia profundamente a traição de sua família. Como era incapaz de sentir o cheiro da cidade neles, puderam ocultar dele o fato. Os cães, que nunca mentiam uns para os outros, haviam mentido para ele. Todos eles. Todo mundo, até mesmo as pessoas da montanha, iam para lá, dia após dia.

Irmão Cinza lambia sua mão com carinho exagerado enquanto os dois andavam devagar, voltando para casa, atravessando o terreno. Irmão Cinza não saiu correndo com a intenção de fazer algo sozinho, como costumava fazer, e Romochka ficou comovido. Não era do feitio de Irmão Cinza fazer-lhe companhia, ser gentil.

No esconderijo, Romochka sentou-se longe dos outros, fazendo cara feia. Mamochka não confiava nele, não achava que ele fosse capaz de caçar direito. De hoje em diante, pensou ele, vou caçar na cidade. Ficou olhando para os cães com raiva — Mamochka deitada no ninho, alheia à sua decisão; Cadela Dourada com o olhar fixo nele, franzindo a testa, deitada no lugar onde sempre ficava de sentinela. Vocês não têm como me impedir, pensou. Vocês vão ver só.

Romochka, Irmã Branca e Irmão Cinza estavam voltando para casa, alegres e saltitantes. Romochka levava a comida do dia num grande saco plástico dentro de outro, pendurado no ombro. Precisavam parar de vez em quando para que ele colocasse o saco no chão e descansasse um pouco. Ele suspirava, demonstrando de um jeito exagerado seu orgulho e contentamento, vendo Irmã Branca e Irmão Cinza farejando o saco com vontade, balançando o rabo. Chegaram ao último ponto de encontro perto da cerca e ele girou a sacola, fazendo um floreio, de modo a deixar uma mensagem para os outros cães. Também urinou no último poste pela primeira vez desde que Irmão Cinza o levara para a cidade. Sim: ele, Romochka, havia trazido comida para casa. E que comida! Deixou Irmão Cinza lamber-lhe os dedos enquanto atravessavam o gramado até o terreno. Todos saberiam que ele havia caçado, e que era uma boa caça. Todos os estranhos que visitassem o ponto de encontro saberiam que *ele* também era parte da família. Cada vez que respirava, a cada passo que dava a rumo de casa e que o levava para longe da cidade e das pessoas, sentia como se o ar estivesse preenchendo seus pulmões com uma doce felicidade. Começou a sorrir sozinho, maravilhado consigo mesmo. Tinha sido arriscado, mas no fim foi tudo tão perfeito! Agora estava quase explodindo de felicidade, embora ainda estivesse um pouco chocado com o que havia feito. Ainda sentia a orelha queimar.

Romochka, Irmã Branca e Irmão Cinza ficaram algumas horas farejando rastros no labirinto de ruas que circundavam lojas, prédios de apartamentos e a estação de metrô, sem achar grandes coisas. Não conseguiram pegar o gato que perseguiram; o gato correu na direção de Romochka, tentando escapar, e Romochka calculou mal e pulou para o lado errado.

Pôde perceber, pelo modo com que Irmã Branca e Irmão Cinza levantavam os focinhos, que a mulher que vinha com passos pesados pela calçada, indo na direção deles, carregava algo bom. Foi assaltado pela ideia com tanta força que se sentiu tonto durante um breve segundo. Nem pensou duas vezes. Segurou firme a clava, ficou na frente da mulher e desferiu um golpe com força, mirando os joelhos. Os cães ficaram meio afastados, na sombra, desorientados, sem entender o que ele queria fazer.

Mas ele não acertou. A mulher deu um passo para trás, deixou cair as sacolas e deu-lhe um murro na lateral da cabeça, fazendo com que ele caísse prostrado no chão.

— Seu porco! *Bomj!* Animal! — gritou ela, dando um passo à frente com a intenção de chutá-lo, mas não conseguiu: os dois cães já estavam em cima dela. Irmã Branca ficou por cima de Romochka, os olhos negros faiscando, rosnando e saltando para morder o rosto da mulher. Irmão Cinza dava voltas ao redor dela e começou a dar investidas com a intenção de morder. Gritando de dor, ela deu meia-volta para ficar de frente para Irmão Cinza. Romochka agarrou as duas sacolas de compras e saiu correndo, quase sem conseguir carregá-las pela rua. Depois, virou uma esquina e se escondeu dentro de uma caixa de papelão vazia, perto de uma caçamba num beco. Fechou a caixa e ficou sentado lá dentro, só ouvindo. Todo o seu corpo tremia. A mulher gritava e gritava, mas ele sabia que Irmã Branca e Irmão Cinza não estavam mais com ela: eram gritos muito regulares. Sentiu que seu coração se acalmava, mas sua cabeça ainda latejava.

Tateou as sacolas e farejou para ver o que elas continham. Frangos! Dois! Sem penas. Queijo! Metade de um queijo redondo, bem grande. Salsichas! Aipo, cenouras, cebolas. Pepinos. Um fígado! E o que era aquela coisa grande? Cheirou, sentindo o nariz ainda meio embotado pelo odor do fígado. Um repolho! Agora havia várias pessoas na esquina, e ele podia ouvir a mulher ainda berrando, gritando. Resolveu esperar, apalpando a comida, até que tudo se acalmasse. Irmã Branca e Irmão Cinza não deviam estar longe. Sabia que iriam ao seu encontro. Precisaria deles para impedir que alguma criança maior ou algum cão roubasse a comida.

E então começou a se sentir mal. Lentamente a sensação tomou conta dele. Imaginou-se repetidas vezes erguendo a clava na direção da mulher. *Seu porco!* Bomj! *Animal!* Sua primeira mãe teria ficado brava com aquela mulher.

"Porco. *Bomj.* Animal." Repetia as palavras sem parar, com medo de sua própria voz rouca de criança, ali na escuridão da caixa. De repente, era como se a enorme barreira que havia entre ele e as pessoas se dissipasse. Antes elas permaneciam distantes, inalcançáveis, à margem de seu mundo; tão perigosas quanto aqueles cães que ficavam com a boca espumando, mas tão irrelevantes quanto eles. Começou a chorar baixinho.

Ouviu os cães do lado de fora, farejando seu rastro, e então viu o nariz do Irmão Cinza empurrando as abas da caixa. Romochka riu, aliviado, e lambeu com vontade aquela cabeça enorme. Enxugou as lágrimas do nariz e do rosto nos ombros peludos do animal. Saiu da caixa e puxou as sacolas para fora. Deixou-os farejar o fígado em seus dedos e as galinhas na sacola. Os cães ficaram saltitando ao seu redor, alegres, triunfantes, o que o fez se sentir bem melhor. Colocou tudo dentro de uma das sacolas de plástico, colocou a sacola dentro da outra e foram embora.

Depois disso, Romochka e os três cães mais jovens passaram a roubar comida das pessoas. Afastavam-se o máximo que podiam de seu território da cidade até o ponto onde era seguro, fazendo com que o território de trilhas abertas se expandisse consideravelmente. Passaram a adotar um sistema: Romochka não precisava mais atacar primeiro. Era uma operação excitante, fazia o coração bater mais rápido. Ele escolhia uma provável vítima, alguém que estivesse carregando compras numa ruazinha deserta, e passava alegremente pela pessoa, ou por trás dela, satisfeito por elas não perceberem que ele, na verdade, era um cão que caçava. E então, quando achava que era o momento certo, ele dava um pequeno latido. Irmã Branca, Irmão Cinza e Irmã Negra saíam silenciosamente da escuridão e encurralavam a pessoa. Romochka então corria meio agachado na direção do grupo e arrancava as sacolas da mão da vítima. A pessoa ficava lá, assustada e furiosa, encurralada pelos três cães, que esperavam até Romochka ficar a uma distância segura. E aí eles desapareciam mais uma vez nas sombras.

Romochka não os deixava fazer isso sempre, e nem no mesmo lugar. As pessoas não tolerariam aquilo, pensava ele, caso acontecesse com muita frequência. Mas aquela caçada era o que lhe dava alegria e orgulho. Era a sua caçada especial, na companhia de seus três irmãos. Começou a observar as pessoas do mesmo modo que observava os pássaros quando queria saber onde ficavam seus ninhos.

Percebeu que cada um dos cães via as pessoas de um jeito diferente. Irmão Cinza de vez em quando pedia comida, a uma distância segura. Cadela Dourada e Cão Negro às vezes corriam atrás de crianças só por diversão, e Romochka e os outros três juntavam-se a eles. Quando estavam todos juntos, conseguiam assustar até mesmo os adultos, principalmente os doentes e os bêbados. Os bêbados faziam Romochka se lembrar vagamente de seu tio, e ele berrava, alegre, sempre que os via fugir da matilha caçadora.

Mamochka evitava os humanos e havia treinado Romochka e os outros três para ter medo deles. Mas, com o tempo, ele percebeu que, apesar de toda a sua cautela, Mamochka era a que mais sentia um elo com os humanos. De todos eles, só ela conhecia a palavra "cachorro". Percebeu que nunca via Mamochka assustando deliberadamente as pessoas, e ela só rosnava para elas quando precisava defender Romochka ou um de seus filhos. Percebeu que ela ainda sentia um resquício de respeito e afeição que se estendia a todos os humanos que encontravam, e isso o fez sentir vergonha do que havia feito.

Talvez houvesse maneiras melhores de conseguir comida dos humanos.

Descobriu que as pessoas eram relativamente gentis com os cães. Fazia com que Irmã Branca e Irmão Cinza ficassem sentados ao seu lado na rua e os repreendia sempre que eles rosnassem ou grunhissem, ou mesmo se arreganhassem os dentes para alguém. E os dois ficavam sentados, cabisbaixos — as orelhas caídas, os olhos movimentando-se de um lado para o outro, sem vontade de estar ali, mas quietinhos. Romochka ficava na frente do quiosque da Teramok com um saco plástico na mão, perto da estação de metrô, abordando todos que entravam. Tentava usar sua vozinha rouca pronunciando a frase que ensaiou diversas vezes:

— Por favor. Comida. Cachorros bonitos. Com fome.

As pessoas olhavam para ele e para os cães e riam. E eles eram *mesmo* cachorros bonitos: um branco e o outro dourado e cinza.

— O que você quer, menino?

— Comida, por favor. Cachorrinhos com muita fome. Quando você terminar.

Muitos vinham e colocavam restos de comida na sacola. Até mesmo os funcionários da Teramok colocavam de vez em quando. E ele conseguia ainda mais comida porque sempre fazia "não" com um movimento de cabeça quando lhe ofereciam dinheiro. Mesmo assim, algumas pessoas lhe davam moedas, e ele passou a acumular uma pequena fortuna entre os tesouros que guardava em seu canto do esconderijo.

As coisas só saíam de controle quando alguém tentava fazer carinho nos cachorros. Irmã Branca e Irmão Cinza imediatamente perdiam a compostura: abandonavam o faz de conta e investiam furiosamente, mordendo o ar, e depois tentavam fugir. Romochka passou a ficar bem na frente deles, para que ele mesmo pudesse interceptar aquelas mãos e dizer, meneando a cabeça, todo sério:

— Cachorros com fome. Eles mordem. Com força.

Quando achava que já tinham conseguido comida suficiente, os três iam embora, ele com passos leves e saltitantes, os cães agitando os rabos alegremente. Quando já estavam fora de vista, verificavam o conteúdo do saco, e ele então beijava seus focinhos e fazia uma grande festa para seus corajosos cães.

Aquela era uma caça menos divertida, mas ele se sentia bem com ela. Chegava em casa com um saco pesado e todos comiam bem. Sabia que Mamochka aprovava. Ficava observando os outros pedintes e ensaiava as frases deles. *"Uma ajuda, pelo amor de Deus!"* Os pedintes profissionais não se incomodavam com ele. Alguns até mesmo faziam um cumprimento de cabeça quando ele passava. Logo se espalharam rumores entre os mendigos da cidade, que diziam que o menino-lobo maluco era inofensivo, que nunca pedia dinheiro; e assim os chefes dos bandos de mendigos o deixavam em paz.

Quanto mais confiante Romochka se sentia em suas caçadas urbanas, maior era sua habilidade para as caçadas reais. Trabalhava melhor em equipe, com seus irmãos, e eles logo aprenderam a compensar seus pontos fracos e confiar nos fortes. De todos, ele era o melhor estrategista; quando seguiam suas ordens, quase sempre conseguiam levar comida para casa. Passaram a procurá-lo para saber o que fazer, a prestar atenção em seus planos.

Estavam caçando de dia, na cidade. Romochka e Irmão Cinza encurralaram o grande gato alaranjado num beco sem saída. O coração de Romochka batia forte de tanta excitação. Ficou agachado, segurando sua clava. Irmão Cinza também se abaixou, pronto para saltar ou lançar-se ao chão, dependendo do que o gato fosse fazer. Os cães e Romochka costumavam correr atrás dos gatos que avistavam — sempre ficavam em polvorosa ao ver aquela rajada veloz e peluda dos gatos em fuga, adoravam a fúria e a violência dos bichos quando eram encurralados — mas nunca achavam que um dia pudessem pegar um.

O gato ficou parado, com as costas arqueadas, o rabo arrepiado e tão grosso quanto o braço de Romochka. Arreganhou os diminutos dentes e fez "fssst!" duas vezes. Romochka riu e deu ganidinhos. Sim, era o que ele faria também se estivesse na mesma situação: rosnar e pensar, rosnar e pensar. O corpo do Irmão Cinza vibrava com cada som que o gato fazia, mas ele resolveu ficar mais para trás, numa demonstração pouco característica de humildade, deixando que Romochka liderasse a caçada. Romochka atirou pedras no gato de modo a obrigá-lo a escolher um lado para fugir, mas o bichano só se moveu um pouco, continuando atento. Romochka sentia o coração bater rápido, alegre. Sentia o estômago pulando. Sim, haviam encurralado um gato. E que gato!

E então o bichano saiu em disparada, escolhendo ir na direção de Romochka, como eles sempre faziam. Romochka já estava preparado e, como queria o destino, sentiu sua clava atingir o alvo. O gato saiu rolando pelo ar, diante do muro, voltando rapidamente a ficar de pé no outro canto. Continuou alerta, encurralado, com o pelo eriçado, provocando-os, desafiando-os a ficar mais perto para que assim tivessem menos tempo de reagir quando ele tentasse escapar. Romochka percebia tudo isso e deixou Irmão Cinza mais para trás, forçando o gato a escolher mais uma vez.

E ele escolheu Irmão Cinza. Saiu correndo por baixo dele, aparentemente direto para as enormes mandíbulas que se abaixavam, direto para a armadilha do corpo de Irmão Cinza, que se jogava ao chão. E então, no último segundo, o gato se contorceu, pôs as patas para cima e, grunhindo, grudou as garras no rosto do Irmão Cinza.

Irmão Cinza ganiu e ficou de pé, cambaleante, balançando a cabeça de um lado para o outro, sem conseguir enxergar, com os olhos cobertos pela pelagem laranja da barriga, enquanto o gato enfiava os dentes em sua testa. Romochka deixou a clava cair e foi correndo até eles. Agarrou o bicho com as duas mãos e o arrancou com toda a força, puxando a pele do Irmão Cinza em cinco pontos junto com o gato.

O gato soltou-se com a mesma rapidez com que havia se agarrado, contorceu-se e arranhou Romochka no rosto. Ele soltou o gato e chutou o ar com raiva, sentindo a fúria crescer junto com o sangue que surgia dos arranhões ardidos. Irmão Cinza agora já havia perdido toda a compostura e partia com tudo para cima do gato, que estava no canto. E então finalmente ele o tinha entre as patas, tentava colocar o focinho por entre as garras que se agitavam no ar, mas o bicho miou alto, arranhou Irmão Cinza e conseguiu se libertar. Mas ainda estava encurralado, e agora Romochka estava preparado. Ordenou que Irmão Cinza ficasse longe, rosnando com raiva. O gato era seu.

O bicho lutou com tanta coragem, tanta ferocidade, mesmo exausto, que Romochka desejou que ele não tivesse morrido. Teria sido bom levá-lo vivo para o esconderijo, mas acabou matando-o quase por acidente com um golpe no crânio. Mesmo assim, sentia um grande orgulho por estar levando um gato para o jantar. Um gato corajoso, bom de mastigar. Decidiu que os bichos que mais gostava de comer eram os belos e corajosos. Guardou o rabo alaranjado junto com sua coleção de crânios de rato, penas, bicos, garras, pregos de ferro, pedaços de metal e moedas.

Romochka e Irmão Cinza haviam levado para casa o primeiro gato saudável que o bando conseguira caçar, e com aquela presa Romochka finalmente conseguia seu lugar como caçador na matilha.

Ж

Ali, nos fundos do Restaurante Roma, Romochka fez amizade com a cozinheira. Aparentemente, Mamochka já a conhecia. Romochka, observando de longe, oculto nas sombras, podia perceber o prazer e o medo de sua mãe. Sentiu o coração derreter quando viu a cautelosa Mamochka atacar sofregamente um prato de espaguete com almôndegas. A cozinheira, com os gordos braços cruzados por cima dos seios enormes, ficou o tempo todo falando mansinho com ela, e as orelhas de Mamochka ficaram abaixadas, seu olhar era sereno, e ela até deu a impressão de baixar um pouco a guarda enquanto comia.

Na vez seguinte, foram ao Roma com Cadela Dourada e Cão Negro, que ficaram um pouco mais afastados, no beco, enquanto Romochka esperava, junto com Mamochka, dentro do círculo de luz da lâmpada da porta dos fundos do restaurante. Mamochka deu um pequeno latido e sentou, expectante, com o rabo balançando. A cozinheira saiu e parou de repente ao ver Romochka.

— Cachorra mamãe me trouxe aqui — apressou-se em dizer Romochka. Mamochka olhou para cima, surpresa com o som de sua voz, e então lambeu sua mão e continuou a abanar o rabo.

— Pensei que ela fosse de rua — disse a cozinheira, franzindo a testa.

— Sim. Eu também sou de rua — respondeu Romochka, e depois acrescentou, mostrando quatro dedos da mão: — Quatro cachorros.

Chamou Cadela Dourada e Cão Negro, que estavam escondidos nas sombras. Eles continuaram mais atrás, relutantes, desconfiados. Apontou para Mamochka, para Cadela Dourada, para Cão Negro, e depois para si mesmo.

— Comida pra quatro cachorros. Por favor.

A enorme cozinheira riu. Tinha uma gargalhada gostosa, gorgolejante. Cão Negro e Cadela Dourada sem dúvida teriam fugido com aquela risada, mas ele e Mamochka davam a entender, pela postura confiante, que era seguro ficar ali.

— Tá bem. Jantar para quatro, especialidade da Laurentia — disse a cozinheira, ainda rindo, e entrou pela porta. Voltou com quatro tigelas cheias de ravióli fumegante. Aquilo sim, pensou Romochka, todo feliz, era jantar de cachorro. Ela entregou as tigelas e ele levou uma por uma até os três cachorros, por fim pegando a última para si mesmo.

— Muito educado da sua parte, mocinho. Você quer um garfo? — perguntou ela. Ele fez que não, balançando a cabeça, enrubescendo de prazer, enfiando a comida quente e maravilhosa na boca.

E assim Romochka, Mamochka, Cão Negro e Cadela Dourada foram embora, trotando pela longa e perigosa trilha que levava para casa, sentindo-se em paz com o mundo, com a barriga cheia e quentinha. Viram um gato sibilando, fazendo "fssst!" numa ruazinha estreita, e nem ligaram. Uivaram para uma sirene militar. Correram uns atrás dos outros no terreno baldio em frente ao esconderijo.

O Roma ficava aberto até tarde. Para chegar lá, precisavam percorrer uma trilha longa que passava por territórios perigosos, tanto de humanos quanto de cães. Brigar quando atravessavam territórios fechados, bater em retirada cautelosamente, sofrer derrotas fenomenais, ficar de tocaia, atentos, esquivar-se por entre os becos frios: tudo isso era normal. Quando estavam com sorte, conseguiam chegar lá rápido, mas às vezes levavam metade da noite. Laurentia dava para eles os restos da comida, depois da meia-noite, em oito tigelas. Às vezes chegavam em casa pouco antes do amanhecer, mas com a barriga cheia, já prontos para dormir.

Laurentia ficou parada, piscando os olhos como se não acreditasse no que via, na primeira vez em que Romochka chegou com todo mundo.

— São quantos na família, mocinho?

— Só esses.

Ela ficava observando todos, cantarolando e murmurando, enquanto entregava os pratos para os cães tímidos, e depois elogiava os bons modos de Romochka quando ele finalmente pegava uma tigela para si, sempre por último. Quando terminavam de comer, ele recolhia as tigelas e entregava para ela; às vezes sentia aquela mão quente tocar a sua enquanto entregava a louça. Uma sensação deliciosa.

Adorava Laurentia. Depois de algum tempo, percebeu que a comida em sua tigela era especial: ela colocava comida quentinha e fresca, não restos.

— E onde você mora, menino-lobo? — perguntou Laurentia, interrompendo de repente aquela canção numa língua desconhecida.

Romochka levantou os olhos. Quase respondeu, mas então parou a tempo, preocupado. Mamochka, se soubesse falar, jamais contaria para ninguém. Nem mesmo Cão Negro, que era meio bobalhão, contaria. Lembrou, de repente, o quanto Cão Negro religiosamente demarcava suas advertências com urina. Ficou com vontade de contar para Laurentia tudo sobre sua vida. Continuou olhando para ela em silêncio, de olhos arregalados.

— Lugar nenhum — disse ele, lentamente.

— E você não passa frio no inverno, nesse Lugar Nenhum?

— Não. É bem quentinho.

Abaixou a cabeça, fazendo força para pensar. Ele tinha enganado Laurentia, contado uma mentira. Será que ela ficaria chateada? Não tinha coragem de olhar para ela para ver se estava chateada. Mamochka agora gania baixinho, preocupada. Hora de ir embora. Mas ele precisava dar a Laurentia algo especial, como se fosse um pedido de desculpas. Olhou para ela.

— Eu me chamo Romochka.

Laurentia sorriu para ele e estendeu a enorme mão em sua direção.

— Vem! — disse ela.

Mamochka foi a primeira a rosnar, e logo os outros começaram a grunhir baixinho, levantando a cabeça da tigela, aproximando-se, em formação de matilha.

— Shhh!, quietos — disse Laurentia, abanando a outra mão na direção deles. — Fiquem aí bonitinhos. Não vou machucar o seu precioso príncipe.

A outra mão continuava esticada, fazendo um gesto impaciente para que Romochka fosse com ela.

Romochka sorriu aquele seu sorriso raro e doce e pôs sua mão na dela. A enorme palma envolveu a sua e ele enrubesceu, ficando muito vermelho. Ela o chamou para entrar. Não entraram no restaurante, que, pelo cheiro, parecia ficar no fim de um corredor comprido e escuro. Em vez disso, Laurentia entrou por baixo de uma pequena divisória acolchoada, e Romochka foi atrás. Ela acendeu um interruptor, e uma única luminária em formato de globo iluminou o aposento, que era pequeno e desorganizado. Em uma das paredes do quarto havia uma cama baixa, com um colchão meio murcho que tinha o cheiro de Laurentia; na outra, havia um banco, com um fogareiro elétrico de um lado e três potes de geleia meio vazios do outro. Entre eles havia um pão de forma inteiro, com uma das extremidades cortadas e o delicado pozinho dos farelos caídos no banco. Ele podia sentir o cheiro ressecado da extremidade do pão, a maciez e o frescor por trás. Tudo era aconchegante e muito bonito. Não conseguia acreditar que Laurentia o havia convidado para entrar. Ficou imaginando se a colcha e a cama eram sequinhas. Tudo era tão perfeito, com restinhos de comida aqui e ali, sempre à mão.

Ficou olhando para uma foto meio apagada, um céu azul sobre uma cidade ensolarada. Laurentia soltou um suspiro e murmurou:

— Eu vou voltar assim que conseguir pagar aqueles safados.

Depois, esticou a mão na direção de um grande pote de biscoitos que estava no alto de uma prateleira meio torta, no alto, tirou três e colocou na mão dele. E então o levou de volta para fora.

— Agora some, *caro* — disse ela. — Antes que te peguem aqui.

Romochka foi embora flutuando de tanta felicidade. Mamochka o farejou por inteiro, preocupada e impressionada. Ele cheirou as próprias mãos. Podia sentir o cheiro doce do óleo dos biscoitos em uma delas. Na outra, o cheiro de Laurentia. Cheiro de gordura e comida preparada, suor, um cheiro de mulher. E, por baixo de tudo isso, um leve cheiro de queimado, como se o velho suor dela tivesse se transformado em cinzas.

Ж

Por respeito a Laurentia e Mamochka, Romochka deixou de roubar pessoas fazendo uso de violência. No verão, conseguiu muita coisa, roubando e pedindo de diversas formas, e para isso ele ia apenas com

Irmã Branca e Irmão Cinza. De vez em quando, pensava no Irmão Marrom: era difícil deixá-lo com raiva, e ele parecia sempre ficar feliz durante horas a fio, só por estar na companhia de Romochka. Irmão Marrom teria sido perfeito para aquilo. Irmão Cinza não se importava em pedir comida para as pessoas, mas era inquieto e costumava desaparecer quando Romochka não estava olhando. Irmã Negra era agressiva, não era boa para aquilo. E ele não conseguia fazer ela deixar de lado os rosnados e a cara feia.

Apesar de sua aparência singular e de seu mau cheiro, as pessoas da cidade mal notavam a existência de Romochka. Transitavam pelos espaços públicos com um tipo de cegueira ensaiada, em silêncio, sem sorrir, os olhos aparentemente sem foco, introspectivos e ainda assim sem pensar em nada específico. Na cidade, as crianças bonitas, limpas e bem-vestidas às vezes chamavam a atenção de alguém ou ganhavam um sorriso, mas as crianças desmazeladas, ou aquelas que fediam, eram ignoradas. Havia crianças desse jeito em demasia. A quantidade de crianças abandonadas era grande demais para que alguém as notasse.

Algumas pessoas davam comida ou dinheiro para as crianças, mas sem conversar com elas, determinadas a não demonstrar muita curiosidade. Parecia que haviam incorporado aquilo à sua rotina, como ir ao cinema. Romochka sempre se sentia atraído para a área perto da entrada do metrô, e sempre se colocava onde as pessoas costumavam passar, buscando rostos conhecidos com o olhar, tentando lembrá-los de que ele estava ali. Até Irmã Branca e Irmão Cinza já conheciam de vista algumas das pessoas que costumavam lhes dar comida. Abanavam o rabo de leve quando sentiam o cheiro da senhora magricela que usava roupas bonitas ou do *dvornik* do museu de guerra, que cheirava a vodka e caramelos. Irmã Branca e Irmão Cinza eram cachorros grandes, com formato parecido, e os dois tinham caudas enroladas e pernas compridas. Ambos tinham grandes olhos escuros, amendoados, delineados de preto, em seus rostos bonitos. Tinham línguas bem vermelhas e dentes bem brancos, orelhas pontudas parecidas com as dos lobos. Muitas pessoas se sentiam lisonjeadas por serem reconhecidas e tratadas com reverência por animais tão bonitos.

Romochka encorajava e repreendia os cães: não gostava quando chegavam perto demais das pessoas, mas os bons modos que tinham eram excelente trunfo para a caçada. Seu papel era o de menino dono dos cães. Nunca ficava de quatro, nem lambia ou cheirava os cães. Só rosnava quando necessário. Era conhecido como o menino que pedia comida para os cachorros, e algumas pessoas que moravam nos prédios de apartamentos apareciam e procuravam por ele, com a intenção de lhe dar bolos velhos, pão, carne e ossos. Ele conseguia tanta comida boa que agora sua família estava com pelo macio e brilhante — muito mais bonitos que a maioria dos cães de rua ou selvagens. Não gostava mais de vê-los comer os restos que achavam na montanha, e há tempos ele não ficava à espreita perto dos caminhões de lixo, catando comida.

Ali, perto do metrô, era relativamente seguro. Os homens de uniforme eram quase todos veteranos aleijados que estendiam as mãos segurando boinas, pedindo esmolas. Gangues de *skinheads* e outros grupos de jovens que vagavam pela rua costumavam frequentar áreas com menos gente. Quando Romochka via o pessoal da floresta na cidade, pedindo esmola nas entradas das estações de metrô ou nas passarelas subterrâneas, na frente de igrejas ou hotéis, sentia certa identificação com elas. Uma sensação de que elas, sozinhas entre os outros transeuntes, eram da mesma espécie que ele. Elas sabiam quem ele era, também. Trocavam olhares de reconhecimento, cheios de desconfiança e má vontade; olhares que, se fossem mais amistosos, acabariam queimando aquele elo, o tênue fio que os ligava a Romochka, que atravessava a barreira do território partilhado. Para Romochka, aquele leve brilho de reconhecimento tinha um grande valor. Buscava intencionalmente o olhar das pessoas da montanha, sem motivo aparente. Mas era só na cidade que conseguia sentir esse elo entre eles. Na montanha ou na floresta, ele era, como sempre, um inimigo.

Os *bomji* olhavam com desconfiança para aquele Romochka manso, um bicho domesticado. Os que viviam na montanha sabiam que ele era selvagem, que tinha mais cães do que aqueles dois belos artistas de rua.

Ж

Romochka nunca vira nada igual àquele animal que Mamochka e Cadela Dourada conseguiram caçar. Também percebeu que os cães nunca haviam cheirado nada parecido. Era um pássaro enorme, com penas azuis brilhantes, um pescoço azul comprido (quebrado e ferido), uma máscara branca no rosto e uma coroa estranha na cabeça, verde-azulada. Estava deitado no chão, de costas, com as asas de penas marrons abertas. O peito carnudo erguia-se altivo, a própria definição de fartura. Os cães deitaram-se de barriga para baixo e esticaram as patas para garantir sua parte, aguardando para que Mamochka e Cadela Dourada dessem início aos trabalhos. As duas estavam de pé por cima do grande pássaro, orgulhosas, e todos os outros ficavam cheirando a ave com fungadas profundas, farejando a carne por baixo das penas.

Romochka também enfiou o nariz, respirando fundo, sentindo o cheiro almiscarado das penas e da carne. O cheiro da morte fresca. O bicho ainda estava meio quente. Acariciou o amontoado de penas que era a cauda. As penas da cauda eram muito compridas, da altura de Romochka, e o leque que formavam era mais largo que uma pilha de roupas. Esticou a mão sob a boca de Cadela Dourada, que grunhia, debruçou-se sobre a ave e puxou a asa para virá-la de bruços. Como era pesada! Um verdadeiro banquete. Como é que conseguiram trazê-la para casa? E então a cauda apareceu melhor: tinha inúmeras imagens pequenas, semelhantes a olhos ou poças d'água, cada uma idêntica à outra, brilhantes na penumbra. Pareciam aqueles olhos verdes da primavera que piscavam nas poças no asfalto. Romochka deu um gritinho de alegria. Rolou a ave, voltando-a para posição anterior, e se agachou sobre o feixe de penas. Agora estava ansioso para comer logo. Aquelas penas seriam suas depois.

Os cães estavam inquietos, abanando o rabo, de orelhas eretas. E então Cão Negro, Romochka, Cadela Dourada e Mamochka começaram a arrancar as penas com grandes abocanhadas, tirando-as da boca com a língua e a pata, e depois arrancando mais. Romochka arrancava várias penas com as mãos e as jogava atrás de si. Os outros seguravam e puxavam as penas das pernas e das asas, nas extremidades, sem jamais machucar a carne. O cheiro forte e maravilhoso de carne e vísceras subiu até seus rostos. Todos se aproximaram, rentes ao chão, com as orelhas baixas, sob os rosnados de Mamochka e Cão Negro.

As mãos de Romochka se esquivavam por entre as fortes mandíbulas, apalpando e tocando os pedaços que ele queria. Era um pássaro macho. Ficou um pouco decepcionado, mas não surpreso. Pássaros muito coloridos geralmente eram machos. Ele adorava as fêmeas: aquela carne cheia de gemas de ovos sem casca, dispostos em fileira, do menor para o maior, era sua refeição favorita. Enfiou as mãos nas entranhas que se esfriavam, apalpando toda aquela carne doce e escorregadia em busca de moela, coração e fígado. Rosnava mais alto enquanto atacava de leve qualquer focinho que se aproximasse de suas mãos. Sentiu o pequeno, firme e delicioso globo que era o coração e lutou com a carcaça para tirá-lo lá de dentro. O coração escorregou de seus dedos ávidos três vezes, mas então os fios e ligamentos cederam e, finalmente, era seu. Enfiou-o na boca e quase não conseguiu fechar as mandíbulas. Lutou para morder, mastigar, rosnar e ao mesmo tempo tatear em busca das abas lisas do fígado. Debaixo dele, Irmã Branca puxava os intestinos. Achou a suculenta e firme bola da moela e rapidamente enfiou-a em suas roupas, pela gola, ainda tateando em busca do fígado, antes que alguém o roubasse. Deixava os cotovelos bem abertos, rosnava com fúria, e finalmente sentiu o fígado escorregadio entre os dedos. Com os braços enterrados na ave, conseguiu soltar o fígado com as duas mãos, suavemente. Não queria que fosse estragado pela bile.

Sentou no chão, feliz. Tateou o fígado até achar a vesícula, arrancou-a cuidadosamente com os dentes e cuspiu-a no chão. E então enfiou também o fígado na gola da roupa, guardando-o junto ao peito, deixando as mãos livres para melhor colocar o coração na boca. Tirou a moela das roupas e deu uma mordida de lado, fazendo uma abertura. Espremeu a substância arenosa e a carne no chão e se posicionou para comer a carne saborosa e a pele interna borrachuda, cuspindo os pedacinhos de terra e uma ou outra pena. Agora emitia um som contínuo, um gemido baixinho de prazer, sem rosnar.

Ficou observando os outros enquanto comia. Estavam todos ao redor da carcaça, todos deitados com as patas esticadas, reivindicando pequenas partes para si. De vez em quando, aproximavam-se de leve, sob o rosnado dos cães mais velhos, tentando, respeitosamente, conseguir mais. Mamochka, como sempre ao lado dele, mordia com raiva qualquer um que brigasse ou esticasse o focinho rápido demais. Mamochka ainda defendia Romochka com afinco para garantir sua parte. Mas a parte que cabia a ele já estava a salvo, guardada sob suas roupas. A do Cão Negro também. Ninguém ousaria olhar diretamente para ele ou depositar uma pata esperançosa e confiante nas partes que eram suas.

Depois, cada um arrastou pequenos pedaços da ave para os cantos, para chupar, mastigar e ruminar. Romochka puxou as fantásticas penas do rabo até seu canto particular no esconderijo e começou a organizá-las. Cadela Dourada foi até ele com a cabeça azulada e brilhante na boca, e sentou-se com Romochka para mastigar o bico e os pequenos ossos até chegar ao centro macio do cérebro, mas Romochka a enxotou dali com raiva quando ela se aproximou do arco que ele estava fazendo com as penas. Depois, foi correndo atrás dela, colocou os braços ao redor de seu pescoço e enfiou os dedos em sua boca, enquanto ela rosnava. Ele queria o topete. Rosnou em seu ouvido enquanto ela tentava mordê-lo, mas, por fim, ele insistiu tanto que ela deixou. Arrancou as penas do topete e entregou a cabeça de volta para Cadela Dourada.

De volta a sua alcova, ficou acariciando as penas com dedos curiosos. Hastes negras e finas, reunidas no pequeno bulbo de carne na base, cada uma delas com um pequeno leque iridescente no topo. Ocultou o topete em seu esconderijo especial, entre os diversos bicos, garras, tampas de garrafas e outros tesouros, todos bem escondidos, embora soubesse que os outros cães não tinham nenhum interesse neles.

Sentou sobre o monte de penas e ficou olhando os cães deitados aqui e ali, ao redor do santuário de plumas, cada um deles roendo e mastigando uma perna, uma asa, as costelas, a espinha ou o pescoço que tinham entre as patas. Começou a construir uma elaborada caixa torácica feita de penas e ossos velhos. Tentou deixar os mais compridos de pé, encalçando as hastes e colocando os mais curtos aqui e ali por entre as costelas que formava. Deixou os ossos mais curtos todos virados, com a parte mais grossa para dentro. Eram o exterior das costelas virados para dentro. E ele agora era o interior das costelas, olhando para fora. Ficou bastante satisfeito com o resultado durante algum tempo.

Depois, catou o máximo de ossinhos que conseguiu achar no chão e colocou-os na estrutura, fazendo os membros e a barriga de um animal com penas. Pegou o crânio de Irmão Marrom e colocou na frente. E então pegou a crista da ave em seu esconderijo secreto e colocou-a na barriga também. Ficou sentando dentro da escultura que havia criado, com a barriga da estrutura atrás de si e o resto do esconderijo a sua frente. Agora ele era um animal gigante, de guarda.

Ficou dias entretido com aquilo.

Ж

O verão aos poucos se transformava num outono dourado. Não houve filhotes. Quando o frio começou a tomar conta da cidade, Romochka continuou ativo, caçando com os outros sempre que eles saíam. As infinitas noites que passava preso no esconderijo eram agora uma memória distante. Havia algo de estranho naquele inverno. Estava muito cedo para sentir tanto frio, e ele não conseguia se manter aquecido no ninho com os outros, e ficava tremendo sempre que saía para caçar. Precisava desesperadamente de mais roupas. Ansiava cada vez mais pelas ocasionais doações de comida quente. Certa noite, no ninho, tentando com muita dificuldade dormir, esticou o braço até Mamochka e apalpou a barriga lisa. Acordou.

Aquele seria o primeiro inverno sem leite.

Com a primeira grande nevasca, os *bomji* perto do metrô desapareceram. Romochka logo percebeu que eles e alguns de seus cães estavam lá dentro, do outro lado das portas rotatórias, nos degraus das escadas, ou lá embaixo, no túnel. Podia sentir o ar quente cada vez que as portas giravam e também sentia vontade de descer até aqueles túneis e galerias quentinhos.

Não tinha medo do metrô em si. Tinha uma vaga lembrança de como era, segurando a mão de sua mãe e entrando num trem barulhento. Mas tinha medo de ser encurralado e capturado pela *militzia*. E então ficava ali, sentindo o ar quente que vinha na sua direção, mas que desaparecia antes mesmo de aquecê-lo, desconfiado demais para entrar naquele território fechado e desconhecido.

No depósito, do lado de dentro da cerca, Romochka encontrou duas crianças mortas, com latas de *spray* e cola, mas sem comida nas sacolas que carregavam; e, ao lado de uma caçamba, enrolado num jornal, viu um bebê totalmente duro, congelado. Não tocou em nada. *Mamochka não come gente, eu também não como*, disse a si mesmo. Enrolou o bebê de novo no jornal e o deixou ali para que outros cães achassem. No dia seguinte, as três crianças estavam cobertas pela neve.

O frio era tão intenso que Romochka precisava ficar se mexendo sem parar quando saía. Se sentasse em algum lugar, Mamochka e os outros insistiam para que ele se levantasse. Eles também sabiam que ele precisava continuar se mexendo. Enrolou um pano no rosto e passou a usar dois gorros de lã, mas mesmo assim sentia frio no nariz e nas orelhas. Tinha várias roupas para vestir, mas só conseguia se aquecer quando estava na pilha quentinha de cães, e mesmo assim só quando estava de barriga cheia. Suas mãos nuas doíam e coçavam, e ele tentava mantê-las aquecidas dentro das mangas, debaixo das axilas, o tempo todo. Certo dia, estava sentindo tanto frio que achou que não conseguia mais se mexer. Irmã Branca e Irmão Cinza ficavam andando perto dele, preocupados, enquanto ele caminhava, cambaleante. Foi até o metrô e, sentindo o coração bater com força dentro do peito, empurrou as portas pesadas e entrou no recinto aquecido.

Olhou ao redor, de testa franzida, ladeado pelos dois cães, mas ninguém prestou atenção neles. Havia *bomji* sentados no chão, encostados numa parede no começo da escada que levava até o túnel do trem, e dava para ver que havia ainda outros pedindo esmolas ou dormindo no fim da escada. As pessoas que tinham casa entravam e saíam, num fluxo que subia e descia as escadas e se esquivava dele. Enrolavam-se em cachecóis e colocavam luvas quando subiam e desenrolavam cachecóis e tiravam luvas quando desciam, mas nenhuma delas parecia sequer notar sua existência. Um policial uniformizado, dentro de uma cabine de vidro, fingiu não vê-lo ali, um gesto que aparentemente foi ensaiado diversas vezes.

Romochka desceu as escadas rumo ao interior quentinho e escuro do túnel. Desenrolou o pano da cabeça e deixou que o calor acariciasse seu rosto congelado. Começou a sentir o couro cabeludo formigar. Encontrou um cantinho bom e escuro perto dos *bomji*, mas não perto demais, a uma distância segura das lojas com fachada de vidro que ladeavam uma das paredes do túnel.

Sentou com os dois cães, tirou os gorros e simplesmente caiu no sono, confiante que os cães tomariam conta dele. Mas Irmã Branca e Irmão Cinza também adormeceram, acreditando que ele sabia o que estava fazendo naquele lugar estranho, de certa forma confiando também naquele calor milagroso como se fossem filhotinhos. As pessoas passavam para lá e para cá, à frente deles, um fluxo ao mesmo tempo amigável e indiferente. E então um jovem parou e tirou uma foto deles com seu celular, e Irmã Branca acordou, assustando Romochka e Irmão Cinza com seu rosnado. Romochka ficou de pé, olhando ao redor, perplexo, enquanto Irmão Cinza rosnava e fingia avançar sobre a ameaça invisível. Mas as pessoas continuavam a passar, então Romochka se acalmou.

Todos estavam felizes e aquecidos, mas com fome. Romochka puxou da roupa um saco plástico sujo para começar a pedir comida. As pessoas ali não estavam comendo muito, mas aos pouquinhos eles conseguiram. Os que moravam nas redondezas reconheciam a cena (menino, cachorro, saco plástico) e ele nem precisava dizer nada. Talvez algumas até se sentissem melhor ao ver uma criatura conhecida. Já que os restos eram para os cães, ninguém pensava muito antes de colocar comida ali. Cachorros-quentes da Stardogs pela metade, *piroshki, sloika. Shaurma* ou casquinhas fritas de *kartoshka*. Tudo o que porventura estivessem comendo e não quisessem mais. Não era muito, mas acabaram conseguindo comida para todos em casa.

Romochka começou a ficar inquieto, preocupado com os outros, e também pensando no frio que sentiriam ao voltar para casa. Não tinha a menor ideia de quanto tempo havia dormido, e também não tinha ideia de como estava o tempo lá fora. Sentia-se desorientado, desconectado da realidade. Organizou a comida na sacola e colocou-a debaixo das roupas para que não congelasse no caminho e depois se cobriu com as roupas mais quentes. Dividiu um *stardog* com Irmão Cinza e Irmã Branca para que tivessem forças para percorrer o longo caminho de volta para casa.

Ж

Romochka entrava na cidade até a distância máxima que conseguia, em parte porque precisava da estação de metrô para se descongelar no caminho de ida e da volta. Ia para perto das estações de trem, das multidões, principalmente aquelas em que havia pessoas comendo, e enchia a sacola plástica com restos e doações de comida e um ou outro furto mais ousado. No mais das vezes, só trazia consigo Irmã Branca porque ela parecia quase invisível na neve. Ela ficava ao seu lado, leal, nervosa, enquanto os dois caminhavam rapidamente pelas ruas, mas ele só entrava nos prédios sozinho e voltava a se encontrar com ela nos pontos de encontro onde urinavam. Descobriu o ritmo do apetite das pessoas e pedia comida na hora em que costumavam terminar suas refeições. Muitas vezes comia tudo que coletava ali mesmo, fora da estação de metrô, para ter forças para essas caçadas, e então precisava esperar até a hora em que as pessoas comiam de novo. Assim que a sacola ficava cheia, ele voltava para casa com alimentos variados, em quantidade suficiente para alimentar toda a família.

E eles também tinham Laurentia.

Mas ele precisava percorrer uma longa distância até as aglomerações onde havia comida. E continuava a nevar, o que tornava cada vez mais difícil sair em longas caminhadas. A jornada de ida e volta até o Roma levava quase que a noite inteira. Era uma longa e faminta marcha em fila única, passando por território após território, humano e canino, até o burburinho cada vez maior da cidade, desviando-se o melhor que podiam daquele novo exército de trabalhadores que tiravam a neve e dos veículos lentos; depois, tinha a viagem de volta para casa, sonolenta, parecida com um sonho, com as pernas doloridas, o frio mortal avançando. A neve ficava menos funda e fofa nas ruas que tinham sido limpas e salgadas, mas elas eram perigosas demais. Tentavam se ater às partes mais descuidadas da cidade: os becos, as obras inacabadas, as linhas de trem. A neve ia acumulando até ficar bem alta, amontoada contra os muros das fábricas. Em certa ocasião, Irmã Branca precisou resgatar Romochka de um redemoinho de neve, mordendo e puxando as partes dele que conseguia, enquanto ele gritava e berrava.

Laurentia enchia Romochka de presentes. Numa semana, ele voltou para casa com uma pilha de cobertores velhos. Ela lhe deu um par de botas de uma criança mais velha, forradas com lã de ovelha. Ele recebia os presentes e agradecia, meio sem graça, com semblante sério. Mas o casaco foi o presente que o deixou boquiaberto. Era novinho, com a etiqueta ainda na gola. Tinha cheiro de loja e do toque de Laurentia, mas de mais ninguém. Vestiu o casaco enquanto Laurentia o observava com um largo sorriso. Teve vontade de sair correndo. Era como se o sorriso dela colasse em seu rosto enrubescido feito teia de aranha.

Assim que estava fora do alcance das luzes do restaurante Roma, longe da felicidade de Laurentia, ele vestiu o casaco, sentindo-se radiante. Era forrado com um pelo que exalava um cheiro animal. Era grosso, macio ao toque e de encontro à pele do rosto e do pescoço. O casaco era de cor clara, acolchoado, grosso e quentinho. Tinha bolsos. Mamochka, Cadela Dourada, Cão Negro e os outros três estavam morrendo de vontade de cheirar a roupa, mas ele andava à frente deles, fazendo-os esperar.

Quando chegaram no primeiro ponto de encontro, todos verificaram rapidamente as mensagens, fizeram suas marcas e então ficaram ao redor de Romochka para cheirar o casaco. Ele ficou agachado enquanto todos o farejavam, enfiando os narizes molhados perto de seu rosto e em suas mãos, aspirando o cheiro de pele de coelho. Cão Negro ficou louco. Seus olhos reviravam e ele enfiou o focinho no pelo perto da orelha de Romochka e começou a choramingar, fazendo movimentos de mastigação. Romochka deu uma risadinha e o afastou com um tapa, mas Cão Negro não conseguia parar. Durante todo o caminho para casa, o enorme cão ficou com uma expressão meio louca nos olhos, mordiscando o punho das mangas de Romochka. Adotava um ar contrito todas as vezes que Romochka lhe dava um tapa, mas logo perdia novamente o controle.

Sempre que Romochka se despia, Cão Negro seguia o casaco com os olhos. Para não ter problemas, Romochka passou a deixá-lo pendurado numa viga alta sempre que não o estivesse usando. Durante algum tempo, o casaco serviu para amenizar um pouco aquele terrível inverno, deixar as coisas mais fáceis. E até mesmo fazia com que Romochka não parecesse tão repulsivo para as pessoas quando saía para pedir comida na estação; e fazia com que ele também as achasse menos repulsivas. Os perfumes não conseguiam disfarçar totalmente o cheiro de peles e pelos de bicho nas pessoas durante o inverno: Romochka podia sentir cheiro de ovelha, raposa e outros bichos desconhecidos. Seu casaco fazia com que ele sentisse uma ligação com aqueles homens e mulheres que usavam peles. Na primeira vez em que saiu na luz clara do dia, ficou maravilhado ao ver que o casaco era azul da cor do céu.

Estava ficando mais frio. Até mesmo o casaco azul não era suficiente para manter Romochka aquecido. Arriscava ter hipotermia se caminhasse para muito longe. Em certos dias, conseguia chegar até o calor da estação de metrô, mas não conseguia ir além dela, e odiava ter de voltar para casa depois. Não conseguia comida suficiente e a fome o fazia erguer olhos suplicantes, não para os rostos das pessoas, mas para a comida que elas carregavam. Ir até o Roma havia se tornado uma missão impossível. Ele vestia todas as roupas que Laurentia havia lhe dado e colocava um cobertor por cima de tudo.

Vestido dessa maneira, e com os cães perto dele, conseguia se aquecer um pouco no esconderijo. Mas, lá fora, sentia o corpo tão pesado por causa das roupas, os movimentos tão tolhidos por ter de segurar o cobertor, que só conseguia chegar até a estação de metrô. E quando chegava a hora de voltar para casa, ele já estava morrendo de frio. Procurava o cachorro que estivesse mais seco e ficava bem perto dele, tremendo, enquanto os outros engoliam a comida que ele havia conseguido levar para casa. Emitia pequenos ganidos de desespero, implorando para que viessem dormir logo. E então todos já sabiam o que fazer: distribuíam-se ao seu redor, por cima dele, suspirando de contentamento quando ele os acariciava com suas mãos enluvadas.

Romochka passava longas horas no metrô e ia embora só quando achava que os outros cães tivessem tido tempo suficiente para conseguir alguma coisa, ou quando sua sacola ficava cheia. Aos pouquinhos, as pessoas que costumavam dar-lhe comida retomavam suas rotinas. Alguns traziam restos de casa, outros ajudavam de outras maneiras. Houve um dia em que a senhora magricela deu-lhe um bolo meio mofado e um par de luvas de inverno de adulto; em outro, o *dvornik* jogou no chão um gorro de lã com protetores para as orelhas, na frente dele.

E finalmente chegou o dia em que ele saiu pelas portas do metrô para o mundo cinzento lá em cima e uma agradável lufada de ar atingiu seu rosto, e ele sentiu um cheiro diferente nas narinas. A neve havia começado a derreter.

Laurentia chorou quando os viu e colocou comida diversas vezes na tigela de Romochka. Estalava a língua de pena ao ver como ele estava magro. Riu muito e cantou para eles. Fez um movimento como se estivesse esmagando um inseto com uma mão nas costas da outra quando ele educadamente perguntou sobre as gangues e a *militzia*.

— Um dia, aquele chefão da polícia ainda vai se dar mal! — disse ela com ar sonhador, e Romochka sorriu também, embora não tivesse a menor ideia do que ela estava falando. E, para surpresa e alegria de Romochka, ela até prendeu a respiração, abaixou-se e lhe deu um abraço.

Ж

Agora, o território de caça da cidade era bem maior. A fronteira do lado onde o sol nascia era uma estrada larga e barulhenta com trânsito dia e noite, e eles levavam a tarde inteira e parte da noite para ir e voltar. Entre o lado onde o sol nascia e o lado onde o sol sumia, a fronteira ao sul era o rio marrom e largo, tão distante que eles só conseguiam chegar até lá depois que a neve derretia. Para ir e voltar de lá, às vezes levavam desde a hora em que o sol nascia até a hora em que ele sumia. Entre o rio e o lado onde o sol nascia ficava o Roma. Ao norte, na direção dos Estranhos do inverno, a fronteira de seu território eram as margens de uma floresta mais selvagem, da qual Mamochka tinha medo. Havia rastros de alces à beira da floresta.

Dentro do território de caça de Romochka havia várias estações de metrô e aos poucos ele foi se familiarizando com todas elas. Mas a primavera e o verão trouxeram algumas mudanças. Os policiais e a *militzia* corriam atrás dele quando o viam; às vezes, proibiam que cães entrassem nas estações, e as pessoas se esquivavam dele, mantendo grande distância, com a mão no nariz, olhando e franzindo a testa bem mais do que no inverno.

Ele não ia mais às estações só em busca de calor: também ia para observar as pessoas. Sabia que havia trens lá embaixo. Podia sentir a presença e o cheiro deles; lembrava de como eram. Explorou mais a fundo o metrô perto de casa. Passou pelas lojas perto da entrada até a área aberta diante das catracas e o abismo das escadas rolantes. Ficava observando as pessoas subindo e descendo; observava-as comprar bilhetes, passar pelas catracas e desaparecer aos poucos: primeiro as pernas, depois o tronco e por último a cabeça. Do outro lado daquela boca em forma de arco, apareciam cabeças com rostos inexpressivos, ombros imóveis, mãos, pernas. E então, quando os pés surgiam, toda a pessoa de repente passava a se movimentar e saía andando.

Começou a trazer algumas moedas nos bolsos e um dia apresentou-se, com cara bem brava, no guichê alto. Ficou mais para trás, para que o funcionário pudesse vê-lo ali, e então inclinou-se para frente e esticou o braço. Ficou desanimado quando viu que não conseguia alcançar o receptáculo de moedas. Colocou suas quatro moedas no banco perto da pequena janela de vidro. Já tinha observado o bastante para saber que, na maioria das vezes, aquelas eram transações sem palavras. Então aguardou, o coração batendo forte. Funcionou. O funcionário entediado mal lhe dirigiu o olhar enquanto lhe entregava um bilhete e duas outras moedas. Mas ele perdeu aquele primeiro bilhete ao voltar para casa.

Mas, com a prática, aprendeu rápido. Se o caixa esperasse, ou parecesse irritado ou ralhasse com ele, ele colocava outra moeda. Às vezes o caixa dava a ele outras moedas junto com o bilhete, como naquela primeira vez. Era uma transação encantadora e misteriosa. Algo que ele não fazia a menor ideia de como poderia explicar aos cães.

Depois de um tempo, já experiente na compra de bilhetes, começou a pensar em usá-los para passar pelas catracas, como todo mundo. Ficou observando atentamente. Precisaria colocar o bilhete *daquele jeito*; depois, pegaria o bilhete da máquina, assim; e aí passaria. Sem bilhete, a catraca de repente ganhava vida e batia nas suas coxas e pernas com dois braços de metal. Irmã Branca precisaria passar abaixada, de barriga no chão, fora do alcance dos braços de metal. Ele diria a ela. Já tinha visto adolescentes pularem os braços e um cão entrar por baixo, e percebeu que o metal não conseguia bater neles.

Ficou sentado durante horas, só observando, tomando coragem para tentar. Já tinha imaginado a sequência de etapas tantas vezes que, quando levantou e caminhou até a catraca, parecia um sonho.

A escada rolante parecia não ter fim. Irmã Branca ficou encolhida no degrau abaixo do seu, pressionando com força o corpo trêmulo contra seus joelhos. Ela já estava bastante assustada por causa do estalo dos braços da catraca acima de sua cabeça, e ele podia perceber que a escada rolante era quase insuportável para ela. Também sentia as próprias pernas tremerem. Sentia um misto de medo e empolgação, tomado por aquela sensação de poder e fraqueza que sentia sempre que cruzava uma fronteira e invadia o território alheio.

Chegaram ao fim da escada rolante e ele ficou boquiaberto. Nunca estivera em um lugar tão bonito. Era um espaço com uma cúpula muito alta, com várias cenas pintadas em painéis nas laterais e no teto. Ficou boquiaberto, só olhando. De repente, um barulho muito alto e uma movimentação no ar. Agarrou Irmã Branca para que ela não saísse correndo e rosnou em seu ouvido, tentando segurá-la pela força de vontade, já que não conseguia segurá-la só pela força. O barulho ficou mais alto, um ruído agudo e ensurdecedor de metais se chocando, e então o imponente trem encaixou-se na plataforma. O barulho foi diminuindo até virar um rugido contínuo. Romochka e Irmã Branca estavam bloqueando a saída das escadas rolantes e as pessoas desviavam-se deles, irritadas, apressadas. Depois, ele rosnou na orelha dela quando o rugido do trem ficou mais alto, transformando- -se novamente num grito até o trem ganhar velocidade e sumir dentro de seu buraco negro, no outro lado da estação, igual a uma cobra na floresta. Ele ainda a tinha nos braços, e ela tremia muito contra seu corpo, em grande parte porque não via saída em direção à escura escada rolante naquela floresta de pernas em movimento.

Levou-a com dificuldade até a parede e sentou com ela entre uma lata de lixo e um banco de metal trabalhado. As pessoas no banco retesaram-se, olhando em volta para ver de onde vinha aquele cheiro. Olharam para ele com uma expressão ao mesmo tempo irritada e compreensiva e se levantaram para ir para outro canto. Ele continuou a murmurar na orelha de Irmã Branca quando outro trem chegou gritando na plataforma oposta, e foi parando até ficar só rosnando de leve. O trem esvaziou, encheu e saiu novamente em disparada, também gritando, deixando naquele enorme espaço um ruído confuso e ensurdecedor.

Ficou falando com Irmã Branca até o coração dela se acalmar. Os trens enormes iam e vinham com tanta frequência que logo ela desistiu de fugir e simplesmente se resignou a ficar ali, triste, agarrada a ele. Romochka sorria, feliz, e começou a olhar em volta para os rostos limpos e bonitos dos homens e mulheres no teto e nas paredes, pintados com cores vibrantes, talhados em pedra. Sentia uma espécie de calor na altura do coração ao olhar para os homens e mulheres esculpidos manejando um trator vermelho, homens e mulheres colhendo trigo ou construindo uma fábrica de tijolos ao sol. Homens e mulheres com expressão séria, determinada, apontando armas para intrusos que não apareciam na cena. Sempre ensolarados, embora o céu de verdade, lá fora, tivesse a mesma cor da água do rio.

Continuou a olhar, de boca aberta e olhos arregalados. Percorreu suas patas calejadas pelas paredes, olhando para cima, sem perceber ou ouvir as pessoas que xingavam, primeiro tentando afastá-lo com insultos, depois se afastando dele.

Enormes grupos de pessoas ficavam perto da beira da plataforma, cada uma quase tocando a seguinte, mas mantendo uma distância mínima. Sem dúvida não eram uma matilha. Era como se todos aqueles estranhos tivessem de alguma maneira concordado em diminuir seus próprios territórios para que pudessem aguardar os trens. As pessoas olhavam para o fim dos trilhos ou para frente, sem fitar nada específico, sem cruzar olhares. Os *bomji*, que tinham um território um pouco maior, ficavam de pé aguardando o trem, deitados perto das paredes ou perto de carrinhos de supermercado cheios de coisas, cobertos com plástico. Havia também crianças de gangues e crianças de rua. Algumas se embrenhavam entre as pessoas, pedindo moedas em voz baixa.

Memórias surgiam, um arrepio na nuca. Quase pôde sentir o bilhete em uma mão e a outra, quente e úmida, na palma da mão de sua mãe. Os dois conversando, sem prestar atenção em ninguém. Sem precisar ficar atentos a tudo em volta. De repente, sentiu um desejo enorme de voltar a essa época perdida, em que era pequeno, de ter a mão de sua mãe segurando a sua. E então Irmã Branca remexeu-se perto de seu pé e ele percebeu que já estava com os olhos cansados de tanto observar as pessoas saindo e entrando nos trens. As belas e imponentes imagens nas paredes começaram a fazer sua cabeça doer e ele sentiu o estômago roncando. Cada vez mais pressentia o perigo à sua volta, como se não pudesse vê-lo ou sentir seu cheiro. Irmã Branca, já cansada de tanto tremer de medo, havia adormecido aos seus pés, confiante ao ver sua calma, mas agora despertava, ao sentir o cheiro do medo em seu suor. Ele se pôs de pé de repente e os dois subiram a terrível escada rolante até chegarem à luz do dia.

Quando decidiu voltar para casa, metade do dia já tinha se passado.

Ж

Todos estavam cochilando à tarde. Acordaram de repente e ficaram sentados. Mamochka, Cadela Dourada e Cão Negro rosnaram baixinho, um coro ameaçador, cada vez mais alto. O pelo de todos ficou eriçado nas costas e Romochka sentiu um arrepio percorrer a nuca e a espinha. Havia alguém se movimentando nos destroços acima deles: remexendo coisas, caminhando pesado e depois arrastando uma viga de um lado para o outro, por cima da terra e do mato. Ouviram vozes: dois homens nas ruínas da igreja.

Romochka foi com passinhos rápidos até a pilha de escombros de madeira e escalou. Os cães ficaram andando de um lado para outro, atentos, assustados. Ele conseguia ver pernas envoltas em botas feitas com algum tipo de couro amarelo. Romochka emitiu um rosnado baixo, um aviso para que ficassem em silêncio, e os cães pararam de grunhir e se reuniram perto dele. Observavam seu rosto com tamanha confiança que Romochka ficou emocionado. Deu um rosnadinho, o mais baixinho que conseguia, parou e voltou a prestar atenção nos ruídos. Ouviu a voz do outro homem do outro lado do porão, e Mamochka, vendo a postura rígida de Romochka, fez com que os outros continuassem em silêncio. Ouviram o homem com botas de pele murmurar logo acima deles:

— O lugar é ótimo. Por que aquele idiota falou mal?

O outro homem murmurou algo indistinto.

— Tô pouco me fodendo. Olha só esse lugar! Dá até pra construir uma casa com essas coisas todas. E se todo mundo tem medo desse lugar, melhor ainda. Aí deixam a gente em paz.

Romochka desceu a pilha de escombros. Os cães andavam para lá e para cá, ansiosos, e Romochka ficou prestando atenção nos sons que os homens faziam, sentindo uma raiva cada vez maior, ouvindo-os puxar coisas de um lado para outro, acima deles. Os cães olhavam para ele de tempos em tempos, como se esperassem algo dele. Mamochka o lambia todas as vezes que passava por ele, um beijo respeitoso que fazia Romochka sentir uma dor por dentro. Mamochka nunca o lambera daquele jeito; mas agora ele sentia a língua dela no canto de sua boca, repetidas vezes, e sentia que ela esperava que ele fizesse alguma coisa. *Esperava que dissesse a eles o que deveriam fazer.*

Veio a noite, mas não foi uma escuridão reconfortante. Os homens fizeram uma fogueira crepitante lá em cima, em meio aos escombros, murmurando e exclamando o tempo todo, falando de uma carne que tinham conseguido. A luz bruxuleante que penetrava pelo teto rachado parecia deixar o esconderijo frágil, permeável. O cheiro de cebola e carne cozida tomou conta do lugar.

Romochka escalou de novo a pilha de escombros de madeira e olhou para a família, que continuava aguardando suas ordens perto dele, num semicírculo. Agora todos sabiam que os homens estavam se mudando para lá, estavam invadindo seu território fechado.

Mamochka olhou para ele, um olhar calmo. Cadela Dourada, imóvel, sentada em seu ponto de sentinela perto da entrada, de repente levantou e foi até Mamochka. Ergueu a cabeça e olhou para ele com orelhas eretas e olhos atentos. Não havia nenhum laivo de dúvida ou confusão naquele olhar. Balançou o rabo de leve. Agora ela parecia Cão Negro — impulsiva, ansiosa. Pronta para agir.

De repente, Romochka sentiu-se tonto de tanta força de vontade: decidiu que expulsaria os homens dali.

Pulou para o chão, sentindo o corpo formigando. Rosnou baixinho para que se aproximassem e, de quatro, escalou a pilha de destroços, ficando à luz da lua e da fogueira lá em cima. Sentia a enorme onda de coragem de todos atrás de si como se fosse uma ventania. Cadela Dourada estava perto dele, de um lado, Irmã Branca do outro e o resto logo atrás. Romochka nem parou para pensar. Percorreu saltitante os conhecidos blocos de pedra e pulou para o parapeito mais próximo. Os cães espalharam-se nas sombras abaixo dele e ele ergueu a cabeça desgrenhada na direção daquela lua de verão. Sentiu os dedos curvarem-se sobre as pedras e um uivo maior que seu corpo atravessar sua garganta. Os cães uivaram em resposta lá embaixo, ocultos nas sombras. E então houve um silêncio.

Os dois homens ficaram de pé, de costas para o fogo, olhando de um lado para o outro, tentando enxergar.

— Alyosha, *o que foi isso?*

— Cachorros? Calma, Yuri. Eles têm medo do fogo, não chegam perto.

Romochka, sobre o parapeito, ficou olhando para baixo. E então se sentiu extremamente poderoso. Não tinha medo da fogueira deles! Soltou uma gargalhada e os dois homens se assustaram. Mamochka estava trazendo os cães por fora da igreja, e ele ficou aguardando, emitindo um som baixinho como se fosse um encantamento — um grunhido ritmado, baixo, não um rosnado.

— Alyosha, *o que é aquilo?* — disse Yuri, apontando para Romochka. Alyosha ficou olhando, tentando discernir o vulto.

— Uma estátua de leão?

Yuri riu, nervoso.

— Eu vi a estátua se mexer! Juro!

— Rá! Você bebeu demais, sua besta. Estátua não se mexe.

Yuri estremeceu.

E então Romochka ficou de pé no parapeito, e tanto Alyosha quanto Yuri deram um grito. Ele uivou mais uma vez e todos os cães responderam, do lado de fora da igreja. Ficou ali parado alguns instantes e depois pulou para o chão, chamando os cães para mais perto. Agora tanto Alyosha quanto Yuri estavam ofegantes. Para onde quer que olhassem, viam somente o brilho dos olhos dos seis cães. Romochka saltou de quatro, ficando logo atrás do alcance da luz do fogo, e ergueu a voz, fazendo com que o rosnado dos cães se juntasse ao seu num tom crescente. Enquanto o horripilante som da matilha crescia e tomava conta de tudo à sua volta, os dois homens gritaram mais uma vez e saíram em disparada na direção da entrada.

Naquela sua primeira noite como líder, Romochka ficou apenas relaxando com o resto da matilha, perto das brasas do fogo, saboreando o guisado de carne quentinho que havia sido cozido só pela metade.

Ж

Cada estação de metrô era diferente. Como num sonho, Romochka já havia percorrido graciosas florestas de pedra, barricadas, mosaicos, galerias de estátuas e diversas cenas pintadas, forçando a mente a compreender tudo aquilo, o que causava uma espécie de dor estranha, agradável. Havia percebido crianças nas pinturas, todas bonitas, de cabelos claros, acompanhadas de cães de estimação e também criaturas maiores. Buscava alguém entre aqueles grupos de heróis multicoloridos, pessoas que nunca iam para casa, nunca caçavam, e sentia o coração bater com força, maravilhado. Naquelas imagens, em algum lugar, acabaria encontrando sua cantora, Pievitza — com seu ar sério, com toda a sua glória, e ela também teria uma forma achatada em pedra, seria idêntica todos os dias e ainda assim diferente; estaria cantando, embora em silêncio.

Mas aquele dia foi diferente. Não ficou olhando feito bobo para o teto e nem ficou observando a pintura de seus painéis favoritos. Foi até o ponto onde a aglomeração de pessoas terminava e ficou parado na beira da plataforma, suando, sem olhar para ninguém, obrigando o próprio rosto a adotar a mesma expressão de ensaiada e estratégica indiferença que vira tantas e tantas vezes nos outros. Isso ele havia entendido bem e se sentia bem por entender. Os cães mais velhos também, dizia a si mesmo: eles agiam como se não houvesse outro cachorro ali, como se não houvesse ameaça alguma, e assim ninguém se sentia ameaçado por eles.

As pessoas que olharam em volta tentando descobrir a origem daquele fedor horrível não tiveram tempo de identificar Romochka como a fonte de seu desconforto. O trem foi chegando com um grito que ia diminuindo e abafando o rosnar do motor. As portas sibilaram e abriram e, de repente, Romochka sentiu-se pressionado por todos os lados, pelas pessoas que se empurravam pela beirada da porta para subir no trem e pela multidão de pessoas desembarcando. Acabou sendo empurrado para dentro do trem, mas assim que entrou não conseguiu mais sentir Irmã Branca a seu lado. As pessoas pressionavam-se contra seu corpo e ele entrou em pânico. Teria começado a brigar com elas para que se afastassem se de repente todas não tivessem se separado mais uma vez, formando discretos grupos, algumas sentadas, outras com o braço erguido, como se penduradas, todas evitando olhar umas para as outras, ou com o rosto inexpressivo, como se não enxergassem nada. O espaço ao seu redor começou a ficar maior à medida que sentiam seu cheiro e tentavam desesperadamente se afastar dele.

Naquele espaço cada vez maior, Romochka ficou sem apoio e sentiu o corpo balançando. Perdeu o equilíbrio e caiu no chão quando o trem deu uma guinada e saiu em disparada, acelerando até alcançar uma velocidade impossível, estremecendo, roendo os trilhos com sons metálicos. Agora ele estava de quatro, tentando agarrar-se ao chão que fugia com as palmas abertas, gritando por entre os dentes cerrados. Uma onda de pânico tomou conta dele e então, em meio a toda a confusão de ruídos dos trilhos, de seus dentes, do urro de metais chocando-se e chacoalhando, suas orelhas se retesaram, atentas: conseguia ouvir um ganido baixinho, aterrorizado. Em algum lugar do vagão, bem perto do chão. Irmã Branca estava deitada no chão, em algum lugar mais à frente.

Começou a rastejar para a frente, de quatro, por entre as pernas das pessoas, mas então o trem desacelerou rápido e ele precisou parar de se mover para não perder o equilíbrio. As pessoas gritavam com ele, mas quando a multidão debandou do trem e outra floresta de pernas entrou, as palavras ficaram partidas, perdidas no ar. Irmã Branca ainda chorava baixinho, em algum canto mais à frente. Não havia saído do lugar. O trem disparou e as pessoas começaram a se afastar dele, e ele aproveitou o espaço aberto para se arrastar na direção dela. Outra parada, outro êxodo de pernas e a entrada de uma multidão que o apertava ainda mais. Ficou pressionado contra as pernas das pessoas sentadas nos bancos, pessoas que sacudiam e balançavam em uníssono quando o trem fazia curvas, oscilava e chacoalhava nas imperfeições dos trilhos.

Agora o vagão estava tão cheio de gente que ninguém conseguia se afastar dele. Obstinado, Romochka embrenhava-se por entre os joelhos, era xingado e chutado, e então o trem desacelerou, parou e ficou ainda mais cheio. Agora ele chorava de agonia com o esforço que precisava fazer para sair do lugar e já pensava em começar a morder as pessoas quando sentiu a língua de Irmã Branca em seu rosto. Ela estava deitada, encolhida sob o assento, atrás da fileira de pernas perto das mãos de Romochka. Ele esticou os braços até ela e envolveu o rostinho feliz em suas mãos. Alguém acima dele riu. Era uma risada gentil e ele se sentiu um pouco melhor. Decidiu não morder ninguém.

Apertou bem os olhos para expulsar as lágrimas e ficou balançando para lá e para cá com Irmã Branca até as pessoas que sentiam seu cheiro começarem a abandonar o vagão, e finalmente ele conseguiu tirar a cadela dali de baixo e consolá-la em seus braços.

Enxugou o nariz e os olhos na manga e tentou se acalmar. Ajustou o equilíbrio do corpo à enorme velocidade do trem e ficou em pé. Quase caiu de novo quando o trem desacelerou até as luzes de outra estação, mas ele estava baixo demais, oculto demais, e portanto não conseguia enxergar nada além do teto passando rápido, de relance. Agarrou-se a um corrimão prateado com um braço e segurou o corpo de Irmã Branca com o outro, para que não fossem arrastados porta afora com as pessoas que de repente se dissolviam naquele estranho rio humano que o trouxera para dentro. As pessoas se ajeitaram em seus lugares e ele contraiu as mandíbulas, fechando os olhos enquanto o trem ganhava velocidade mais uma vez.

Quando abriu os olhos, viu imediatamente que metade do vagão estava ocupado por crianças, pequenas e grandes. Dava para ver que não eram crianças que moravam em casas. Eram crianças *bomji*, de rua, de gangues, e de repente ele ficou alerta. Enfiou-se no primeiro espaço livre que tivesse uma barra de metal para se apoiar e tratou logo de fazer contato visual com elas, hostil. Rosnou com raiva para a primeira criança que se aproximou e coagiu Irmã Branca a fazer o mesmo. As crianças riram e ficaram falando dele, mas o deixaram em paz.

E então foi de repente tomado por um pensamento terrível: quantas vezes o trem havia parado e continuado? Quantas estações? Devia estar bem longe de casa, a uma distância que nunca estivera antes. O trem não tinha mudado muito de direção, a não ser uma vez, quando fez uma curva contrária ao ponto onde o sol nascia. Era difícil saber ao certo, naquela escuridão toda.

Começou a desconfiar de que talvez aquele não fosse o mesmo trem que havia surgido em sua estação de metrô, que talvez fosse um trem totalmente diferente a cada parada. Tentou lembrar o que acontecia quando ele era menor: lembrou vagamente que desembarcava dos trens. Da frase *pegar o metrô pra voltar pra casa*.

E então sentiu um medo horrível tomar conta de todo seu corpo quase a ponto de fazê-lo desmaiar. Aquele trem o estava levando para cada vez mais longe e era melhor descer logo antes que nunca mais conseguisse voltar para casa. Já devia ter percorrido uma distância enorme! Assim que o trem começou a parar na estação seguinte, ele ficou de pé e, junto com Irmã Branca, saiu aos tropeços para aquela plataforma desconhecida.

Aquela estação era cheia de trens, plataformas e pessoas que transitavam entre elas, hordas que andavam com passos firmes e barulhentos. Desesperado, sentiu um aperto no peito, ficou com vontade de se encolher em algum canto e dormir. Irmã Branca choramingava baixinho ao seu lado, desesperada, com as orelhas rentes à cabeça. Dirigiu-se aos tropeços até a parede e aí encontrou uma escada rolante.

Romochka e Irmã Branca subiram a escada rolante até a luz do dia e se viram numa parte da cidade totalmente desconhecida. Era tão diferente da cidade que ele conhecia que podia muito bem ser outro lugar. Viam ao redor prédios altos, bem conservados, alguns extremamente bonitos. A vasta cúpula do céu azul era rodeada pelas formas intricadas de prédios comuns e também requintados, nenhum deles parecido com prédios de apartamento feitos de concreto, nem com fábricas. Havia uma ou outra árvore aqui e ali, todas escuras e sujas, como se fossem enfeites, mas nada em vista que se assemelhasse a uma floresta ou a uma área verde descampada. Não havia nem lixo. Romochka sentia-se angustiado demais para cogitar caçar. Caminhou por entre os carros e as pessoas e dirigiu-se para um pequeno parque do outro lado da estação de metrô. Depois de tamanho choque, ele sentia mais do que nunca que precisava dormir. Achou um arbusto baixo e largo e se enfiou embaixo dele. Bondes guinchavam alegremente em seus trilhos, ladeando uma das extremidades do parque, que era contornado por uma rua movimentada, do outro. Fechou os olhos, sentindo o cheiro da fumaça dos escapamentos, do óleo dos freios, o cheiro de *kartoshka* e *piroshki* que vinha dos quiosques e, mais perto dele, um cheiro de vodka. Havia uma senhora sentada num banco do parque ali perto, bebendo, erguendo até o rosto o saco onde estava a garrafa cada vez que dava um gole. Haviam recolhido as folhas caídas debaixo daquele arbusto e o cheiro da terra nua invadia suas narinas, um odor nu, defeituoso. Adormeceu, deixando Irmã Branca encarregada de rosnar para quem quer que se aproximasse.

Era o fim do dia e ele começava a sentir frio. Aninhou Irmã Branca para mais perto de si e ficou observando por entre as folhas o brilho fraco das luzes coloridas.

Estavam perdidos. Não conseguia pensar em nenhuma maneira de perguntar às pessoas como faria para pegar o metrô para voltar pra casa. Qual era a palavra na língua humana para sua casa? Não conseguia pensar em nenhuma, pelo menos não na língua deles.

Foi cautelosamente até a calçada, com Irmã Branca a seu lado. A não ser o bêbado de roupas limpas que era sacudido por dois *militzioner* grandalhões, na parada do bonde, e uma criança de rua que limpava os vidros dos para-brisas no semáforo, ele não via ninguém mais conhecido. Não via nem *bomji* e nem cães. Era horrível estar numa cidade na companhia de apenas um cão, sem a menor ideia de onde os *bomji* ficavam. E, caso os encontrasse, tinha um vago pressentimento de que seriam *bomji* estranhos, não o clã que habitava a montanha e a floresta. Os *bomji* sabiam que ele não era um deles, assim como as crianças de rua e as gangues de *skinheads* também sabiam. Os cães também, então a única opção que lhe restava seria aproximar-se dos *bomji* na esperança de ficar menos visível, fazer-se passar por um deles ou por uma criança de rua para todos os outros clãs: a *militzia*, os diferentes clãs de meninos que tinham casa, os chefes dos mendigos e toda aquela massa indiscriminada de pessoas: homens, mulheres e crianças que moravam em casas, carregavam bolsas de zíper, de diversas cores e tamanhos, pessoas que usavam roupas lavadas.

Não fosse Irmã Branca, teria cedido novamente ao desespero: a cauda dela mantinha-se ereta, eriçada, e ela andava com passos alegres. Olhava para ele o tempo todo, na esperança de que ele tomasse a liderança, incitando-o a caçar. Ela estava com fome. O fardo da responsabilidade o fazia ir em frente. Atravessou a rua no semáforo e, atento para qualquer sinal de *militzia*, começou a procurar algum lugar onde houvesse um aglomerado de pessoas comendo. Precisaria desesperadamente de um saco se fossem pedir restos de comida, mas aquele era um lugar tão deficiente em matéria de lixo que não conseguiu achar nenhum.

Finalmente, encontrou uma caçamba azul de aparência familiar, numa ruazinha. Subiu no topo da caçamba e conseguiu abrir a pesada tampa de metal. Para sua felicidade, lá dentro havia sacos plásticos e diversos tipos de lixo, inclusive pão velho, folhas de repolho e ossos de galinha. Jogou o máximo que pôde para Irmã Branca e enfiou dois sacos plásticos no bolso junto com o pão, e alguns ossos e folhas de repolho para si. Já fazia certo tempo que não comia repolho. Começou a se sentir um pouco mais animado.

Quase deixou a pesada tampa cair em cima de sua cabeça quando ouviu o rosnado da Irmã Branca. Escalou a beirada, perdendo metade do pão no processo de enfiar as mãos entre a tampa e a caçamba. Os dois *militzioner* que estavam na parada do bonde agora estavam no começo da ruazinha, olhando para ele. Eram bem grandes, mas um era mais baixo que o outro. Grandes demais para que ele cogitasse a possibilidade de correr na direção deles, esquivar-se e pular. Irmã Branca estava com os dentes arreganhados, os pelos das costas eriçados, mas olhava repetidas vezes para Romochka. Ela estava tão longe dos rastros e caminhos que conhecia que não sabia o que fazer. Romochka ficou olhando para os dois homens durante alguns instantes. Eles também continuaram parados, mas ele sentia, pela postura alerta dos dois, que assim que se movesse eles viriam em sua direção, e que o confronto seria bem mais do que um breve incômodo.

— Ei, você! Os documentos!

Romochka não conhecia aquela rua e nem sabia onde ela desembocava, mas mesmo assim deu meia-volta e saiu correndo, o casaco balançando atrás de si. Por algum motivo, os *militzioner* gritaram mas não foram atrás dele. Ele e Irmã Branca seguiram ocultando-se pelas sombras, perto dos muros, até chegar ao fim da rua. Ela desembocava num labirinto de lojas antigas e prédios de cinco andares ornamentados.

Continuaram andando, sem rumo. Ficava cada vez mais forte a impressão do quanto aquela cidade era árida; do quanto a vida seria difícil até conseguirem voltar para casa. Não havia nada que pudessem vasculhar ali. Nada de lixo nas ruas, nenhuma pilha de destroços variados nos cantos. Nenhum terreno baldio com colchões velhos ou outros lugares para se esconder. A grama era baixa, não havia espaço para que criaturas pequenas morassem nela. Não havia nem mesmo aquele restinho de grama entre a calçada e os prédios, aquele caminhozinho de rato que crescia à beira de tudo. Os corvos que grasnavam nos parques pareciam rechonchudos, mas ele não conseguia entender como eles conseguiam comida — e nem sabia como caçá-los. Era uma cidade com vários tipos de caçambas, mas infelizmente a maioria ficava trancada. Ali também era como se *bomji* não existissem, e até o momento ele não tinha visto nenhum cachorro de rua, só de estimação.

Escurecia depressa e o brilho da cidade ficou mais intenso, transformando-se em luzes brilhantes. Começaram a surgir *bomji* assustados, andando às pressas aqui e ali. Romochka viu um homem sair de um buraco redondo na calçada: ele trajava um casaco imundo e garrafas chocavam-se em seus bolsos. O homem pôs-se de pé bem rápido, sem chamar atenção. Virou a grande cabeça de um lado para o outro, observando o lugar com o auxílio do restinho da luz do dia, empurrou a tampa de metal de volta para o buraco e saiu andando rapidamente. Aquilo deixou Romochka assustado e também lhe deu uma nova informação sobre o lugar. Não ousava entrar naquele buraco; poderia ficar preso com eles. Também percebia a velocidade com o que os *bomji* andavam na rua. Sabiam que aquela era uma área perigosa para eles.

Era um lugar assustador, extremamente árido, desconfortável. Não havia nenhum canto onde pudesse parar para pensar. Sentia-se exausto. Decidiu que precisava encontrar um esconderijo seguro para só pensar em conseguir água e comida no dia seguinte.

Entraram num canteiro de obras cercado para fugir do fluxo infinito de pés e da proximidade dos carros em alta velocidade. O lugar estava calmo, os motores das escavadoras enormes ficavam em silêncio durante a noite. Escalaram uma pilha de destroços quase tão alta quanto um prédio. Sentia o ar do verão sufocante, cheio de pó. Quando se ajeitaram em um canto deserto, no meio do lixo, Romochka percebeu o quanto estava com sede. Irmã Branca estava com a língua de fora. O sono veio e embotou os sons e cheiros da cidade, mas eles não dormiram bem e despertaram assim que o dia raiou. O céu límpido encobria a cidade. Ia ser um dia quente.

Romochka esfregou o rosto imundo e olhou em torno. Estavam num canteiro de obras, sobre uma pilha alta de tijolos multicoloridos — alguns com tinta azul clara e reboco de um lado; alguns amarelos; outros com papel de parede. O canto do muro onde haviam se encostado erguia-se feito um dente quebrado, o reboco desgastado e despedaçado no topo, dando a impressão de um lugar ao mesmo tempo familiar e desconhecido, se visto de perto.

Ouviu o barulho das correntes do portão na cerca. Hora de ir embora. Escalaram os escombros até o outro lado, arrastaram-se por baixo da cerca, caindo numa rua desconhecida, e seguiram em frente. Ficaram andando sem rumo, em busca do que quer que pudesse servir de alimento ou matasse a sede. Tentaram todas as caçambas e sempre eram expulsos das poucas que Romochka conseguia abrir. Já fazia um bom tempo desde que comeram o repolho, o pão e os ossos de galinha. A barriga da Irmã Branca parecia funda, encostada contra a coluna. Quando começaram a descer uma pequena rua, guiando-se pelo odor da água, uma música distante encheu o ar. Romochka sentia muita sede e fome e estava assustado demais para pensar em música, mas ainda assim ergueu a cabeça, perturbado pelo doce som. Parou de repente, assustado: conseguia reconhecer aqueles prédios. Eram as cúpulas e redomas achatadas que tinha visto representadas nas paredes das estações, agora reais, redondas feito pêssegos. E o pior de tudo: mais à frente, aparecendo por entre os vãos dos prédios, uma grande área de água marrom brilhava sob o sol da tarde. Ficou ofegante e agarrou-se, zonzo, a Irmã Branca. Não havia dúvida. Fechou os olhos para tentar abafar o terror que sentia.

Estavam do outro lado do enorme rio.

Podia sentir que haviam descido o rio e que estavam a uma grande distância de casa. Tinham virado na direção do Roma entre o nascente e o poente, mas tinham ido muito além. Precisariam descobrir uma maneira de atravessar o rio e depois ir subindo até achar o trecho do rio que ele conhecia, a partir da fronteira de seu território de caça na cidade. E então teriam que continuar andando, na direção que ficava entre o poente e o nascente, até alcançar a trilha do Roma, e de lá rumar para casa. E, antes disso tudo, ainda teriam de conseguir comida.

Sentou debaixo de uma árvore e ficou balançando para frente e para trás, choramingando de desespero. A escada rolante era tão comprida, ia tão fundo! Será que o trem podia mesmo ter passado por baixo do rio? Nunca parou para pensar se o rio tinha fundo. Pensou isso e deixou-se cair no chão. Encolheu-se com força contra o estômago vazio, mas Irmã Branca não queria que ele ficasse assim. Lambeu seu rosto e suas mãos, enfiou-se embaixo dele, cutucando-o com o focinho, tentando animá-lo. Olhava fixamente para ele, com ar otimista. Ele era o líder. Ela também sabia que precisavam caçar e que não poderiam caçar separados naquele lugar de trilhas e territórios desconhecidos.

Depois que metade da manhã já havia se passado, os dois estavam sobre um canal largo e calmo que acompanhava o rio. Desviaram-se de uma horda repentina e barulhenta de pessoas na calçada e ficaram olhando para a água. Uma rampa íngreme e pavimentada inclinava-se sobre a água escura, mas ela não tinha beirada. Ele não via como poderia descer por ela e beber água sem cair dentro do rio. Irmã Branca choramingava baixinho enquanto ele tentava achar algum recipiente para coletar água e alguma outra coisa para abaixá-lo, mas aquela cidade, tão tentadora com aquele seu cheiro de água, pão saído do forno, carne cozida em óleo quente, não oferecia nada. Continuaram a andar pela calçada à beira do canal, olhando por entre a balaustrada de ferro ornamentado, buscando alguma maneira de chegar até a água. Irmã Branca ia à sua frente. Sob a sombra de uma passarela alta, ela de repente deu um bote e ficou saracoteando. Um grito fininho e um som agudo de algo se quebrando: ela havia conseguido pegar um rato de esgoto. Romochka ficou mais animado.

Depois do rato, ele se sentiu um pouco melhor. Deixou Irmã Branca lamber o sangue em seu rosto e seus dedos enquanto os transeuntes exclamavam, perturbados e alvoroçados, esquivando-se dele. Ele os ignorou. Aquelas mulheres que faziam *clop-clop* ao andar e seus homens, com um cheiro pungente de sabonete, não representavam nenhuma ameaça. Pessoas que moravam em casas, como aquelas, odiariam tocá-lo, jamais cogitariam atacá-lo, segurá-lo, bater nele. Podia perceber que aquele lugar não era um ponto de caçada das gangues, dos *skinheads* e nem das crianças *bomji*, então só restava a *militzia* no papel de principal predador da região.

Mas ele ainda estava morrendo de sede. Irmã Branca ofegava e engolia em seco, sem parar. O rio estava fora do alcance de sua vista, mas muito próximo, puxando o canal para si. Podia sentir sua presença como a de um grande animal oculto que nunca parava de se mexer. Seu leito serpenteava e fazia uma curva no ponto onde o sol nascia, na direção das águas do canal.

E, exatamente como ele suspeitava, o canal se abriu mais à frente e se juntou ao enorme rio. A balaustrada chegou de repente ao fim e ele viu degraus que desciam até uma grande plataforma de concreto, à beira da água. Bebeu muito, demoradamente, e lavou o rosto e os braços na água. Os círculos na superfície sumiram e as águas escuras acalmaram-se. As cores refletidas da noite mais uma vez faziam linhas retas na superfície do rio e as janelas alaranjadas dos prédios trêmulos quase ficaram alinhadas novamente.

Agora precisavam de mais comida, de um lugar para se abrigarem, e precisavam descobrir uma maneira de atravessar o rio. Agitou novamente a água com as mãos, quebrando a cidade em pequenos fragmentos alaranjados e cor de rosa, transformando-a num nada cinzento. Odiava aquela cidade. O rio, pelo menos, tinha um cheiro fétido e reconfortante.

Era noite de novo, e mais uma vez ele podia sentir o aroma de comida ao redor, ouvir o som da música. Via um brilho momentâneo nos olhos de cada pessoa que passava, mas logo elas desviavam o olhar num gesto estudado, e ele sabia que naquele lugar não havia como ser invisível. Uma música triste e vozes de homens e mulheres saíam de um prédio; outro prédio vibrava com batidas de coração e um sussurrar elétrico. Ele continuava a andar de uma rua para outra, com Irmã Branca trotando, desanimada, perto dele. As luzes da cidade tinham todas as cores possíveis e as cúpulas altas brilhavam com o céu noturno, e tudo era bonito como num sonho.

Romochka ficou observando Irmã Branca enquanto andavam. Estava irritado com o comportamento dela. No começo, não sabia direito com quem ela estava falando, para quem ela agitava o rabo, para quem dirigia aquele olhar amigável, de soslaio, aquela súplica, aquelas orelhas levemente caídas. E então percebeu que eram as pessoas. Qualquer uma delas. Irmã Branca agora estava com tanta fome que mendigava comida, afastando-se dele, quebrando todas as regras, comportando-se feito um cachorro de rua.

Foi invadido por um sentimento de raiva e decepção. Quando ela olhou de relance para a pessoa seguinte, toda convidativa, ele rosnou e chutou-lhe com força. Ela esquivou-se, contrita, e ficou quieta durante algum tempo, acompanhando os passos de Romochka, com rabo e cabeça baixos, olhando de vez em quando para seus joelhos. Mas ela não conseguia se segurar. Estava morrendo de fome e as pessoas sempre tinham sido boas para ela.

Na vez seguinte, Romochka rosnou mas não fez nada. Sentia-se indiferente, distante; e também desolado. Era responsabilidade sua encontrar um bom lugar para caçar e um bom lugar para se esconder, e ele não conseguia fazer nenhuma das duas coisas.

Lágrimas escorreram-lhe pelo rosto. Nunca se sentira tão triste em toda a sua vida. Não havia nada a fazer senão continuar andando. Não ousava parar, mas também não sabia para onde ir.

Ж

Já tinham atravessado metade da ponte. Aquele rio no verão deixava o ar úmido. Respirou fundo. Irmã Branca farejou por entre os postes da balaustrada. O barulho alto do trânsito estava próximo demais, mas mesmo assim ele se sentia melhor do que quando saiu do trem. Parou no meio da ponte, olhou para os redemoinhos da água lá embaixo. Será que podiam confiar que aquele cheiro de água e putrefação poderia conduzi-los à direção certa, de volta para casa? E então ele percebeu que Irmã Branca estava bem mais à frente, farejando outra direção, o caminho que levava direto para casa. E, de repente, ele sentiu uma paz enorme. Tudo ficaria bem.

Tudo aconteceu tão rápido que Romochka pensou que fosse um sonho horrível. Entraram num pátio que Romochka pensou ser um atalho e não acharam saída. Quando se viraram para ir embora, o mundo transformou-se num redemoinho de movimento. Os passos pesados, o arrastar de botas, os berros, os gritos. Foi tudo tão rápido e horrível que Romochka não sabia para onde olhar. Ficou alguns instantes imóvel, olhando de um lado para o outro, sem conseguir entender que estava cercado por um muro de músculos uniformizados.

Arriscou uma fuga rápida e sentiu o chão bater com força na parte de trás de sua cabeça. Foi brutalmente virado, com o rosto prensado contra o asfalto. Agarraram seus pulsos e o algemaram. Alguém pisava em sua cabeça com a bota enquanto outra pessoa amarrava seus pés. Irmã Branca rosnava perto da parte de trás de sua cabeça e alguém gritou:

— Atira no cachorro!

E nesse instante alguém deu um chute forte em Irmã Branca, jogando-a para longe do corpo de Romochka. E ele pôde ver, com um dos olhos, por entre os cabelos, que ela recuperava o equilíbrio e se virava para atacar, mas então alguém bem grande passou por cima dele e foi na direção dela, com uma velocidade absurda, e bateu com força na cabeça dela com um porrete. Irmã Branca caiu no chão e Romochka deu um grito. Agora ela se arrastava com dificuldade no asfalto, fazendo força para erguer a cabeça, enquanto ele era erguido no ar. Os homens gritavam e seus gritos abafavam os dele, e ele foi jogado no furgão da *militzia*.

— Por que você não atirou no cachorro? Eu te falei pra atirar no cachorro, Zolotukhin!

O *militzioner* deu de ombros:

— Mas eu gosto de cachorro.

Nova comoção e barulho na parte central da delegacia, e então a porta que levava às celas se abriu. Som de corpos em movimento e vozes agitadas ao redor do homem que entrava pelo corredor que levava às celas. O líder da matilha, pensou Romochka. Seus companheiros o bajulavam: passavam-lhe informações, ansiosos. Romochka ouviu-os falar sobre o quanto ele, Romochka, era incrivelmente peludo, sobre sua natureza selvagem, seu jeito estranho de andar, seus reflexos impressionantes, seu fedor — a vitória deles ao capturá-lo —, tudo isso transformado em palavras e transmitido ao líder. Sentiu medo. O líder aproximou-se das grades da cela e ficou olhando fixamente para ele, sem sorrir. Romochka o encarou de volta, adotando o mesmo ar formal, com postura ereta.

O líder deu meia-volta e disse, numa voz fria e roufenha:

— Mas que diabos vocês acham que estão fazendo? Ele é só uma criança. Tirem as algemas e a mordaça dele.

— Mas ele morde, Major Cherniak.

— Tirem!

A matilha continuou imóvel. E aí todos caíram na gargalhada. O líder grunhiu, impaciente. Destrancou a cela e foi com passos decididos até Romochka, que se encolheu ainda mais em seu canto. O major debruçou-se sobre ele, tapando o nariz com a mão, e desfez o nó da mordaça. Romochka esperou um pouco e então atacou, mordendo com toda a força, sem tirar os dentes daquele pulso que cheirava a sabonete. O líder ficou de pé e começou a gritar, sacudindo-o pelo cabelo, tentando tirar a mão, e, enquanto isso, Romochka tentava abocanhar ainda mais o pulso, mordendo avidamente.

— Ajudem aqui! — rosnou o major, e os homens, ainda rindo, puxaram com força a cabeça de Romochka para trás, enquanto Cherniak se desgarrava dele. Romochka emitiu um som de grunhido abafado.

— É só uma criança! Só uma criancinha! — disse um dos homens, com voz chorosa, fazendo beicinho.

O líder soltou um suspiro, afagando a mão enquanto os homens voltavam a trancar a cela.

— Mas ele *é* só uma criança. E bem pequena, aliás. Onde é que esse mundo vai parar?

O homem mais malvado soltou uma risada abafada de escárnio.

— Essas crianças selvagens são piores que os cachorros com raiva. Piores que os adultos também, e olha que deve ter milhões delas. Ninguém vai conseguir resolver nada se a gente não acabar com eles primeiro. A gente devia matar.

Fez um gesto com a mão, apontando para a cabeça de Romochka. Romochka entendeu: já vira armas antes. Rosnou.

— Meu Deus, Belov. Você tem filhos. Como você pode dizer uma coisa dessas?

— Isso aí não é criança. Esse bicho aí mataria os meus filhos na primeira oportunidade.

O líder deu meia-volta e rosnou para os outros:

— Quero ele desamarrado até a hora do jantar. E não cortem o cabelo dele. Vocês vão precisar do cabelo.

E foi embora.

Quando começou a anoitecer, cinco policiais entraram na cela de Romochka. Tiraram-lhe as algemas e prenderam seu pulso a uma argola fincada na parede. Enquanto dois o seguravam pelo cabelo, outro lhe tirava as amarras dos pés e a mordaça. Romochka tentou intimidá-los ao máximo, mas ficou totalmente perplexo quando colocaram uma tigela cheia de sopa quente e um pedaço de pão perto dele, no chão, e depois foram embora.

Na manhã seguinte, eles o imobilizaram no chão e tiraram suas roupas. E então, enquanto Romochka uivava e gritava de dor, arrastando-se para um lado e para outro até o ponto em que a corrente permitia, eles o lavaram com um jato de água pressurizada. Deixaram o menino nu durante algumas horas, até que ele e a cela ficassem mais ou menos secos. A delegacia não era fria; Romochka foi esquentando aos poucos e, algum tempo depois, eles lhe jogaram um cobertor.

Nos dias seguintes, o Cão do Belov tornou-se a atração da delegacia. Policiais de outras delegacias apareciam, pagavam para vê-lo e gargalhavam enquanto os outros seguravam, empurravam, provocavam, cutucavam e imitavam Romochka — suas mordidas selvagens, suas tentativas de arranhar com as garras e sua velocidade incrível, características que eram exibidas para uma quantidade cada vez maior de *militzi*, que se divertiam muito. Reuniam-se para vê-lo comer, rindo, e então paravam para vê-lo usar o banheiro, admirados com o fato de que Belov conseguira treiná-lo. Belov dizia que não havia nada melhor que um jato d'água de alta pressão como método de ensino — deveriam falar da técnica no manual para treinamento de cães.

Romochka limitava-se a desempenhar seu papel de cão e nunca os deixava perceber que entendia o que diziam. Estava sob disfarce, na esperança de que aquilo lhe desse alguma vantagem desconhecida no futuro. Ficava à espreita, oculto dentro de si mesmo, observando-os, odiando-os. E os desprezava cada vez mais por não suspeitarem de nada. Os dias se passaram.

Ocultar-se sob sua identidade canina de certa forma o protegia de seus próprios sentimentos e pensamentos. Era um cão: as palavras não tinham nenhum significado. Era um cão: o torpor melancólico e a intensa alegria eram os dois polos a que estavam circunscritas todas as suas sensações. Seu eu era o de um cão, um conjunto de trilhas conhecidas, rastros, lugares onde podia transitar. O presente não era bom.

Pensava pouco sobre o presente. Comia de mau humor, lutava sempre que havia oportunidade e rosnava para confortar a si mesmo. Contudo, apesar desse seu disfarce, outra sensação lentamente começou a tomar conta dele da mesma maneira lenta como o tempo muda quando o verão se transforma em outono. E essa sensação começou a sufocar todas as outras. Era a tristeza. E ela trazia consigo, primeiro só de leve, depois com maior frequência, a neve do desespero.

Belov parou de ter lucro quando seu cão de estimação ficou inerte demais e deixou de reagir com raiva. Os policiais deixaram de achar graça naquele menino nu, triste a ponto de parecer inconsolável, com um corpo peludo de adulto e uma enorme cabeleira negra. Alguns pediam seu dinheiro de volta. E Belov nunca levou a cabo a ideia de trazer outro cão para que os dois brigassem, da qual ele falava com orgulho.

Romochka desejava ardentemente que trouxessem esse cão, ansiava desesperadamente pelo elo de irmandade canina. Se ele fosse mesmo um cão, só poderia compreender a linguagem corporal daqueles homens, não o que eles diziam. Se fosse um cão de verdade, não saberia o nome de todos eles, o nome de seus filhos. Não entenderia e nem se lembraria de cada palavra e frase, e nem ficaria ali trancafiado por aquelas vidas que se estendiam no tempo, antes e depois da delegacia: daqueles homens, só conheceria seu cheiro, sua agressividade, os tormentos por que o faziam passar, o que comiam.

Perdeu completamente a vontade de lutar. Ficava fitando o vazio, com olhar estupefato, de propósito, sem grunhir ou morder, agindo de maneira dócil mesmo quando o empurravam. Já não sabia dizer se a decisão de esconder seu lado humano faria com que o libertassem, mas continuou a ser um cão, incapaz de retornar, por vontade própria, ao seu eu de menino. As preocupações de menino aos poucos começaram a surgir em seus pensamentos, meras imagens que pairavam acima deles. Mamochka, com ar altivo, carregando na boca uma lebre branca. Cão Negro, com ar culpado, com o casaco azul de Romochka entre as patas. Irmã Branca bebendo água das suas mãos em concha, debaixo de um cano prateado. Suas mãos. Irmã Branca toda amável, pedindo comida para pessoas estranhas. Irmã Branca tentando ficar de pé, caída na estrada.

Será que chegou a vê-la ficar de pé?

O major Cherniak reapareceu uma semana depois. Romochka estava encolhido no canto de sua cela, chorando baixinho para si mesmo, abraçando os joelhos nus.

— Por que esse menino ainda está aqui? Ele está chorando. Vocês deram comida para ele, seus imbecis?

Alguns dos homens murmuraram afirmativas.

— Alguém já entrou em contato com o serviço de proteção ao menor?

Todos os homens se entreolharam e, por fim, balançaram coletivamente a cabeça, dizendo que não.

— Ele não pode ficar aqui. Vistam o menino e digam a eles para virem aqui levar mordida também. Já fizemos a nossa parte tirando ele da rua. E já fizemos muito deixando ele limpo. É problema deles, não nosso. E, quando ele for embora, quero que limpem a cela dele com um jato de água quente. O cheiro é insuportável.

Na manhã seguinte, seguraram Romochka no chão e enfiaram-lhe em roupas limpas, grandes demais para ele, que cheiravam aos cigarros de Belov.

Belov riu e disse:

— Agora mandem ele praquele idiota do Centro Anton Makarenko — disse, fazendo um gesto rude com as mãos. — Vai, tenta reabilitar este aqui, seu palhaço!

Cherniak riu com os outros.

— Liguem pro número de sempre. Se quiserem que o pessoal do Makarenko tome conta, aí é com eles.

Romochka percebeu que foi muitíssimo bem alimentado na cela e se sentia forte fisicamente. Entendeu, pelo que diziam, que seria transferido para outro lugar, e sentiu o ânimo voltar a tomar conta de seu corpo feito a seiva das plantas na primavera. Fez o possível para comportar-se de modo bem dócil durante toda a manhã, fazendo um esforço consciente para demonstrar seu lado humano. Ficou de pé, com os olhos baixos, sem rosnar ou mostrar os dentes.

Funcionou. Foi levado calmamente até um furgão branco, sem lhe darem nenhum safanão, acompanhado de três *militzi* e dois paramédicos, que falavam com ele num tom gentil. No momento em que os paramédicos foram pegá-lo para colocá-lo no furgão, ele se abaixou, esquivou-se das mãos que tentavam agarrá-lo e saiu correndo o mais rápido que podia, segurando as calças compridas demais para ele. Ouviu a comoção atrás de si enquanto tentavam persegui-lo, mas ele era mais rápido. Depois de algum tempo, os gritos, as exclamações e os ruídos pesados dos passos ficaram mais distantes. Ouviu uma sirene e saiu em disparada pela rua, entrando numa curva e depois num beco. Acabou saindo, ainda correndo a toda velocidade, em outra rua que tinha uma calçada larga e muita gente. Também abandonou aquela rua assim que percebeu outro beco, e depois fez um caminho em ziguezague por uma sequência de ruazinhas e passagens estreitas, até ter certeza de que os havia despistado.

Diminuiu a velocidade, trotando um pouco, o coração ainda batendo com força. Foi farejando o ar em busca do caminho que dava para o rio. Estava na mesma margem de casa, no caminho da ponte. E, para sua grande alegria, avistou o rio. Voltou obedientemente pelo percurso e começou a caminhar pela trilha já fria que ele e Irmã Branca haviam percorrido mais de uma semana antes.

Começou a transpirar de nervosismo ao relembrar os horrores daquele lugar. Olhou em volta. Não havia sinal algum que demonstrasse o que havia acontecido e, além disso, seu desprezível nariz de menino jamais seria capaz de encontrar Irmã Branca. O desespero voltou a tomar conta dele. Estava sozinho, perdido de sua família, sua irmã estava ferida: e tudo isso era culpa sua. E não sabia como voltar para casa. Sentiu um zunido nos ouvidos e sua visão escureceu, ocultando o mundo.

E então, do mesmo modo repentino com que foi capturado, Romochka foi derrubado no chão com força: em cima dele, os gemidos, movimentos bruscos e ganidos da Irmã Branca. Ela mordiscava seu rosto e seus braços, babando, enfiando a cabeça em sua barriga, jogando-se de corpo inteiro sobre seu peito para abraçá-lo. Ele chorou alto de felicidade, com o rosto enterrado no pescoço dela, e a abraçou com tanta força que ela fingia mordê-lo para tentar se libertar. E então ela ficou saltitando ao seu redor, louca de alegria, com os olhos brilhando. E, finalmente, saiu em disparada, com ar alegre e determinado, olhando para trás sem parar: *Vamos dar o fora dessa cidade horrível agora mesmo!*

Quando o sol se pôs, começou a chover. Para sua alegria, a água começou a escorrer sobre a calçada, saindo dos canos prateados que desciam pela parede dos prédios mais velhos. Foi até eles, debruçou-se e colocou a boca aberta sob um deles. Depois, colocou as mãos em concha para que Irmã Branca bebesse. Continuaram trotando quando anoiteceu e durante a primeira parte da noite, entrando e saindo de ruas e estradas, retrocedendo de costas sempre que entravam num beco sem saída, aguardando temerosos sob a chuva a passagem dos carros para que pudessem atravessar as ruas, mas sempre voltados para a direção certa que Irmã Branca indicava, sempre correndo. Irmã Branca estava mais magra mas, para alívio de Romochka, ela não demonstrava mais nenhum interesse pelas pessoas. Ficava olhando para ele, de maneira insistente, repetidas vezes. Só para ele. Só pararam para vasculhar as caçambas de lixo em busca de comida. Dormiram numa grande estação de trem, a qual abrigava vários mendigos: uma quantidade de *bomji* que Romochka nunca tinha visto antes. E então, um pouco antes do amanhecer, Romochka deu a Irmã Branca um pedaço do pão que tinha no bolso e os dois continuaram a jornada, às pressas, correndo contra a chuva e o vento para se aquecer. Ele comeu enquanto corria.

No meio da manhã, viram que estavam na esquina da rua que ia para o Roma. Romochka deu um latidinho e Irmã Branca pulou de alegria. Correram para os fundos. Nunca estiveram ali à luz do dia; a ruazinha estava deserta e o restaurante, fechado. Irmã Branca ficou andando um pouco sem rumo, choramingando de felicidade ao sentir o cheiro do rastro frio de sua família. Romochka arranhou a porta trancada, gemendo baixinho, mas não ouviu nenhum som lá dentro. Laurentia não estava.

Apesar de estarem famintos, sentiam-se bem, como se estivessem em casa, e seguiram por aquele caminho conhecido como se ele fosse a comida que poderia dar a eles forças para continuar andando.

No fim da tarde, já estavam no terreno de casa, caminhando num trote cansado, os olhos meio vidrados, mas esperançosos. Não havia ninguém no esconderijo, então jogaram seus corpos doloridos e cansados na cama e ficaram lambendo o rosto um do outro lentamente, enquanto esperavam. Romochka sentia-se vencido pela fraqueza e pela felicidade. Irmã Branca estava bem mais magra do que da última vez em que estiveram ali. Percorreu os dedos sobre o corpo dela. Tudo parecia ter acontecido há tanto tempo. E também parecia ter acontecido naquela manhã.

Ouviram o crescendo alegre do clã quando encontraram o rastro deles. O barulho dos latidos foi aumentando até ficar desordenado, chegando ao clímax no pátio e, depois, todos começaram a se jogar sobre ele e Irmã Branca, um depois do outro, ganindo, gemendo e se contorcendo. Até mesmo Irmã Negra aproximou-se dos dois com os dentes baixos, balançando discretamente o corpo, e, quando Romochka jogou os braços ao redor dela e lambeu-lhe o rosto, ela estremeceu. Presa em seus braços, ela lambeu sua orelha e depois se esticou para lamber o rosto de Irmã Branca, só uma vez. Cão Negro e Irmão Cinza saltitavam loucamente pelo porão, com as orelhas para trás, os lombos baixos, e depois ficaram correndo um atrás do outro, só para poder gastar toda aquela felicidade que sentiam. Mamochka, grávida, contorcia a barriga surpreendentemente grande nos braços de Romochka e ficava mordiscando seu rosto por entre os ganidos, como se precisasse fazer algo além de simplesmente lambê-lo para acreditar que ele estava de volta.

Tinham trazido comida, que foi deixada do lado de fora do terreno, já que foram tomados pela alegria quando farejaram o rastro dos dois. Correram para lá assim que todos se acalmaram e voltaram com uma lebre macia de verão e três corvos duros.

Romochka não conseguiu ficar muito tempo longe do metrô. Sentia-se receoso desde que o metrô o raptara, mas, ao mesmo tempo, sentia uma curiosidade irresistível. Ficou alguns dias caçando com os cães pela montanha, mas agora seus ouvidos estavam afiados como nunca para o som das outras pessoas. Vasculhava as coisas em busca de pistas do mundo ao seu redor e ficava muito surpreso ao perceber que aquele mundo estivera presente ali o tempo todo, inaudível. As pessoas ali conheciam Belov. "É o major Belov", ouviu um homem de uma perna só dizer. "Cafetões, os caras que mandam nas gangues de mendigos, venda de crianças, essas coisas... É ele quem manda. É com ele que você tem que falar."

Trocou a maioria de suas moedas por uma preciosa coleção de bilhetes de metrô. Quando descansava no esconderijo, brincava com eles, misturando-os, fazendo que com sua família os cheirasse.

Logo estava de volta à estação, com bilhetes no bolso. Começou a prestar atenção ao que as pessoas diziam e logo percebeu que as estações tinham nomes. Aprendeu o nome da sua. Descobriu que havia estações de metrô em todo seu território. Aos poucos, descobriu como pegar os trens que iam até uma parada e voltava a pé para casa. Depois duas paradas. Depois três. Irmã Branca era a única que o acompanhava, acostumada que estava com os caminhos do subsolo e os perigos do lugar. Os outros o acompanhavam até a entrada do metrô, mas nunca além disso, e nem mesmo Irmã Negra demonstrava qualquer ressentimento por não ir com eles. Ele logo ficou sem dinheiro e a vida ficou mais perigosa quando os chefes dos bandos de mendigos perceberam que o menino começava a pedir dinheiro, além de comida.

As explorações que fazia do território subterrâneo serviram para abrir seus olhos e ouvidos para as pessoas, e assim ele percebeu para que servia o dinheiro. Não podia entrar nas lojas: sabia disso sem nem mesmo tentar. Mas os quiosques na rua e no metrô eram para todos. Tão fácil! Ficou surpreso com o fato de nunca ter pensado naquilo. Bastava entregar umas moedas e apontar. Se eles esperassem, ou fizessem algum gesto, ou dissessem alguma coisa, bastava colocar mais uma moeda.

Começou a comprar comida quente dos quiosques — cachorros-quentes, *piroshki*, pães recheados com queijo, *bubliki* e *shaurma*, que ele e os cães engoliam às pressas, em êxtase. Às vezes, se apontasse para os cães, também conseguia restos, principalmente se comprasse a comida ao mesmo tempo. Com a mesma velocidade com que conseguia dinheiro, ele acabava.

Mamochka adorava sentir aquela gordura em suas mãos, uma novidade, mas odiava quando ele descia a escada rolante até o metrô. Ela tentava demovê-lo, convencê-lo a caçar na montanha ou na floresta, mas agora ele raramente ia para lá. O metrô o atraía para dentro de suas galerias gloriosas, seu bazar de comidas quentes, gordurosas e empanadas, aquele excitante mundo humano.

Mamochka ficava observando enquanto ele ia embora, ficava observando todos os seus movimentos, inquieta, mas resignada. Às vezes, ela até ficava sentada nos quartos traseiros, imóvel, o que lembrava a Romochka a silhueta da Cadela Dourada em seu posto de sentinela. O modo como Mamochka olhava para ele o deixava irritado. Ele a empurrava, puxava, tentava convencê-la a voltar para o esconderijo. Ela o lambia com pesar durante alguns instantes, e depois parava, com ar de preocupação. Mesmo depois que seus dois filhotes nasceram, Mamochka continuou preocupada. Naquele outono, Romochka não quis mamar. E não demonstrou interesse algum pelos filhotes. Ficava sempre fora de casa, sempre no metrô. Passava muito tempo lá e voltava tarde, às vezes nem trazia comida.

No escuro, antes do despontar da manhã preguiçosa do outono, Mamochka entrou no esconderijo trazendo consigo um cheiro estranho. Todos levantaram os olhos, narizes e orelhas, interrogando a escuridão. Os passos dela estavam lentos, estranhos, e dava para perceber, pelo ritmo descompassado, que ela tinha que firmar bem as pernas no chão devido ao esforço de carregar o que trazia, algo pesado, vivo.

Ela entrou cambaleante e depois arrastou o que trazia até o ninho. Romochka levantou do ninho e ficou sentado. Mamochka trazia consigo mais do que simplesmente um cheiro estranho: carregava na boca — arrastava —, segurando pela roupa, um bebê que choramingava.

III

O bebê era quase pesado demais para que ela conseguisse arrastá-lo. Romochka rosnou antes de todos, muito embora enxergasse pior que eles à noite e eles sem dúvida já tivessem sentido o cheiro bem antes dele. Mamochka o ignorou, depositou a criança no chão e começou a lamber seu rosto e suas mãos. As duas irmãs pequenas, Douradinha e Manchinha, vieram cambaleando para perto, empurrando-se. A criança começou a soluçar e chorar de repente, primeiro baixinho, depois cada vez mais alto, por entre soluços cada vez piores. Todos ficaram com o pelo arrepiado. Até mesmo Romochka podia sentir o cheiro do medo que tomava conta do esconderijo escuro, embaixo das caudas e pescoços dos cães.

Romochka ficou inquieto. Sentia a pele pinicando, coçando. As pulgas o irritavam mais do que de costume. Foi rude com Irmã Negra e afastou até mesmo Irmã Branca. E ficou sofrendo até o dia clarear, orgulhoso, furioso, sentindo frio demais para conseguir cochilar. Sua Mamochka nem sequer olhava na sua direção, ali no escuro. Lançou um pensamento na direção dela, no escuro: *Por onde você andou, Mamochka? Por que resolveu trazer isso pra cá?* Sem dúvida não se sentiria tão mal se pudesse sentir que ela voltava os olhos na sua direção em resposta, mas ela não comunicava nada, nada que pudesse explicar aquela traição.

Podia ouvir os sons da nova criança quando choramingava e mamava. Quando amanheceu, ouviu um som familiar, mas ainda estranho para os outros do esconderijo: o bebê estava rindo. Romochka se levantou, enrijecido pelo frio, agarrou sua clava e saiu para o dia que raiava. Irmã Negra, Irmã Branca e Irmão Cinza foram imediatamente atrás dele e ele se sentiu melhor. Saíram em busca de apuros. Hoje, pensou ele, com raiva, iriam roubar as compras de alguém. Não faziam isso desde aquele inverno rigoroso. Romochka ficava longe de Mamochka e seu bebê. Ela, por sua vez, ignorava Romochka. Ele passava um bom tempo caçando e levava para casa sacolas de supermercado cheias, fruto de seus furtos ousados. Continua altivo, orgulhoso, arredio. Percebia, sentindo um misto de dor e prazer, que a própria Mamochka não precisava caçar: que ela se alimentava e alimentava os dois filhotes e aquele novo menino com a comida que ele trazia.

Depois de duas noites, ficou com saudade demais de Mamochka para continuar longe dela. Enquanto a luz do sol tardio entrava lentamente no esconderijo, ele foi aos poucos se aproximando da lateral do ninho. Mamochka levantou a cabeça, que estava perto dos dois filhotes e do menino, e rosnou. Ele se deitou. Enfiou as ameaçadoras mãos entre as coxas, continuou com os olhos baixos e esperou. Ele sabia que mais cedo ou mais tarde ela iria parar e passaria a lambê-lo.

Quando a manhã já estava pela metade, depois que Mamochka já havia lambido seu rosto e suas orelhas, Romochka conseguiu finalmente infiltrar-se no ninho para olhar de perto a criança. Era bem pequena. Estava certo de que o menino era bem menor do que ele quando chegou ali. Na penumbra do esconderijo, pôde ver que o menino tinha olhos de cor clara, um rosto redondo, cabelos claros e o menor e mais inútil nariz que ele já vira. Não tinha pelo nenhum e era rechonchudo. Por baixo do macacão rasgado por Mamochka, o menino vestia alguma coisa macia e acolchoada. Tinha um cheiro de sujeira forte demais para o ninho, mas era uma sujeira diferente. Sem dúvida seu cocô era diferente, ali, lacrado naquelas roupas. Mesmo assim, o bebê teria de aprender a não fazer cocô no ninho: todos sabiam que não deviam fazer cocô no ninho.

Tirou o macacão do menino para ver melhor o que havia por baixo. Despiu-o por completo, peça após peça, enquanto o bebê dava gritinhos e ria, puxando seu cabelo com uma força surpreendente para mãozinhas tão pequenas. Mamochka também tinha bastante interesse em chegar até a pele oculta pelas roupas, lambendo e limpando cada pedaço que ele despia. Assim que as roupas empapadas foram todas removidas, ficou ainda mais claro que o menininho não sabia como lidar com o próprio cocô. Mamochka limpou tudo, cuidadosamente, e Romochka ajudava, puxando as pernas de um lado para o outro, para expor as partes sujas e assadas. O menininho gritava. Sua pele, na penumbra, passou a exibir um fascinante tom roxo. Eles o ignoraram. Os filhotes ficavam cambaleando ali perto, mordiscando as mãos e os pés da criança, e o menininho gritava ainda mais alto, chutando furiosamente. Romochka o prendia no chão e empurrava os filhotes.

Quando terminaram de limpá-lo, o menininho estava tremendo e chorando, mas limpo, com um cheiro bom de saliva. Romochka sentia-se orgulhoso. O menininho estava bem melhor. Agora precisava vesti-lo. As roupas cheias de cocô e a fralda não serviam mais. Enfiou-as dentro de uma das muitas sacolas plásticas que havia no chão e jogou o saco num canto distante do esconderijo. Melhor jogar ali do que do lado de fora, para algum estranho farejar. Pegou um de seus macacões antigos no canto onde guardava suas coisas e vestiu o menininho nele. Aquele novo filhote iria precisar de roupas, já que não tinha pelo algum. Depois, Mamochka enrodilhou-se perto de Manchinha, Douradinha e do menino. E eles mamaram, puxando os mamilos, fazendo ruídos de sucção altos. O menino ficava engraçado nas roupas de Romochka. Um pouco parecido com ele, mas bem menor, bem mais fraco. Até mesmo suas roupas velhas ficavam grandes nele!, pensou Romochka, deitado perto deles, lambendo, feliz, suas próprias mãos e antebraços. E aquele filhote humano também precisaria de um nome.

O filhote logo se habituou ao lugar. Aprendeu a fazer cocô fora do ninho para que Mamochka limpasse, do mesmo modo que ela fazia com os outros filhotes. Rolava para lá e para cá naqueles trapos que há muito tempo eram pequenos demais para Romochka. Quando os cães estavam fora, o menino fazia túneis sob os cobertores no ninho e se enrodilhava neles com Douradinha e Manchinha. Conseguia ficar de pé e andar como Romochka, mas sem jeito, sem velocidade. Caía muito.

Romochka o observava atentamente, satisfeito com cada um dos indícios de que Filhote era mais fraco e mais jovem do que ele. Não era muito gentil com Filhote; gostava de fazê-lo gritar de dor ou raiva. Odiava o modo como Filhote corria para Mamochka em busca de proteção, passou a sentir dor com as mordidas que Mamochka lhe dava. Há muito tempo ela não o mordia tanto assim. Desde que ele era novinho e não sabia de nada, ainda. Odiava o fato de que Filhote sempre se esquecia de tudo e sempre o perdoava, enfiando-se em seus braços sempre que estavam dormindo no ninho. Mas nunca afastava Filhote. Havia algo no cheiro de filhote, na sua ausência de pelos, que o atraía. Romochka gostava de enfiar os braços por baixo das roupas de Filhote e dormir sentindo sua pele contra a dele, gostava de sentir o cheiro do alto da cabeça de Filhote, por mais que tudo isso o perturbasse. Às vezes, Filhote murmurava palavras simples enquanto dormia, *Dyedou, Baba*, e Filhote também tinha pesadelos que cão nenhum tinha. Romochka ficava deitado acordado, abraçado ao menino que dormia, sentindo um estranho pressentimento na altura do estômago.

Tudo sobre Filhote o deixava apreensivo. Lentamente, começou a aceitar Filhote como membro da família, alguém para quem ele devia caçar e de quem precisava cuidar, mas só de olhar para ele Romochka ficava se coçando de tanta irritação. Começou a tratar Manchinha e Douradinha também com certo grau de distanciamento, já que percebia o quanto estavam se apegando ao irmão de ninhada. Queria que elas crescessem logo, para se juntarem aos cães de verdade.

Um dia, ele entrou no esconderijo e Filhote não estava mais lá. Olhou em volta, levemente desapontado. E então Filhote e as duas pequenas irmãs pularam sobre ele, saltando da pilha de destroços de madeira, latindo e gritando. Ele rosnou para Filhote e tentou agarrá-lo, mas Filhote já tinha saído correndo, rindo de um jeito contagiante, e Romochka sentiu que algo cedia dentro de si. Decidiu que poderia brincar com ele de vez em quando. Quando sentisse vontade de brincar.

A época da neve chegou sorrateiramente, sem fortes tempestades. Num determinado dia, o ar ficou mais frio e a neve, que parecia mais cair de baixo para cima do que o contrário, cobriu tudo e não derreteu mais. Depois, no dia seguinte, ela continuou a cair: suave, rodopiando, preenchendo todos os orifícios e imperfeições da paisagem, deixando tudo liso, branco e misterioso. Os esquilos eram mais visíveis à noite. Nenhum deles jamais tinha conseguido pegar um esquilo, então nem tentavam. Aquele breve lampejo vermelho e cinzento dos esquilos em movimento fazia com que todos virassem a cabeça, mas Romochka sabia que só os filhotes corriam atrás.

— *Schenok!* Todos os cães levantaram a cabeça, surpresos com o som da voz de Romochka ao chamar o irmão como um humano chama um cachorro. Romochka ficou satisfeito: eles acabariam percebendo que Filhote não era um deles. Filhote ficou de quatro, balançando o corpo, com olhos esperançosos. Lambeu os dedos de Romochka, seus braços, seu rosto. Romochka o empurrou e o derrubou no chão, rosnando de raiva, e Filhote ficou completamente imóvel, os olhos quase fechados, em posição passiva, pronto para receber a punição que Romochka desejava infligir. Romochka suspirou de agonia e deitou-se ao seu lado. Filhote começou lentamente a relaxar e a gemer baixinho. Romochka sentia vontade de chorar ou gritar. Esticou a mão e acariciou Filhote, sentindo a felicidade tomar conta de seu pequeno irmão, sentindo o pequeno corpinho cair no sono.

Romochka se recusava a cheirar Filhote e a lambê-lo. Mas não estava funcionando. Até mesmo Romochka percebia que o menino estava se tornando um cão, e quanto mais tentava provar a ele que isso não era verdade, mais sentia que ele mesmo, Romochka, parecia se tornar humano.

A perfeição de Filhote era patente. Filhote só falava a língua dos cães. Parecia conseguir sentir o cheiro de tudo o que havia no mundo. Ficava farejando alguma coisa sem parar, contemplando o cheiro durante um bom tempo. Acordava e ia cheirar todos os cantos, de um jeito rápido, para saber tudo o que havia acontecido na sua ausência. Filhote corria, fluido e ligeiro, sempre de quatro.

Quanto mais Romochka percebia a transformação de Filhote, mais ficava de mau humor e era rude com os outros. Percebeu que ele mesmo usava sons que nenhum cão usava, que usava pedaços de madeira, tábuas com pregos e clavas mais do que seus próprios dentes, que usava as mãos para comer: que grande parte de si era menino, um filhote humano que andava ereto exatamente como se fosse um *deles*. Suas palavras, o modo como usava as mãos e sua postura — todas as coisas que faziam com que ele fosse de grande utilidade para sua família, úteis por permitir que ele passasse despercebido no meio *deles*, agora lhe pareciam defeitos insuportáveis.

Certo dia, tentou correr de quatro, mas foi um erro terrível. Fazia mais de um ano que não corria assim, e Filhote era, apesar dos gestos espalhafatosos e sem jeito, muito mais canino, parecia muito mais à vontade na forma de cão. Romochka sentiu-se desajeitado, tolhido por ter as mãos no solo, como se tivesse acabado de sair exatamente da fase em que Filhote agora estava entrando. Ficou prostrado na cama de sua mãe e rosnou quando ela veio se deitar perto dele. Ela o lambeu, tentando deixá-lo de bom humor, e então foi se deitar perto da entrada.

Ficou o dia e a noite inteiros deitado sozinho na cama e se recusou a sair para caçar. Rosnava e ameaçava com a clava qualquer um que tentasse se aproximar. Se Filhote tivesse tentado se aproximar, ele sem dúvida o teria machucado. Mas Filhote ficava saltitante perto da entrada com os outros filhotes, junto de sua mãe, e enquanto isso Romochka só ficava observando de longe, com ódio, com o queixo apoiado nas mãos. Ele é um menino, não um cachorro.

Um menino, não um cachorro, pensava Romochka sem parar, triste. E, mesmo enquanto pensava, sabia que aquilo também se aplicava a ele próprio. Ficava observando Filhote e sentia um desespero cada vez maior. Filhote carregava Manchinha na boca, pela orelha, e a sacudia, puxava sua orelha, rolava com ela. Romochka percebeu que pouco tempo atrás Filhote também ria ao fazer aquilo. Agora ele só murmurava e grunhia.

Talvez Filhote tivesse deixado de ser um menino.

Romochka voltou-se para a parede, ficou encolhido e tentou dormir, sentindo a voz e o cheiro único de Filhote invadindo seus ouvidos e suas narinas.

Aquele foi um inverno surpreendentemente ameno. Os dois invernos anteriores eram memórias distantes para Romochka, como um sonho. Não fossem as carcaças e os ossos com que ele e Filhote brincavam no esconderijo, ele teria se esquecido completamente dos Estranhos. Não era só o inverno que estava mais suave: Romochka também estava maior, sabia mais coisas. Estava bem agasalhado naquele inverno. Tentava roubar roupas para Filhote sempre que podia e também aproveitava para pegar roupas para si. Era difícil mendigar, já que agora os outros mendigos delatavam-no sempre que o viam, tanto para os chefes dos bandos quanto para a *militzia* que guardava seu território, e, assim, ele também começou a ter dificuldade para pedir comida.

Mas a comida continuava a ser abundante, apesar de pouco variada. Uma onda de pessoas atirando em corvos tomou conta de Moscou e isso rapidamente se transformou em esporte de inverno, sem fiscalização. Jovens armados passeavam de carro em busca dos pássaros negros e cinzentos. Para os lados da montanha e da floresta, as pessoas e os cães fugiam quando ouviam o som dos tiros, mas a constante oferta de corvos mortos e feridos fez com que todos fossem atraídos para a cidade. Romochka queria tanto sentir o gosto de um pássaro ainda quente que ia até o ponto onde se ouviam os disparos, na esperança de encontrar alguma ave ferida ou recém-abatida. Quando encontrava um corvo ainda fresco, enfiava-o debaixo da roupa e corria para casa, para comê-lo em paz no esconderijo, dividindo a caça com Filhote antes que ela congelasse. Os cães traziam tantos corvos que Romochka até fez um pequeno santuário de penas de corvo para Filhote, no outro canto do esconderijo.

Na montanha, mulheres ficavam sentadas ao redor das fogueiras, assando os pássaros depenados em espetos, remexendo grandes panelas de sopa feita com as carcaças. Ninguém comeu cães naquele inverno.

Ж

Todos adoravam Filhote. Sempre o deixavam fazer tudo o que queria, às vezes, até mesmo roubar comida deles. Romochka também se sentia desarmado na presença de Filhote. Filhote era esperto, corajoso e estava sempre de bom humor. Brincava ao menor sinal de alegria e era sempre divertido.

Romochka nunca deixava Filhote sair do esconderijo, nem mesmo no fim do inverno, quando as irmãzinhas de ninhada de seu irmão já estavam bem crescidas e começavam a brincar e a explorar os territórios fechados, na companhia de algum supervisor adulto. Sempre que Filhote tentava, Romochka batia nele com gosto; se alguma das irmãs de ninhada tentasse levá-lo consigo, Romochka rosnava para os dois até eles voltarem para o esconderijo.

Romochka não sabia exatamente por que, mas sabia que, com sua ausência de pelos e rabo, Filhote acabaria chamando atenção. Estava bastante consciente da ameaça que Filhote representava para todos caso fosse notado lá fora, e Mamochka o apoiava nessa decisão. Só permitiam que Filhote saísse para a parte externa, o prédio sem telhado — nunca para a rua, exceto quando ele precisava urinar. Tanto Romochka quanto Mamochka precisavam ficar perto do esconderijo para manter Filhote lá dentro durante o dia.

Confinado, Filhote sentia uma necessidade insaciável de coisas novas. Romochka começou a caçar coisas diferentes. O esconderijo ficou repleto de objetos: bolas coloridas, bichos, bloquinhos, sinos, um tambor, uma espada e um escudo feitos de plástico e até mesmo um carrinho movido a pedais. Romochka passava horas mexendo e brincando com os brinquedos que pegava para Filhote, e enquanto isso Filhote ficava pulando para lá e para cá perto dele, feliz da vida. Mas quando Filhote finalmente se acalmava e parava para brincar, profundamente fascinado, Romochka o afagava com carinho, sentindo muito orgulho. Construíram coisas juntos. Brincavam no carrinho de pedais, Romochka empurrando o carrinho com Filhote lá dentro (os olhos de Filhote virando de um lado para o outro, feito um cão medroso mas obediente). O menininho saía correndo, alegre e aliviado, quando a brincadeira acabava.

Romochka começou a roubar coisas de crianças pequenas. Ele e Irmã Negra emboscavam carrinhos de bebê para pegar os brinquedos. Irmã Negra, finalmente escolhida para uma caçada especial, não permitia que nenhum outro cão os acompanhasse e saía andando ao lado de Romochka, visivelmente orgulhosa.

Ela era sempre eficiente e competente: bastava chegar perto das pessoas e arreganhar os dentes brancos e compridos, rosnando e tossindo seus latidos por entre as musculosas mandíbulas, que qualquer mãe pegava a criança do carrinho e gritava, o que era muito gratificante. Romochka então enfiava as mãos no carrinho, vasculhava e pegava qualquer brinquedo que encontrasse, e depois os dois saíam correndo, rápidos feito ratos. Irmã Negra raramente demonstrava o quanto adorava aquilo tudo, mas ele sabia que ela gostava.

Aquelas eram caçadas diurnas, bastante arriscadas. Quando a neve começou a derreter, Filhote também precisou de roupas novas. Despia-se de muitas delas e as perdia, principalmente agora, no começo da primavera, mas precisava das roupas para proteger sua pele das mordidas dos cães. Romochka também ficou preocupado ao apalpar o corpo de Filhote. Percebia, ao dormir abraçado àquelas pequenas costelas, que Filhote estava bem mais magro que antes. Queria roupas boas para Filhote, não aqueles trapos úmidos que pegavam na montanha.

Romochka começou a espreitar meninos pequenos para descobrir o que faziam, para onde iam, onde moravam, o que vestiam. Era difícil roubar roupas. Ou vinha um menino de brinde com elas (e Romochka não queria que Mamochka se afeiçoasse a mais uma criança) ou então as pessoas as deixavam bem guardadas, dentro de lojas e casas. Romochka e os cães estavam em desvantagem em relação às lojas — Romochka era uma figura suspeita à primeira vista e os cães corriam o risco de serem chutados, ou de levarem tiros. Assim, Romochka decidiu que tentaria roubar das casas.

Achou que talvez conseguisse entrar nos prédios de apartamentos. Já tinha visto *bomji* de pé nas entradas, no inverno, apertando aqueles botões numerados até terem a sorte de alguém abrir a porta para eles.

Escolheu um prédio aleatório, mais antigo, e fez com que Irmã Branca ficasse de guarda. Apertou vários botões, mas nada aconteceu.

E então um bêbado apareceu na esquina, quase um *bomj*, mas mais limpo, e Romochka afastou-se, desconfiado. Não correu dele; não tinha muito medo de bêbados. O homem ficou cambaleante na entrada, praguejando e apertando botões, e finalmente deu um amplo sorriso quando conseguiu tocar o interfone de seu apartamento. A porta emitiu um zunido e Romochka entrou sorrateiramente por trás dele, deixando Irmã Branca do lado de fora. A porta da entrada fechou. Ficou à espreita na penumbra, perto da porta, enquanto o bêbado entrava tropeçando no elevador e cutucava os botões.

Assim que o homem se foi, Romochka caminhou sobre o concreto rachado até a escada de azulejos azuis. Subiu silenciosamente a escada, com passos largos, até o segundo andar. Aquele prédio o lembrava de outro, de muito tempo atrás, mas parecia menor. A porta que ia da escada para o corredor que levava aos apartamentos estava entreaberta. O corredor mal iluminado tinha um cheiro já velho de comida, álcool, suor, pele lavada e fumaça azeda. Seu coração batia rápido. Os adultos até que podiam gostar de cães, mas, na sua experiência, odiavam crianças.

Esgueirou-se pelo corredor escuro, observando cada uma das portas idênticas dos apartamentos. Agora sentia o coração batendo descontroladamente. Um cão de voz grave deu um latido de alerta por trás de uma das portas mais à frente e ele levou um grande susto. Ficou tão assustado que quase desceu correndo as escadas. Todas as portas estavam trancadas. Chegou até a porta do apartamento no qual estava o cão, que agora latia loucamente. Encostou o nariz na fresta entre a porta e a ombreira, farejou fazendo bastante ruído e depois rosnou. O pânico que o cachorro grande sentiu fez com que ele próprio sentisse medo — o cão não fazia a menor ideia do que ele era. Estava em território fechado, não seria fácil escapar. Voltou a ficar de pé, foi silenciosamente até a escada e subiu para o andar seguinte, deixando o animal aterrorizado para trás. Por enquanto, nenhum sinal de gente em casa. Só o cão, que agora chorava de medo e solidão, lá embaixo.

Perdeu a coragem quando ouviu o barulho das engrenagens do elevador. Desceu correndo as escadas, fazendo barulho, e chegou até a porta da frente, lembrando no último instante que, para sair, precisaria apertar o botão grande. Conseguiu alcançar o botão sem dificuldade e de repente se viu do lado de fora, debaixo do céu cinzento. Deu um latidinho e Irmã Branca surgiu de trás de uma fileira de caçambas.

Ele não ia conseguir o que queria nas escadas e corredores dos prédios. Precisaria achar uma maneira melhor de entrar num apartamento, por fora.

Alguns dos prédios de cinco andares mais antigos tinham escoadouros que desciam pelas paredes externas, perto das janelas. Assim que avistou alguns, procurou os apartamentos que ainda tinham as janelas do tipo antigo, com vidros duplos: um painel de vidro interno e outro externo que se abriam para os dois lados, com um parapeito largo no meio. Estavam sempre fechadas, mas às vezes havia pequenas janelas retangulares para ventilação na parte de cima da estrutura, e essas janelinhas costumavam ficar abertas. Finalmente, descartou algumas opções e elegeu três apartamentos no terceiro andar: cada um deles tinha um cano perto da janela, e ele tinha certeza que conseguiria escalar sem problemas.

Ficou uma semana só observando os apartamentos da rua. Descartou um deles porque não sabia dizer com certeza se alguém ficava em casa durante o dia. O segundo era exposto demais do lado de fora; alguém sem dúvida o veria subindo pelo cano. No último habitavam crianças, que ele de vez em quando via pela janela à noite, mas o apartamento parecia ficar vazio durante o dia. Ficou mais uma semana só criando coragem.

Irmã Branca choramingava lá embaixo, perto da base do cano, enquanto Romochka tentava encaixar o corpo magro entre as janelas. Assim que subiu no parapeito e conseguiu se espremer entre os dois vidros, olhou para baixo, fazendo um leve movimento com o focinho e sentindo as orelhas voltarem-se para Irmã Branca, tentando tranquilizá-la com o gesto. Contrariado, viu que ela continuava a andar para lá e para cá e a choramingar. Achava que podia convencê-lo a descer. Romochka ficou agachado. Alguém poderia vê-lo da rua; e, se houvesse alguém no apartamento, bastava que a pessoa abrisse a cortina de renda para vê-lo espremido contra o vidro da janela. Já tinha feito barulho demais ao entrar pelo painel do vidro externo. A janelinha de ventilação interna estava fechada e trancada. Ele tinha começado a tentar abrir a estrutura rachada do vidro interno quando, de repente, o painel cedeu e abriu, girando para dentro. Esperou um pouco e então saltou silenciosamente por entre as cortinas para dentro do quarto.

Estava num quarto todo arrumado, com paredes amarelas e um teto branco bem alto. Havia uma cama bem pequena com grades perto da janela. Uma enorme cama ocupava a maior parte do quarto. Atrás de si, havia roupas bonitas estiradas sobre os canos da calefação, mas eram pequenas demais até mesmo para Filhote. Um quadro na parede mostrava uma floresta não muito diferente do lugar onde ele morava, com bétulas de outono em primeiro plano e um rio bem mais limpo e azul do qualquer rio que ele já tivesse visto, correndo por entre margens verdes. Sentiu uma ponta de nostalgia, pensando na época em que um lugar assim era tudo o que ele precisava para conseguir uma boa caçada. Uma época em que não precisava roubar brinquedos e roupas para Filhote.

A cama grande estava coberta por uma colcha de retalhos bonita, rosa, verde e roxa, e travesseiros combinando. Farejou o ar. O quarto cheirava a sabão em pó, perfume, tecido queimado e, muito de leve, a xixi. Ficou preocupado: o apartamento devia bem ser maior do que ele imaginava, já que aquele aposento era só um quarto, nada além disso.

Foi até a porta sem fazer nenhum som, de quatro, atento aos ruídos. Não ouvia nenhum toque de relógio, nenhum ruído sutil indicando alguém tentando se equilibrar, nenhum ruído abafado, ninguém à espreita. O apartamento estava vazio. Esticou a mão e girou lentamente a maçaneta, depois ficou rente ao chão e abriu a porta aos poucos. O apartamento era enorme: havia três portas abertas que davam para o corredor; portas internas, não aquelas portas pesadas, com isolamento térmico, dos apartamentos humildes. Havia vários móveis e enfeites no corredor. Ficou um pouco assustado mas feliz ao ver roupas de criança penduradas nos canos da calefação sob a janela, na extremidade da sala comprida, e brinquedos espalhados aqui e ali. Também sentiu o cheiro de uma cadela. Ficou imaginando o que a cadela poderia pensar quando voltasse para casa. Estava em território fechado, mas será que um cão de estimação saberia o que pensar?

Ainda estava agachado, olhando ao redor, absorvendo a mistura de odores, quando, de repente, do aposento em frente ao seu, surgiu uma pequena cadela branca correndo na sua direção, rosnando e resfolegando. Deu um grito na mesma hora em que ela saltou. Conseguiu desviar o rosto no último instante e a cadela tentava abocanhar sua cabeça, enfiando os dentes na juba de cabelos embaraçados, chacoalhando-o com força. Ele se contorcia e tentava usar os braços e as pernas para tentar arrancá-la de si. Ela cravou os dentes em um de seus braços e ele gritou e ganiu. Arrastou-se até o quarto das crianças, uivando de medo, tentando lutar com o animalzinho enfurecido. Seu braço sangrava. E então ela o atacou mais uma vez, saltando na direção de sua virilha, mas dessa vez ele estava preparado e conseguiu agarrá-la pela garganta. Era difícil fazê-la ficar quieta, já que ela rosnava, mordia e se contorcia. Ele a segurou com todas as forças, prendendo-a no chão também com os joelhos.

Com a cadela entre as mãos e as pernas, podia sentir o terror que a fazia tremer. Assim como o outro cão, ela também não sabia identificar o que ele era. Ele tentava dizer a ela que, ao penetrar em seu território fechado, isso significava que ele era forte o suficiente para fazer o que quisesse; que ela deveria ficar imóvel, em postura de reverência. Segurou-a com todo o peso de seu corpo e a farejou. Seu cheiro era todo errado: sabonete, perfume, gente. Tentou fazer com que ela o cheirasse, mas ela não ouvia o que ele dizia, ou não sabia, e começou a lutar com mais força.

Não era à toa que Mamochka evitava esses cães malucos. Aquela pequena cadela não percebia que ele era perigoso, que ela era pequena e que estava arriscando a vida ao lutar com ele. De repente, sentiu muita raiva dela e a chacoalhou com força. Enterrou os dedos bem fundo em sua garganta e cravou os dentes no pescoço que vibrava. Por que ela não percebia que ele era um cão muito maior do que ela? Mas ela se agitava, se contorcia e esperneava, e era uma bolota musculosa demais para que ele conseguisse segurá-la. Parou de mordê-la e cuspiu os pelos com gosto de sabonete. E então percebeu que ela começava a ceder. O medo, que a havia feito lutar, estava sendo substituído pelo desespero. Ele podia sentir. Ele também sentia a própria raiva se dissipando. Sentiu-se triste, agora que não estavam mais mordendo um ao outro. Ficou de pé nas patas de trás, levantando-a do chão com as duas mãos. Ela ficou inerte.

E foi aí que ele se viu de relance num espelho na parede e esqueceu completamente a cadela. Boquiaberto, colocou-a no chão, lentamente, sem tirar os olhos do reflexo. Ela saiu correndo e deitou-se no chão, um pouco longe dele, rosnando de um jeito triste, com os olhos e as orelhas baixas.

Ele viu um menino grande e sujo, maltrapilho, com uma enorme juba de cabelos que pareciam cordas e tranças negras, um pelo diferente de todas as criaturas que já vira. Olhou dentro de seus próprios olhos. Negros, carrancudos. Não era o que achava que era. Seus dentes eram lisos e pequenos, feito os de Filhote. Seu novo dente, que ele esperava que fosse ficar comprido e pontudo, de fato era pontudo e serrilhado, mas muito parecido com um dente humano. A ausência de pelos em seu corpo era chocante. Ergueu um braço. Sua mão calejada e seu braço cheio de cicatrizes eram magros, com tendões saltados. Braços sem pelo, imundos, compridos. Errados.

Sem dúvida não era um cão, mas também não se parecia com um menino. Sentiu-se de repente irritado com a cadelinha. Ela não sabia o que ele era e não gostava dele, mas sem dúvida preferia que ele fosse um menino.

Estava absurdamente quente ali dentro. Observando cada movimento seu no reflexo do espelho, Romochka tirou as roupas até ficar só com a camada de roupas de baixo.

— Isso, boa menina. Cachorrinha boazinha — disse ele, numa voz suave de menino, observando a própria boca se mexer no espelho.

Primeiro sua voz saiu feito o som de folhas secas raspando contra um tronco; depois, roufenha, desafinada. A cadelinha rosnou, infeliz.

— Boa menina, boa menina — repetiu baixinho, observando-a pelo espelho. Ela lambeu o próprio nariz e desviou o olhar. Ele deu meia-volta, agachou-se e a chamou para si, estalando os dedos, usando uma voz humana, insistindo até que ela não pudesse mais desobedecê-lo. A cadela foi se esgueirando na direção dele, com olhos baixos e a cauda entre as pernas, colada ao corpo. Ele afagou carinhosamente sua cabeça e ela lambeu-lhe as mãos. O rabo não se ergueu, mas ficou agitando-se rapidamente entre suas pernas.

— Que cachorrinha corajosa — murmurou ele. — Lutou com o monstro mesmo ele sendo grande feito um Estranho e você pequenininha. Cachorrinha corajosa.

Sentia que as palavras mudavam tudo, não só entre ele e a cadela, mas entre ele e o lugar. Apalpou seus braços e pernas: compridos, lisos, braços e pernas de menino. Suas orelhas, ele sabia, eram rentes às laterais de sua cabeça, não pontudas e peludas. Nenhum cachorro poderia ver suas orelhas baixas ou eretas: elas eram uma pele fina em formato de concha, ocultas sob seu cabelo.

A cadelinha semicerrou os olhos, rolou no chão e se pôs de barriga para cima, balançando o rabo. E então foi atrás dele, com olhos arregalados e postura triste, enquanto Romochka perambulava pelo apartamento. A sala e os quartos eram separados e havia um monte de coisas bonitas. Endireitou os ombros. Afinal, era um menino, não um cachorro, andando por um apartamento cheio de coisas de menino. Aquilo ia ser divertido.

Havia coisas de crianças em cada um dos aposentos. O quarto no qual ele havia lutado com a cadela tinha duas camas e vários brinquedos, não só espalhados pelo chão, mas também dentro de caixas, sobre prateleiras, até mesmo em cima das camas. Um quarto de menino. Dois meninos moravam ali. Havia duas camas, dois ursos de pelúcia grandes, dois odores distintos nas roupas, duas coisas de tudo. Romochka subiu numa das camas e se aconchegou nos lençóis cor de creme, afofando-os ao seu redor com movimentos mais ou menos delicados. Na colcha havia uma imagem bordada de um gato alaranjado com listras, dentes grandes e olhos amarelos.

Um *tigre*, disse em voz alta, maravilhado com as próprias memórias. Fechou os olhos.

— Boa noite — experimentou dizer, e a cadelinha gemeu de leve.

— Se você não calar a boca e dormir agora mesmo, vou acabar com a sua raça, entendeu? — disse à cadela, rindo.

Percebeu que seus dedos deixaram marcas negras nos lençóis e no travesseiro, parecidas com marcas de garras. Saiu de lá e foi para a outra cama. Esta tinha um cobertor multicolorido por cima da colcha. Mas Romochka descobriu que não conseguia ficar parado e logo saiu debaixo das cobertas. Começou a tirar todos os brinquedos das caixas e as roupas do guarda-roupa.

Dois meninos. Dois irmãos: um maior, outro menor. Romochka e Filhote. Parou de repente. "Filhote" não era um nome.

— Schenok — disse em voz alta, de pé, no meio do quarto. Sentiu a alegria arrefecer. De repente, o som de sua própria voz o desagradava. Era melhor ele sair dali e levar coisas para Filhote. Farejou as roupas e os brinquedos, tentando imaginar do que Filhote iria gostar mais. Não teria como levar tudo aquilo, então precisaria escolher.

Vasculhou todas as gavetas e armários, encheu a sacola, depois tirou tudo e encheu de novo com outros objetos. Começou a ficar perplexo com a profusão de opções, com o quanto o cheiro das roupas deles o deixava enjoado. Sem pensar, urinou na porta e na lateral das camas e depois fez cocô no canto, perto do armário. O cocô e o xixi tinham um cheiro que não combinava nem um pouco com o lugar, então ele jogou algumas roupas por cima. E de repente se lembrou, assustado, que as pessoas não iriam gostar nada daquilo. Tentou limpar o xixi e o canto do quarto, mas acabou espalhando cocô na parede e espirrando xixi em tudo.

Ficou com fome e foi procurar comida. A cozinha era pequena e muito bonita. Adorou a cozinha. Nunca tinha visto nada parecido, ficou percorrendo os dedos sobre todas as coisas. As paredes eram cobertas por imagens de flores, muitas delas em cores que ele nunca vira antes em flores. Havia um fogão branco a gás, com forno grande, e, atrás da bancada do fogão, azulejos brancos, decorados com pequenas flores azuis que pareciam as flores que se abriam na neve derretida, no terreno baldio. Havia cortinas de renda branca nas janelas e uma toalha de mesa de plástico, com estampa de grandes flores roxas e folhas de um marrom claro. O chão de linóleo era um campo amarelo com flores cor-de-rosa e folhas lilases. Tudo muito limpo.

Havia tanta comida na cozinha que ele quase abandonou a ideia de pegar roupas e brinquedos para Filhote. Tirou várias coisas da geladeira e mordeu tudo o que era comestível. Esvaziou o armário da despensa, colocando tudo no chão, e enfiou biscoitos na boca. Tateou as calças em busca de bolsos, mas percebeu que os tinha rasgado, então enfiou ainda mais biscoitos na boca. Ficou pensando se deveria queimar toda aquela bagunça, mas não conseguiu achar fósforos e nem um acendedor de fogão. Então, de barriga cheia, voltou para o quarto, que agora cheirava um pouco melhor, e se sentou no monte de roupas, brinquedos e lençóis.

A cadelinha branca aproximou-se furtivamente e ficou olhando para ele, mas desviava os olhos sempre que ele olhava para ela. Finalmente, com medo de ficar sonolento e dormir, Romochka enfiou calças, moletons, casacos e chapéus na sacola. Um par de botas. Olhou perplexo para todos aqueles brinquedos, sem conseguir escolher.

E foi nesse momento que a cadelinha saiu correndo do quarto. Ele a seguiu, nervoso. Ela estava perto da porta, com as orelhas e o rabo eretos, o corpo rijo — prestando atenção nos sons de alguma coisa lá embaixo. E então ela começou a latir desesperadamente, como se soubesse que finalmente alguém estava vindo em seu auxílio.

Romochka voltou correndo para o quarto, agarrou a sacola cheia pela metade, ainda sem brinquedos, e foi correndo para a porta da frente. Na entrada do quarto, viu um último brinquedo, um osso de plástico vermelho e amarelo que fez barulho quando ele o agarrou. Enfiou o osso na sacola e saiu correndo para a porta, escorregando no sangue já frio de sua luta com a cadelinha. Ela agora estava completamente fora de si, concentrada na porta. Ele a empurrou e lutou com a maçaneta. A porta estava trancada. Podia ouvir passos na escada. A cadelinha começou contar a história toda com latidos tão desesperados que até mesmo as pessoas seriam capazes de entender sua língua.

Ele deu um grito de pânico, arranhou a porta durante breves segundos, e então saiu correndo para o quarto dos pais, para a janela. Passou pelo vidro interno e subiu no parapeito, mas não conseguiu enfiar a sacola cheia de coisas na abertura da janelinha. Pensou em deixar a sacola lá mesmo e pôs-se de pé. Tentou enfiar os pés, as canelas e os joelhos para fora da janela, mas o que havia conseguido fazer quando estava calmo agora lhe parecia impossível.

A cadelinha não calava a boca, estava praticamente uivando. Ouviu a porta do apartamento ser destrancada e aberta. Tarde demais. Voltou a ficar sobre o parapeito, pegou a sacola e se agachou no quarto. Não havia nenhum lugar onde pudesse se esconder. Estava gemendo de agonia a cada vez que respirava. Virou-se para a porta e, apoiando a sacola no ombro, saiu correndo.

Havia três pessoas tapando o nariz, exclamando coisas, horrorizadas. Romochka emitiu um rugido e saiu correndo na direção delas, esquivando-se com destreza das investidas assustadas, por entre berros — "Aaaaarf! *Oujas*! O que *é* isso?" "Pega!" "*Bomj*, ladrão!" "Que cheiro horrível!" "Mas que diabos...?" — e então saiu correndo por aquele corredor desconhecido com as três pessoas em seu encalço, dirigindo-se para o ponto em que achava que estavam as escadas. Ele era mais rápido, mesmo encurvado sob o peso da sacola em suas costas. Saiu rolando pelo último lance de escadas com um grande alarido atrás de si. Correu o mais rápido que podia para a porta da frente do prédio. Alguém do lado de fora estava abrindo a porta de metal naquele exato momento, e ele saiu.

Irmã Branca surgiu do nada, rosnando para os homens e mulheres assustados que gritavam de um jeito zangado na porta de entrada, atrás de Romochka.

Foi para casa correndo sem parar, para não congelar, já que só estava usando uma camisa fina e roupas de baixo.

Ficou alguns dias só dentro do esconderijo, brincando com Filhote, sentindo-se humilhado. Aos poucos, sentiu as orelhas voltarem a ficar pontudas, os dentes crescerem, o peito perder a aparência lisa.

E novamente passou a sair para caçar na floresta e nas montanhas. E, é claro, na cidade.

Assim que voltou a ter uma imagem suficientemente canina de si próprio, cedeu ao desejo de caçar brinquedos, tentando se convencer de que era Filhote quem precisava deles. Mas desistiu de invadir casas. A lembrança daquela imagem no espelho o deixava profundamente triste, e ele também não conseguia esquecer a reação da cadelinha branca.

ж

Romochka e Irmã Branca andavam com cuidado pela neve suja e derretida, num beco desconhecido. De um dos lados do beco havia uma quantidade enorme de escombros, com os ocasionais e tão comuns caixotes quebrados, caixas de papelão e cobertores velhos. Do outro, um caminho enlameado, com poças rasas, rodeado de garrafas plásticas, papel, fraldas, vidro quebrado e cascas de cebola. Romochka sentiu um arrepio na nuca assim que Irmã Branca parou de repente em posição de sentido. Estavam sendo seguidos: alguém vinha pela ruazinha que levava até o beco. Abertamente, não de um jeito discreto. E, bem nesse instante, o beco atrás de si ficou repleto de pessoas que urravam e gritavam.

— O menino dos cachorros! O menino dos cachorros! Pega! Pega!

Romochka e Irmã Branca deram meia-volta e saíram correndo pelo lado menos entulhado do beco, pés e patas caindo com tudo na água e na terra, espirrando a lama suja e oleosa um no outro enquanto corriam. Estavam numa parte desconhecida da cidade, já que Romochka estava em busca de certo grau de anonimato para suas caçadas, e ele não sabia como sair dali. Agora estavam correndo na neve derretida e imunda que batia na altura do tornozelo, tentando escalar a enorme pilha de lixo perto de duas caçambas derrubadas — um mau sinal. Os gritos eram animados, tinham a alegria de uma caçada que chegava ao clímax, e Romochka não ficou exatamente surpreso ao ver que o beco fazia uma curva e terminava de repente num muro de tijolos, ainda coberto pela neve enegrecida. Ele e Irmã Branca deram meia-volta, prontos para lutar. Mas assim que a gangue fez a curva, agora sem gritar tanto, ele percebeu que não tinham a menor chance. Aquela era uma matilha grande, de meninos quase todos crescidos. Meninos grandes e de cabelo curto. Ficou encurvado e segurou baixo a clava, movimentando-a no ar com as pernas afastadas, preparado. Irmã Branca arreganhou os dentes e rosnou, explodindo em latidos, mordendo o ar e babando para mostrar toda sua fúria. Mas ele sabia que estavam em menor número, eram apenas dois cães.

Acordou com os rosnados e ganidos de dor de Irmã Branca. Continuou de olhos fechados, só ouvindo. Irmã Branca parecia raivosa e submissa ao mesmo tempo. Dava para perceber que ela estava com medo. Também ouvia risadas, urros e gritos eufóricos em resposta ao choro dela. Sentiu alguém perto de si, aproximando-se. Sentia a cabeça dolorida. Suas mãos e pés estavam livres, mas percebeu que nenhuma parte de seu corpo tocava o chão. Estava nu, pendurado por um tufo de cabelos da testa e do topo da cabeça. Não conseguia encostar os pés no chão, mas imaginou que a pessoa à sua frente devia estar de pé. Sentia água fria escorrendo do alto da cabeça e percebeu, pelo vento, que seu rosto estava completamente descoberto.

Esperou um pouco, tentando imaginar a distância pelo som da respiração da pessoa que sorria à sua frente, e então lhe deu um chute no rosto, o mais forte que conseguia, ao mesmo tempo abrindo os olhos e rosnando. Ficou balançando depois do chute, que foi bem mais fraco do que esperava; apenas forte o suficiente para pegar a pessoa desprevenida e deixá-la com raiva. O garoto deu um salto para trás, gritando e levando as mãos ao rosto. Os outros viraram para olhar e começaram a rir.

Estava num lugar grande que parecia um depósito escuro, cheio de canos e pilastras. Havia membros da gangue deitados perto da parede, descansando, e em volta de Irmã Branca. Ela estava com a cabeça rente ao chão, presa por um enorme prego que lhe atravessava a orelha dobrada.

Mas só durante poucos segundos conseguiu vê-la arranhando o chão, desesperada, enquanto os garotos a provocavam: o menino que ele havia chutado bateu em sua cabeça com algum objeto e tudo ficou escuro.

Sentia fome e sede. Seu couro cabeludo doía. Agora havia menos meninos ali, mas ainda eram muitos. Já estavam entediados com Irmã Branca. Ela estava trêmula, no chão, tentando debilmente ficar de pé, escorregando. Romochka podia sentir cheiro de comida, comida quente. Os meninos comiam coisas em sacos de papel. Cachorros-quentes Stardogs, sanduíches do Subway. Fez um ruído e eles se viraram. Um garoto de cabelo escuro e espetado, usando jaqueta de couro, veio até ele, agarrou seu pé e girou seu corpo. Ele balançou, tonto, de um lado para o outro, lutando com as mãos e os pés para ficar imóvel. Os outros riram, engasgando com a comida. Olhavam para ele com um brilho nos olhos e ele sabia que aquilo não era um bom sinal. Aqueles garotos não eram *bomji*. Todos tinham cabelo curto. Usavam roupas de gente que tinha casa, jeans e jaquetas; percebia, pelo cheiro, que alguns sempre tomavam banho e usavam roupas lavadas.

Agora estava com muito medo. Garotos que moravam em casas odiavam crianças *bomji*, então aquele seria um embate entre clãs, não uma mera demonstração de desgosto. Olhou discretamente em volta, enquanto o garoto o fazia girar mais uma vez, balançando-o de encontro à parede. Aquele era o esconderijo deles, mas eles moravam em outros lugares, em casas, apartamentos. Tinham mães e tios. Não pareciam pessoas reais. Tentou imaginá-los como os filhos das mulheres de quem ele havia roubado coisas e comida no passado. Garotos que moravam no apartamento da cadelinha. Não conseguia imaginá-los como tais.

Naquele galpão havia sofás arrebentados, uma fogueira improvisada e uma mesa. Os garotos se divertiam com brinquedos barulhentos e cheios de luzes que Romochka desconhecia. A maioria dos meninos tinha facas. Ficavam o tempo todo olhando meio de lado para ver o que os outros achavam deles. Seguindo os olhares, Romochka percebeu que havia também duas meninas, ou mulheres bem jovens. Uma estava dormindo em um dos sofás, os braços nus e compridos refletindo a luz alaranjada do fogo. A outra estava no fundo da sala, olhando para ele com uma expressão de tédio, descansando a cabeça no ombro de um garoto bem alto.

— Duvido você ter coragem de trepar com essa coisa aí! — disse um garoto de repente, empurrando um menino magricelo que estava mais perto de Romochka.

— Fode ele você! — exclamou o magricelo, empurrando o outro de volta.

— Fode! Fode! Fode! Fode! — começaram a cantar em coro os outros garotos, rindo. Ficaram de pé e formaram um semicírculo, batendo palmas juntos, no ritmo da cantoria, fazendo movimentos para a frente com os quadris. O menino magricelo sorriu e foi para cima deles, dando socos.

— Prefiro foder a cadela — disse ele, e todos caíram na risada e começaram a empurrá-lo na direção de Irmã Branca.

— Vai se foder! — exclamou Romochka com voz rouca, e eles todos se viraram, olhos fixos nele, e ficaram de repente em silêncio.

Os garotos o cercaram e começaram a cutucá-lo com paus.

— Fala de novo! Fala! Fala de novo! — gritavam.

Aqueles garotos queriam que Romochka falasse, então ele falou. Queriam que chorasse, então ele chorou, lágrimas pesadas que escorriam em seu rosto e seu peito. Queriam ver o quanto ele estava aterrorizado, então ele mostrou a eles todo o seu medo.

Urinou em si mesmo para eles. Pôs a mão no pênis quando pediram. Cantou para eles. Pedia, implorava, batia com os calcanhares na parede de madeira. Lutou com um de cada vez, pendurado, balançando feito uma marionete, numa dança débil e impotente de pés e punhos. Fez de tudo para mantê-los entretidos, longe de Irmã Branca, o tempo todo pensando *Mamochka, Mamochka, mãe, mãe, vem me salvar, vem me salvar agora. Vem rápido, traz todos os dentes que temos.*

Viu, embaixo de uma mesa distante, uma faca comprida de um dos garotos. Aquele maravilhoso e solitário dente afiado parecia impossivelmente longe.

Anoiteceu. Os garotos aos poucos foram perdendo o interesse nele como brinquedo, um boneco capaz de demonstrar emoções humanas. Estavam fascinados com sua força e resistência, e agora só queriam descobrir até onde ele aguentava. Furaram suas orelhas. Queimaram seus braços com um cigarro. Quando fizeram cortes em seu peito com a ponta de uma faca, Romochka gritou até perder a voz. Sabia que acabariam matando-o, talvez até sem querer. Foi assim que ele havia matado o gato alaranjado, quase sem querer. Sentia-se cada vez mais distante de seu corpo exterior, encolhendo-se no fundo de si mesmo, enrodilhado, pronto, esperando. *Mamochka, Mamochka.*

Você não teve festa de aniversário?

Ele balançou as orelhas, rindo. Olha só, Mamochka levando festa de aniversário a sério!

Vamos fazer uma, então. Aqui está a sua coroa.

Deixou-a colocar a coroa de penas de pavão sobre sua cabeça. Sentou-se ao lado dela, no meio dos dentes de metal da escavadeira do trator vermelho. Irmã Branca foi a primeira a surgir por entre as espigas de trigo, trazendo na boca um pombo fresco, recém-caçado. Colocou o pombo a seus pés. Cadela Dourada apareceu com uma galinha cheia de penas. Depois, Irmã Negra, com um arganaz ensanguentado. Cada um deles se sentou respeitosamente ao seu lado, colocando os presentes a seus pés. Cão Negro apareceu entre os talos de sementes douradas com uma garça na boca; Irmão Cinza trouxe três ovos sarapintados. E então Irmão Marrom... Irmão Marrom! Andando daquele jeito espalhafatoso, todo alegre por ter caçado uma lebre fresquinha. Irmão Marrom nunca tinha conseguido pegar uma lebre antes. Atrás dele, Manchinha e Douradinha traziam juntas um pão de forma inteiro. A pilha de comida só crescia. Todos estavam de olho nela, babando. Filhote apareceu por último, saltitando, sem muita cerimônia, para lhe entregar um saco plástico cheio de pi-roshki quentinhos. O cheiro da massa de batata quente e da carne tomou conta de tudo, abafando o odor delicioso de sangue, pelo molhado e penas.

Os cães estavam agitados, mas continuaram comportados, já que era uma ocasião importante. E o tempo todo Mamochka ficou sentada ao seu lado, quentinha, com ar de quem estava aprovando tudo aquilo. Parecia nem ligar para todas aquelas delícias a seus pés. Tinha um ar sábio e majestoso, sentada ao seu lado, dentro da caçamba grande e vermelha.

Feliz Aniversário, meu amor. Vamos comer?, indicou ela com o focinho. Ele virou o rosto para ela, ansioso, expectante.

E que presente você trouxe, Mamochka? Hein, Mamochka?

Trouxe todos os meus dentes. Estou indo bem depressa, meu querido. O mais depressa possível.

Sentia-se ágil e confiante por dentro, mas seu corpo estava mais lento. Levou um tempo até perceber que Irmã Branca agora estava tensa, com a orelha ereta. Aos poucos percebeu: Mamochka e os outros deviam estar lá fora.

Foi se arrastando de volta à superfície, para os risos, as mãos fortes que o agarravam, a dor. Um menino estava pondo fogo nas mechas emaranhadas e compridas de seu cabelo, uma por uma, tapando o nariz e gritando, surpreso com o barulho que o cabelo fazia ao se encrespar. Ele percebia que os outros já estavam cansados daquilo tudo e tentava despertar alguma reação mais animada. Romochka tentou gemer para desviar a atenção deles da porta de entrada: por mais que sua voz tivesse saído como um fiapo de sussurro, uma respiração sem som, eles estavam olhando para ele quando os cães tomaram o lugar.

A extremidade do cabelo imundo de Romochka, que era o que o prendia ao teto, começou a pegar fogo. Seu cabelo emaranhado partiu-se e ele caiu no chão. Teve a impressão de ter adormecido durante vários segundos, mas ainda assim pôde testemunhar a maravilhosa violência que tomava conta do lugar, sentir a força majestosa dos cães passando para seu corpo. Mas seu corpo não lhe obedecia. A garota entediada agora estava pisando em seu cabelo para apagar o fogo, xingando enquanto segurava o cigarro entre os dentes, balançando a cabeça de pena ao olhar para ele, e depois sumindo em meio à confusão.

Havia ficado tanto tempo esperando aquilo, tanto tempo se preparando, mas seu corpo não voltava à vida. E então percebeu que na verdade já estava arrastando-se pelo chão, sentindo os braços e as pernas pesados, inacreditavelmente lentos. Uma alegria feroz o inundava: sentia a adorável muralha de pelos, dentes e músculos fechar-se ao seu redor, ouvia os rosnados e os gritos dos garotos que moravam em casas. Arrastou-se com dificuldade até Irmã Branca. Lambeu seu rosto ensanguentado e depois se arrastou de barriga até a faca. Nem pensou duas vezes. Pegou a faca com as duas mãos, sentou sobre a cabeça de Irmã Branca e arrancou-lhe a orelha inchada. A faca estava bem afiada.

Quando deu por si, já estava na rua, zonzo, nu, seus braços envolvendo o corpo trêmulo e ensanguentado de Irmã Branca, puxando-a para ir embora dali, enquanto o tumulto continuava atrás deles. Não tinha a menor ideia de onde estavam, mas Irmã Branca sabia. Ela se sacudiu de leve, muito fraca, e, com passos débeis e lentos, farejou o rastro deixado pelos outros. Saíram cambaleantes pelas ruas desconhecidas, no escuro. Agora, misturado ao alívio, Romochka sentia um terror crescente tomar conta de suas mandíbulas, fazendo-o bater os dentes. Arrependeu-se por ter deixado a faca lá. Irmã Branca tentava mantê-lo de pé, escorando-o com o focinho ensanguentado.

E então eles se viram na entrada daquele beco horrível, agora iluminado pelas fogueiras improvisadas dos *bomji*. Irmã Branca deu meia-volta. Não queria entrar ali — já conhecia o lugar. Mas ele implorou para que ela viesse e eles entraram de fininho e foram até o muro onde tudo aconteceu, onde haviam caído no esquecimento. Revirou o entulho até achar sua clava.

Depois, os dois seguiram para as trilhas já conhecidas. Logo os outros apareceram e se juntaram a eles, feridos pela batalha, mas com ar altivo, orgulhosos. Encostavam-se nele, dando voltas ao redor de seu corpo nu e trêmulo, cada um lambendo suas mãos e seu corpo de cada vez, lambendo os cortes em seu peito, as laterais de sua boca e a cabeça de Irmã Branca, empapada de sangue. Ele sentia a brisa congelando sua pele nua, as feridas ardendo. Estremeceu por inteiro, sentindo-se úmido, frio, doente. Teve vontade de fechar os olhos e dormir ali mesmo, na rua, mas a ideia de ser novamente capturado o fazia seguir em frente. Olhava em torno com olhos esbugalhados, sentindo a cabeça zonza. Talvez estivesse mesmo morrendo. Mal conseguia segurar a clava.

Como uma massa de corpos unidos, entraram na ruazinha que levava até o poste do último ponto de encontro. E então Romochka viu Pievitza. Reconheceu-a imediatamente. Ela ainda tinha aquele jeito de andar sinuoso, flutuante, diferente de todas as outras pessoas. Mas agora estava caminhando de um jeito mais cuidadoso. Vinha na direção oposta da rua, na direção deles, mas olhava fixamente para o chão, o rosto oculto pelas sombras. A filha magricela não estava com ela e Romochka pressentiu que também não estaria em casa, à sua espera. Pievitza exalava o cheiro inconfundível da dor, do luto.

Ocultou-se com os cães nas sombras e ficou observando-a passar. Seu peito parecia mais magro. Quando ela chegou mais perto, ele pôde ouvir o sibilar intermitente da respiração que atravessava sua boca estranha e também pôde sentir seu cheiro. Respirou fundo: um odor químico, de cinzas, de suor e sêmen. Cheiro de violência e dor. Os cães levantaram os focinhos no ar. E, de repente, ele se deu conta: Pievitza estava grávida. Ela estava com os cabelos compridos soltos, descobertos, pálidos sob a cor alaranjada do céu de veludo. Relembrou o cintilar daquele fogo de muito tempo atrás naqueles cabelos brilhantes. Não podia ver-lhe o rosto ou a boca, mas agora sentia um ardor no peito, como se o fogo estivesse dentro dele. Seus dentes pararam de bater. Seu corpo parou de tremer. Saiu silenciosamente das sombras e foi até a calçada por onde ela havia passado e ficou ali de pé, nu sob o céu estrelado, com os cães em silêncio ao seu redor.

Tocou o sangue que se coagulava em seu peito com os dedos e esticou a mão ensanguentada na direção do vulto que se afastava, assim como Laurentia havia esticado a mão para ele. E então a muralha de pelos, músculos e dentes o envolveu e ele respirou o ar limpo da noite bem para o fundo de seu peito dolorido.

Na manhã seguinte, acordou tremendo, suando, sentindo ondas de frio e calor. Sentia dor quando os cães chegavam perto, mas precisava deles para se aquecer. Não conseguia ficar de pé sem cair. Filhote alternava demonstrações de compaixão e euforia, mas era ele quem o abraçava sempre que tremia, era Filhote quem se aninhava em seus braços, tomando cuidado para não tocar em suas feridas, quando a tempestade de arrepios passava. Romochka passava o tempo todo no ninho, sentindo-se zonzo, péssimo. Seus ferimentos estavam inflamados demais para serem lambidos. Não conseguia comer os bichos recém-abatidos que todos lhe traziam. Em seus delírios de febre, não parava de pensar que sua mãe e seu tio iriam deixar seu aniversário passar em branco.

Mamochka ficou três dias lambendo seu rosto e suas orelhas, tirando o suor da febre. Aos poucos, ela foi descendo para as feridas cheias de pus em seu peito. Ele fechava os olhos com força e tentava aguentar ao máximo a dor das lambidas. Lembrava das feridas antigas, na primavera, que tinham sido curadas depois que ela as lambeu. No quarto dia, conseguiu comer alguns filhotinhos de rato que Irmã Branca lhe trouxe e brincar com Filhote.

Depois de uma semana voltou ao normal. Ficava o tempo todo fantasiando o momento em que sairia dali e encontraria a cantora, mas não saiu do esconderijo. Seu cabelo ainda estava comprido mas agora não cobria direito seu rosto, então ele se sentia vulnerável. Irmã Branca teve uma recuperação rápida e agora só caçava para ele, com grande devoção. Toda vez que Irmã Branca voltava e surgia no buraco da entrada, sua silhueta, agora assimétrica, fazia com que Romochka levasse um susto e passasse os dedos nervosos em cima das feridas, que cicatrizavam lentamente. Irmã Branca lhe trazia ratos, camundongos, pássaros, um filhote de raposa e diversos restos comestíveis: dava para ver que ela só estava caçando na montanha e na floresta, não na cidade.

Para fazer passar o tempo, Romochka brincava com Filhote, aproveitando ao máximo os brinquedos que conseguira nas caçadas anteriores, construindo cidades complexas. Construía ruas e casas com todos os bloquinhos, brinquedos e pedras que conseguiram recolher, e enquanto isso Filhote ficava latindo, cheio de expectativa. Aquela cidade precisava ter o terreno baldio, o ponto de encontro, as trilhas abertas e as mesmas ruas que Romochka conhecia. Os olhos de Filhote brilhavam com toda aquela mágica.

Assim que Romochka se deu por satisfeito com a cidade, fez bonequinhos com gravetos e pedrinhas. Pessoas andando para lá e para cá, em grupos grandes demais para serem atacados; pessoas fazendo compras; pessoas dentro de prédios; e sempre uma única pedrinha distante das outras. Fingia estar caminhando com os dedos pelas ruas e becos, imitando com os olhos e gestos os movimentos de uma caçada, fazendo Filhote ficar agachado, em posição de caça, em silêncio. E então, de repente, seus dedos pulavam, e Filhote pulava também, imitando seus dedos, e os dois meninos latiam e rosnavam enquanto os dedos de Romochka encurralavam a indefesa e solitária pedrinha no muro de um prédio que vacilava.

Às vezes, ele abandonava as pedrinhas solitárias e perseguia as multidões, fazendo os dedos pularem no meio delas, espalhando as pedrinhas assustadas, fazendo-as correr para lá e para cá. Filhote corria e avançava nelas também, ao seu lado, com um brilho nos olhos e arreganhando os dentes brancos, estremecendo de tanta alegria. E então, depois de espalhar todas as pedrinhas, Romochka destruía a cidade inteira, e Filhote ficava louco de tanta alegria, pondo-se de pé e correndo com as patas de trás, feito Romochka, vociferando estranhos gritos de guerra.

Ж

Romochka tirou o focinho para fora do esconderijo, imaginando que já poderia sair como fazia antes. Já estava cansado de ficar o tempo todo brincando com Filhote, cansado do esconderijo, irritado com os cães, insatisfeito com a comida que lhe traziam. Embrenhou-se pelo buraco da entrada e saiu andando, arrastando os pés, pelas ruínas de igreja e depois pelo pátio. A primavera, cintilante, repleta de cantos de pássaros, estava chegando ao fim. Os dentes-de-leão estavam bem grandes e as abelhas passavam zunindo por cima do mato alto. Percebeu que havia perdido muita coisa ao ficar escondido, com medo dos meninos que moravam em casas. Agachou-se na grama, comendo as folhas amargas e deliciosas, arrancando-as e devorando-as feito um cachorro com dor de barriga.

Olhou em volta. A bétula, como ele suspeitava, dançava com seus vários tons de verde sob a brisa suave; sabia que havia filhotes de pássaro entre as folhas, vigiados por suas mães. Ninhos com ovos sarapintados na floresta. Ele adorava ovos. Sentiu uma vontade repentina de comer ovos. Os cães eram uns inúteis: sempre desperdiçavam os ovos quando comiam. Só sabiam quebrar a casa e lamber, e lambiam junto gravetos, casca, plástico e sujeira da rua. Cachorros idiotas. Mas *ele* sempre fazia um buraquinho com um graveto pontudo numa das extremidades e depois chupava, sentindo a clara e depois a gema atravessarem o buraquinho, preenchendo sua boca. Suspirou. Como poderia dizer a eles que estava com vontade de comer ovos, que deviam caçar ovos? Se não fossem cães, saberiam o significado da palavra *ovo*. Cachorros burros.

Farejou o ar. Só fogueiras de gente que cozinhava, além da montanha. O cheiro se misturava ao odor de pólen, o ar estava carregado das melhores coisas da vida. Os pássaros assobiavam e gorjeavam, demarcando seus territórios com o som. Havia tantos deles sobrevoando barreiras invisíveis, trilhas, ninhos e esconderijos. Assim como os cães, os gatos e os homens, os pássaros também precisavam lutar para viver. Ah, tantos e tantos ovos, a recompensa dos corajosos.

Arrancou punhados de dentes-de-leão e voltou para o esconderijo.

Filhote estava dormindo com Douradinha e Manchinha, e Romochka deu a volta neles com cuidado, na ponta dos pés. Douradinha abriu um olho e bocejou, mas não se moveu. Romochka aconchegou-se em seu canto do esconderijo, junto a seus tesouros. Acariciou o pelo maltratado do rabo do gato. Aquele tinha sido um gato corajoso, laranja feito o outono, feito o fogo. Sorriu. Enfiou a cauda entre as nádegas nuas mas ela ficava caindo, então agachou-se e pôs-se a chupar, pensativo, o ossinho da ponta do rabo. *Não como cachorro, não como gente, não como gato.*

De repente, sentiu um grande orgulho de si mesmo.

No dia seguinte, sentindo o vento quente da primavera mais forte e uma vibração no mundo lá fora, o que fazia o esconderijo explodir em latidos, Romochka sentiu que não conseguiria ficar mais nem um segundo escondido. Queria caçar, explorar, redescobrir o mundo brilhante. Abraçava a si mesmo de tanta felicidade ao pensar em fazer uma visita ao Roma, um pensamento que o deixava cheio de expectativa, ansioso, pensando na comida maravilhosa que o aguardava — e, quem sabe, algo mais delicioso ainda: as lágrimas de Laurentia.

Quando voltou a caçar, Romochka estava magro e ágil, correndo rápido pelas ruas e na floresta brilhante de chuva. Rosnava furiosamente para crianças quando as via, deixando-as, e também suas mães, aterrorizadas; com isso, deixava até sua própria família insegura, fechando-se em círculo ao redor dele. Mas nunca perseguia gatos. Quando os via, parava e fazia um gesto pensativo de cabeça na direção deles, exatamente como a cantora fizera para ele. Os gatos deixaram de estranhá-lo, não ficavam mais arqueados, grunhindo: simplesmente se esquivavam e iam embora, olhando para ele só quando alcançavam uma distância segura, piscando os olhos brilhantes. Gostava quando avistava gatos no começo de uma caçada. E, sempre que via um, ficava convencido de que a caçada estava indo bem. Gritava, mordia e batia nos cães para que deixassem os gatos em paz. Quando Cadela Dourada e Cão Negro trouxeram um gato para o esconderijo, Romochka deixou todos os cães enfurecidos: pegou a carcaça magra e ferida, subiu na ruína da cúpula e colocou-a lá em cima, num canto que não conseguiam alcançar.

Ж

Assim que entrou no esconderijo, Romochka percebeu que Filhote havia feito algo de errado. Filhote não veio correndo na sua direção para cumprimentá-lo: ficou lá longe, no ninho, só olhando para ele com olhos arregalados. Romochka ficou rijo e encarou seu irmãozinho de um jeito ameaçador. Deixou que os outros pulassem sobre ele. Jogou os sacos com restos de comida no chão para que os cães farejassem, mas sem tirar os olhos do rosto de Filhote. Esperou. Filhote veio se arrastando de barriga até as mãos de Romochka, lambeu-as e depois voltou para o ninho. Romochka esquivou-se dele com raiva e foi para seu canto particular. Podia sentir os olhos de Filhote seguindo seus movimentos.

Filhote estivera ali. Romochka podia sentir o cheiro e a presença dele em cada objeto fora do lugar. Filhote estivera diversas vezes em seu canto particular: os outros também, mas só quando eram convidados. Percebeu que o tijolo solto da parede estava um pouco deslocado. Filhote havia mexido em seu esconderijo secreto. Num acesso de fúria, Romochka tirou o tijolo do lugar e tateou suas coisas, marcadas pelo toque de Filhote. Seus dedos foram os primeiros a dar falta. Tateou tudo mais uma vez, com cuidado, e então puxou a coleção de bicos e garras para a palma da outra mão. Não havia dúvida: a coroa de penas não estava mais ali. Virou-se, rosnando selvagemente, e partiu para cima de Filhote, que estava deitado no chão logo atrás dele, esquivando o rosto. Romochka urrou e pegou sua clava. Filhote fugiu para o ninho, e bem nessa hora Mamochka entrou no esconderijo. Ela pulou na frente de Romochka e rosnou bem perto de seu rosto. Romochka quase bateu nela com a clava. Ela viu a raiva que ele sentia em seus olhos e partiu para cima dele, pronta para o ataque. Ele se afastou, envergonhado e chocado. Recusou-se a comer e a dormir com qualquer um deles depois disso. Ficou morrendo de frio até dar meia-noite, e então resolveu sair do esconderijo, desanimado, com a intenção de perambular pela montanha na companhia de Cão Negro.

Nunca mais encontrou a coroa. Filhote a havia comido, de tão bonita que era.

Um dia depois, Filhote já estava animado, correndo, latindo, todo feliz. Romochka continuava de mau humor; mas, como já não parecia mais tão distante, Filhote estava ridiculamente contente. Romochka tentava pegar Filhote, com a intenção de feri-lo e arranhá-lo, mas suas tentativas de agarrar o irmãozinho só faziam com que

Filhote quisesse brincar ainda mais, e em pouco tempo Romochka também já estava correndo pelo porão com ele, brincando com Irmão Cinza e Irmã Branca, até cansar da brincadeira e cair prostrado no ninho. Filhote sentou-se à frente deles, com olhos arregalados, sorrindo, já preparado para sair em disparada assim que algum deles esboçasse a intenção de correr atrás.

Romochka queria muito que Filhote dormisse, para que ele e os outros pudessem sair. Finalmente, Filhote deitou-se de barriga para baixo, soltou um suspiro e descansou o queixo nas mãos. Romochka levantou-se, lentamente. Filhote olhou para ele, piscou os olhos de leve, e fechou-os de novo. Os cães ficaram observando do andar de cima enquanto Romochka construía, com pedaços de madeira, uma barreira capaz de prender um cão dentro do porão. Depois, com passos alegres, ele escalou a pilha de destroços da entrada, pronto para respirar um pouco de ar puro, tomar um pouco de sol, cheirar e sentir a montanha antes que escurecesse. Todos ficaram perto da porta, farejando o ar.

Romochka olhou para trás e rugiu de raiva. Filhote havia conseguido escalar a barreira e agora saltava de quatro para o chão; depois, escalou a pilha de destroços e ficou sentado perto deles, balançando o traseiro sem cauda, com um ar de súplica e um brilho nos olhos. Romochka sabia que, se partisse para cima dele, se o machucasse, Filhote só ficaria no chão, de barriga para cima, observando-o com olhos semicerrados.

Romochka fervia de raiva misturada com inveja. Afinal, que mal faria? Já que Filhote insistia tanto... Filhote ia crescer e ficar bem grande, não teriam como impedi-lo *para sempre* de sair do esconderijo. Tinha de haver uma primeira vez. E daí que as pessoas poderiam vê-lo? Filhote era muito ágil e a matilha era invencível quando todos estavam juntos. Ouviu outra voz dentro de si: ele é um menino humano, afinal de contas. Não pode ficar vivendo para sempre com a gente. Vai acabar crescendo. E os humanos vão querê-lo de volta.

Fez um movimento suave e cheio de más intenções com o nariz, indicando o mundo lá fora, e Filhote veio correndo, estremecendo de tanta alegria, até ficar a seu lado.

Ainda estava chateado quando chegaram no terreno baldio, mas então a louca alegria de Filhote o contagiou também, e os dois começaram a correr em círculos, saltitando, latindo. Filhote tinha lindos olhos azuis e cabelos compridos, de um amarelo pálido. Romochka quase parou de brincar só para ficar apreciando a beleza de Filhote. Agora ele estava bem maior do que antes. O cabelo liso e dourado brilhava e cintilava sob o sol. Tinha um rostinho branco e rosado, os lábios vermelhos cobriam dentinhos engraçados, brancos e retos. Filhote era a criança mais bonita que Romochka já vira na vida. Sua leveza e velocidade ao correr eram impressionantes. Romochka sentiu enorme orgulho por Filhote fazer parte de sua família. Passou algum tempo caçando gafanhotos para aquele novo Filhote, sentindo-se estranhamente solícito enquanto observava o lindo menininho mastigando os insetos.

Uma aura seca e dourada pairava sobre o mundo, que agora estava mais quente. Correram um atrás do outro pelo terreno baldio, apostando corrida para comer as flores brancas e amarelas que salpicavam o mato do terreno.

Depois desse dia, ninguém conseguia impedir Filhote de sair do esconderijo. Ele ficou incontrolável. Corria até as pessoas; seguia pessoas e invadia casas. Latia para os carrinhos de bebê e tentava pular dentro deles. Aceitava doces; na verdade, aceitava tudo que as pessoas lhe dessem. Lançava-se sobre o mundo como se cumprimentasse a mãe quando ela voltava para o esconderijo. Nunca ficava em silêncio. Não ligava para os latidos de advertência e se esquivava de todas as mordidas, saía correndo atrás de borboletas em vez de se esconder, e rolava no chão, ficando de barriga para cima, sempre que via um *militzioner*.

Depois de mais ou menos uma semana, Filhote desapareceu.

Romochka ficou três semanas procurando Filhote, mas todos os seus rastros já tinham sumido. No esconderijo, ficava mexendo nos brinquedos, melancólico, solitário, irritado com os outros cães. Depois de três semanas, acordou de seu cochilo sentindo que precisava mais do que nunca devorar uma bela macarronada, até ficar com a barriga bem cheia.

Laurentia ficou radiante quando os viu.

— Meus queridos! — gorjeou Laurentia, indo depressa pegar comida. Ficou o tempo todo de pé, observando-os comer, cantando. Romochka inclinou o rosto sobre aquela comida maravilhosa, enfiando-a na boca com as duas mãos. O Roma era território seguro o suficiente para que pudesse baixar a guarda e se concentrar só na comida.

— Pegaram um outro igual a você, *caro* — disse Laurentia de repente, interrompendo a música que cantava. Romochka levantou o rosto. Parou de mastigar e o nhoque caiu de volta na vasilha. — Mas esse era um menino-lobo de verdade, mesmo — continuou Laurentia, fazendo um gesto com os dedos no ar, imitando com a enorme mão uma cabeça de um cachorro. — Deu no jornal. Curioso, não? Fico pensando quantos *bambini*...

— Pra onde levaram ele? — perguntou Romochka, desesperado.

— Ah, pra um internato especial... Um nome aí, no distrito norte — disse Laurentia.

— Mas qual o *nome*? — insistiu Romochka, quase gritando.

— Peraí, estou quase lembrando. Calma! Come primeiro. Eu vou lembrar... Instituto Makarenko, Romochka. Calma! Come!

Romochka tremia, ansioso para ir embora. Engoliu a comida sem mastigar, latiu chamando os cães e correu de volta para a escuridão. Parou no fim da ruazinha e se virou para acenar seu agradecimento a Laurentia. Ela continuava sob a luz do poste, esperando. E, como sempre, ergueu a mão enorme, acenando de volta.

Não foi difícil para Romochka achar o centro. Ele e os três cães encurralaram uma gangue de crianças *bomji* mais novas, na estação de metrô com paredes talhadas em pedra, e arrancaram delas a informação. Descobriram até mesmo que metrô deveriam pegar e em qual estação deveriam descer. As crianças *bomji* disseram que a polícia levava crianças para lá, que elas nunca mais apareciam, que faziam experimentos com elas. Romochka não entendeu nada, então rosnou para elas, para que calassem a boca.

As estações pareciam ter mudado nos últimos meses. Ele precisava continuar andando, do contrário a *militzia* apareceria e então ele teria de correr. Agora sentia tanto medo da *militzia* que sentia uma fraqueza no corpo ao ver os policiais. E agora era como se a *militzia* houvesse desenvolvido um sexto-sentido, como se fossem cães, pelo menos nas estações. Quase sempre sabiam onde encontrá-lo. E os trens também o deixavam com medo. Preferia ir andando de uma estação para outra enquanto o verme gigante gritava em seu buraco, muito abaixo de seus pés.

Mas também poderia pegar o metrô, se quisesse. Já fazia um bom tempo que ele havia percebido: se ficasse bem encolhido num canto do trem, rosnando, babando e revirando os olhos sempre que alguém se aproximava, as pessoas o deixavam em paz, inclusive as uniformizadas que não eram *militzia*. E, dessa vez, não tinha escolha. Teria de pegar o metrô, pelo menos na primeira vez, para seguir as instruções que as crianças lhe deram. Seria a maior distância que já teria percorrido desde que se perdeu do lado errado do rio.

Levou Irmã Branca junto. Desde que havia perdido a orelha, perdera parte de seu encanto e também parecia mais distante. Agora o elo que havia entre ela e Romochka parecia indestrutível. Ela agora tinha tanta experiência em caçar na cidade que ele confiava mais nela do que nos outros quando saíam para procurar comida. Ela ficava o tempo todo concentrada em Romochka, não se afastava dele nem se visse um gato eriçado por perto.

A ida até o centro foi tranquila, mas o medo de Romochka aumentava a cada estação. Podia sentir o trem saindo em disparada na direção do rio, que era a fronteira mais distante que demarcava seu território, e sentia um arrepio em todo o couro cabeludo. E então ouviu o condutor dizer o nome da estação que as crianças falaram. Voltou a respirar aliviado. Não poderia ser o outro lado do rio, ainda estavam longe. Tinham passado por poucas estações, a viagem tinha sido muito rápida.

Aquela era uma estação desconhecida, bonita, e nela não havia *bomji*. Resolveu não ficar parado, olhando. A ausência de *bomji* não era um bom sinal. Na melhor das hipóteses, haviam limpado o local; na pior, expulsavam os mendigos dali ou então os prendiam assim que voltavam.

Subiu a escada do metrô e se deparou com uma cidade arborizada, tão limpa que chegava a ser insalubre. Imaginou que não estivessem tão longe assim da área onde ele e Irmã Branca haviam se perdido, mas sabia que tinham subido o rio e que agora estavam do lado certo. Também tentava acalmar seu coração acelerado dizendo a si mesmo que sabia o nome da estação de casa, sabia o nome do lugar onde morava na linguagem dos humanos e que poderia arrancar a informação das crianças sempre que precisasse. Ou seja, não teria como se perder mais uma vez.

Os carros brilhavam. As calçadas, embora muito velhas, estavam limpas, varridas. Não havia nenhuma comida de cachorro ali. Gatos tomavam sol em cima dos muros e nem mesmo olhavam para ele. Romochka começou a trotar mais rápido, em pânico, e ficou aliviado ao ver o prédio branco do centro, exatamente como as crianças o haviam descrito. Era um prédio velho, recém-pintado. Parecia um daqueles *bomji* que saem do centro de assistência social: barbeado, de banho tomado, desinfetado, usando roupas limpas. Ele e Irmã Branca pularam o muro descascado da rua para se ocultarem do resto da cidade e ficaram em silêncio, quietos, para observar melhor.

O prédio tinha várias janelas que piscavam ao sol, mas seria difícil entrar por alguma delas. Embora fosse um prédio antigo o suficiente para ainda ter calhas externas, cada uma das janelas tinha grades de metal na frente, semelhantes a dedos abertos na frente de um rosto. Sem dúvida bonitas, mas estreitas demais para que conseguisse passar por elas. Também percebeu que havia uma grade interna nas janelas, o que tornaria a operação impossível.

Era um prédio baixo, de quatro andares, com largura maior que a altura. Nos jardins, havia vários arbustos recém-plantados, perto do muro, e algumas castanheiras e amieiros grandes, que deviam ter mais ou menos a mesma idade do prédio. Romochka também viu um parquinho com cara de novo na lateral do prédio, no qual brincavam quatro crianças trajando camisetas de cores vivas: vermelho, azul, verde e roxo. A de vermelho e a de azul estavam agitadas, brincando e gritando muito, e Romochka arreganhou os dentes. Crianças que moravam em casas.

Quando achou que já tinha observado o bastante a nova casa de Filhote, voltou para o metrô determinado a enfrentar a viagem de volta para casa, para saber se poderia repeti-la sem se perder.

Visitou o centro três dias seguidos, e só ficava observando atrás do muro, de testa franzida. Explorou a ruazinha que passava por trás do prédio, andou pelo estacionamento e de noite escalou o portão trancado, indo até o jardim. Era um estacionamento aberto, temporário: não havia aquelas caixas de lata com portas duplas para os carros. Isso significava que só as crianças moravam ali, ninguém mais. Os funcionários moravam em outros lugares, chegavam e iam embora em horários diferentes e sempre havia carros no estacionamento, mesmo à noite.

O cão de guarda revelou-se um bom camarada, barulhento mas medroso, e lá pela segunda noite ele já idolatrava Romochka a ponto de lhe mostrar de bom grado o lugar. Durante o dia, Romochka ficava observando a movimentação das pessoas. Se Filhote estava mesmo ali, não saía com nenhuma delas.

No quarto dia, escolheu as roupas menos rasgadas que tinha. A limpeza e a beleza do novo lar de Filhote o deixavam perturbado; talvez fosse melhor sair em busca de calças novas e de uma jaqueta nova só para ir até lá. De pé na chuva, nas ruínas da igreja, examinou as próprias roupas: bom, pelo jeito não fazia má figura. Limpou um pouco de lama que havia ressecado na roupa. Parecia bem humano. Agora seria o menino, não o cão; e, caso chamassem a *militzia*, os policiais teriam uma bela surpresa. Endireitou a postura.

Já do lado de fora do centro, fez com que Irmã Branca aguardasse no jardim e se comportasse como qualquer outro cão de rua. E caminhou na direção daquele prédio branco e ameaçador, sentindo o coração bater forte na garganta, como se tentasse estrangulá-lo.

Parou de repente, prestes a sair correndo. Três portas fechadas, a porta atrás de si e a escada à frente. Ele já sabia que as janelas altas demais de nada lhe adiantariam. Prestou atenção no som da porta que fechava atrás de si, para saber se não havia ficado trancada, e segurou com firmeza a clava, deixando as pernas afastadas e os joelhos flexionados. A mulher atrás da recepção o encarou com olhos arregalados, levando um pequeno pedaço de pano ao nariz. Ela ficou sobre um pé, depois sobre o outro, inclinou-se para a frente e ganiu sobre a mesa da recepção:

— Dr. Pastushenko, preciso do senhor aqui na recepção!

A mulher estava com medo dele, o que o fez se sentir um pouco melhor.

A entrada do lugar emitia ecos e tinha um cheiro ruim. Cheiro de sabão e algum outro cheiro mais acre. A mulher cheirava a suor e a algum eflúvio desconhecido. Não um odor de flores, frutas ou carne. Não era um odor animal. As paredes muito altas tinham sido recém--pintadas, mas o corrimão de ferro que levava ao andar de cima estava descascando. Percebia um cheiro de casa de criança, de sensações ruins e antigas, uma tristeza que pairava sobre tudo. Também ouvia as crianças ainda gritando do lado de fora, o som de passos jovens nos andares acima. Mas não conseguia sentir o cheiro de Filhote.

— Dr. Pastushenko! — gritou a mulher, debruçando-se para tentar proteger a boca com a quina da mesa, ainda segurando o pano. Ela dirigia o olhar repetidas vezes para uma porta perto do corrimão, então Romochka também ficou olhando para lá, esperando.

Levou um susto quando uma jovem mulher surgiu de uma porta totalmente diferente, trazendo consigo leves espirais de um odor químico, de flores. Ela tinha cabeleira espessa, cabelos castanhos e brilhantes tão compridos quanto os dele, mas cacheados, não embaraçados.

Ela surgiu com passos alegres e então parou de repente, feito um alce assustado, fitando-o com seus olhos escuros. Ela também levou a mão ao rosto mas depois se obrigou a abaixá-la. Houve um momento de silêncio enquanto ela o observava.

— Dra. Ivanovna! Dra. Ivanovna! Faça alguma coisa, por favor! Estou tentando localizar o Dr. Pastushenko!

— Tudo bem, Anna — disse a mulher-alce, calmamente. Que voz. Suave, saborosa, cheia de cores. Não tão brilhante quanto a voz de Pievitza, mas incandescente. Feito brasa. Romochka sentiu-se meio zonzo: se Pievitza tivesse uma Irmã Negra, seria esta mulher-alce. Ela tinha cheiro de mulher que tem um homem, que o traz e também a si mesma dentro de si, um odor que serve de advertência para outros homens. Mas o cheiro não lembrava em nada a dor e a mágoa de Pievitza. Agora Romochka estava com medo, sentindo-se confuso — preocupado, pensando que talvez pudesse se esquecer de que precisava encontrar Filhote.

— Irmão *Schenok*! — disse, com voz roufenha.

— Aaaaaah — disse a voz, em tom baixo, mas claro. — Precisamos mesmo falar com o Dr. Pastushenko.

O coração de Romochka estava acelerado. Filhote estava mesmo ali, em algum canto; do contrário, a mulher não teria aquele ar de certeza.

Ouviu passos adultos na escada; assim que as pernas de um homem apareceram, uma voz seca e rascante berrou:

— Estou aqui, Anna. *Ouj... que cheiro é esse?*

E, enquanto pronunciava a última palavra, o homem apareceu e parou de repente. A mulher-alce virou para ele, enquanto Anna titubeava na recepção.

A mulher-alce sorriu, inspirando o ar aos pouquinhos.

— Ele quer ver o irmão dele. O *"Filhote"*.

O homem ficou olhando para ela, sem entender.

— *Filhote* — repetiu ela, como se estivesse tentando fazer ele se lembrar.

Houve uma longa pausa.

A luz que vinha das janelas da escada estava atrás do homem, então Romochka não conseguia vê-lo com clareza. Era alto e magro, e era seu cheiro que a mulher-alce tinha em si.

— O seu irmão está aqui — disse o homem, com voz seca e rascante feito as folhas no outono. — Estamos cuidando bem dele.

Quando o homem deu um passo à frente, Romochka viu primeiro seus olhos. Eram cinzentos, misteriosos, com um misto de tristeza e desejo. Mas eram olhos bondosos. Ele chegou bem perto e, embora não parecesse perceber que Romochka agora estava segurando a clava com mais força, ajoelhou-se e assumiu uma pose pouco ameaçadora. Estava próximo o suficiente para que Romochka pudesse sentir seu verdadeiro cheiro em seu couro cabeludo e ver os pontos brancos em seus cabelos finos, cor de palha. O homem não parecia se importar em demonstrar que o cheiro de Romochka o incomodava, e tapava ostensivamente o nariz com o polegar e o indicador, falando numa voz anasalada:

— Como você se chama? — perguntou.

Era a primeira vez que um deles se dirigia a ele diretamente, e Romochka quis de repente ter um cão rosnando ao seu lado para mantê-los afastados. Hesitou um pouco, sem saber se devia sair correndo, rosnar ou golpeá-lo com a clava. Ou as três coisas. E então enrubesceu e disse:

— Romochka.

O homem ficou de pé.

— Natalya, vamos levar o Romochka para ver o irmão dele?

Ela riu, olhando o homem por entre os cílios das pálpebras semicerradas, e os três saíram juntos, subindo as escadas, com Romochka sentindo cada poro de sua pele transpirar. Ele andava ao lado do homem, que era o lugar mais seguro. A mulher parecia mais rápida, mais determinada. Sob o cheiro abafado de macho adulto, o homem exalava um odor de couro, de mãos lavadas com sabão e de... madeira. Um cheiro de outono. Romochka nunca havia sentido cheiro parecido em ninguém.

IV

Pravda Moskvii, 10 de junho de 2003

MENINO-LOBO DE MOSCOU É CAPTURADO

O Serviço de Proteção ao Menor de Moscou confirmou os boatos de um Mogli da era moderna: um menino que foi capturado há algumas semanas perto de Zagarodiye, na periferia do norte da capital. Ao ser avistado pela primeira vez, o menino, que tem dois anos de idade, estava latindo e correndo de quatro, acompanhado de cães selvagens.

Especialistas afirmam que a criança vivia com cães desde que era bebê. A criança está malnutrida, é muito pequena e possui pelos em todo o corpo. Consegue correr com grande velocidade, usando os pés e as mãos. Só é capaz de se comunicar através de sons caninos.

O surgimento desse menino-lobo na era moderna faz dele uma raridade. Há diversos relatos recentes de crianças de rua mais velhas que vivem na companhia de cães. Embora crianças selvagens que foram de fato criadas por animais sejam tema recorrente na ficção, desconfia-se da veracidade desses casos.

Não sabemos ao certo quais são os efeitos físicos e mentais causados pela convivência exclusiva com cães durante os primeiros anos de vida. O menino-lobo russo permanecerá sob os cuidados do Centro Infantil Anton Makarenko e seu caso será avaliado por cientistas renomados, que também cuidarão da criança da melhor maneira possível. O progresso do menino-lobo será de grande interesse para a comunidade científica mundial.

O Dr. Dmitry Pastushenko colocou de volta o jornal sobre a mesa e suspirou. Ah, se fosse simples assim. Há três semanas, aquela história havia deixado todos satisfeitos; agora, era a hora de fazer uma declaração a respeito. Um menino-lobo que tivesse um irmão não parecia ser genuíno. Sim, agora sua farsa seria exposta. Seria vítima de chacota, e não só no quesito das crianças-selvagens. Sua prepotência. A esperança que nutrira.

Suas opiniões. Ele dissera, mais de uma vez, em jantares, que o ser humano, no fundo, era um animal. *Para tratar de crianças e jovens, primeiro é preciso cuidar de seu lado animal — proporcionar um lar, alimentação e carinho. Esses são os elementos indispensáveis na vida de qualquer criança.* E o que isso de fato significava? Sentia vergonha ao relembrar sua própria voz. *Mas, na verdade, nunca nos afastamos totalmente do nosso lado animal; basta observar como representamos os animais na arte, ou o modo como utilizamos animais como metáforas. Os mitos e lendas sobre animais são avatares, representam a importante interação entre o humano e o animal. Não há como negar que tais histórias transmitem uma verdade essencial.* Sim, ele havia mesmo dito aquilo, num tom de voz civilizado, professoral.

Levantou os olhos do jornal. Seu escritório era repleto de bichos. Colecionava objetos antigos que representavam animais: pequenas estatuetas de bronze e de pedra. Colecionava até mesmo aqueles ursinhos produzidos em série, talhados em madeira, vendidos em qualquer canto do mercado Ismailovo; e gostava de relógios de cuco.

Mas, agora, sentia aversão a tudo que era animal.

— Claro que somos animais — disse ele em voz alta assim que ouviu as engrenagens de seu relógio de cuco Mayak e o passarinho cantou, avisando a passagem da meia hora. Sabia o que queria dizer com aquilo. Que o lado animal era a base, o alicerce oculto; mas o lado humano era a construção sobre esse alicerce, o fantástico artefato trabalhado da personalidade.

Três semanas antes, Dmitry estava chateado por causa de uma discussão que havia tido logo de manhã cedo, sobre ter ou não um cachorro. Natalya queria que os dois comprassem um cão; mas ele detestava a ideia. Um dos vizinhos tinha um cão de guarda, uma mistura de *ovcharka* com São Bernardo, "e essa mistura de raças", insistia Yuri Andrejevich, "deixa o cachorro forte, inteligente, esperto, com uma agilidade *impressionante*".

O nome do cachorro era Malchik. Dmitry, que morria de tédio quando ouvia os relatos embasbacados do vizinho ao falar de seu cachorro, certa vez revelara a Natalya sua teoria sobre essa ligação que as pessoas tinham com os animais: era um tipo de deficiência, uma necessidade que vinha da primeira fase da infância. As ligações emocionais entre espécies diferentes nada mais eram do que projeções. E, nesse sentido, era bastante revelador que Yuri tivesse batizado o cachorro de "Garoto". Uma pessoa que se afeiçoava a um cão estaria na verdade externando algum distúrbio ou privação, assim como um coelho solitário que fizesse amizade com uma corça. Ou um gato que desse de mamar a um porco-espinho. Infelizmente, por algum motivo, o que ele dissera só reforçou a decisão de Natalya de que os dois deveriam ter um cão em casa.

Dmitry também se sentia contaminado quando entrava em contato com animais. Prendia a respiração quando estava na área de animais SPF do laboratório da universidade. Ficava agoniado ao sentir a pelagem sobre aquela musculatura estranha, mesmo num rato de laboratório. Lavava as mãos imediatamente depois de tocar em qualquer bicho. E, naquela manhã, finalmente admitira o fato para Natalya; mas, em vez de ser recebido com compreensão e solidariedade, percebeu nela um ar de triunfo. Durante o café da manhã, quando disse que até desconfiava que fosse alérgico, Dmitry não olhou para ela, pois sabia que acabaria cedendo.

Natalya riu, com aquela sua voz adorável e melodiosa.

— Ah, *bem* que você queria ser alérgico.

Dmitry, sentindo-se ofendido com o comentário, revelou naquele momento que adorava bichos, mas que havia algo neles que o incomodava.

E foi para o trabalho irritado: pelo jeito, iam mesmo ter um cachorro. Natalya sempre conseguia o que queria. Ele sabia que o incômodo que sentia era uma expressão genuína da barreira científica e filosófica que existe entre o homem e o animal, mas não havia conseguido expressar isso direito. Como sempre, na companhia de Natalya, ficava pouco eloquente, não conseguia pensar direito. Ninguém discutia com ela: a maioria das pessoas acatava as ordens daquela voz maravilhosa e parecia ter prazer em agradá-la, deleitava-se com seu ar de certeza, sem nem mesmo questionar se devia ou não levar em consideração o que ela dizia.

Mas, mesmo assim, ele achava que Natalya, apesar de ser uma pediatra brilhante, era um tantinho maluca. Ela era a única cientista que já havia lhe perguntado qual era o seu signo. Foi a primeira coisa que ela lhe perguntou. Ele ainda se lembrava, com certo desconforto, daquele sorriso, do olhar ávido, meio de lado, como se ela estivesse descobrindo mais coisas a seu respeito ao ouvir a resposta.

Uma pessoa tão ingênua, Natalya. Era tão inteligente e ao mesmo tempo tinha certezas tão infantis. Ele a teria pedido em casamento, mas não conseguiu imaginar nenhum motivo por que ela pudesse aceitar; e ficou espantado quando ela concordou em ir morar com ele. Mas foi ele quem decorou o apartamento. *Deixei todas as minhas coisas em casa*, ela dissera, e ele nunca teve coragem de perguntar por quê.

Em comparação com a infância dela, a dele havia sido difícil. Talvez fosse isso: talvez as pessoas que tiveram uma infância difícil percebessem mais facilmente que ter um bicho de estimação era um luxo idiota.

A *hipocrisia* das pessoas que adoravam cães! Crianças russas morriam nas ruas todos os dias — Natalya sabia disso tão bem quanto ele — e ainda assim o que deixava todos revoltados era o extermínio de cães. Que outra cidade no mundo arrecadava fundos para castrar cães de rua? Ou tinha a ideia de propor uma recompensa para os aposentados que os alimentassem? E, mesmo assim, as mulheres russas mais felizes eram as que tinham cães, de acordo com Natalya.

Natalya havia sido a filha perfeita (uma ginasta de talento, inteligente, de bom coração); agora era a namorada irresistível (independente, entusiasmada com seu trabalho, fascinante) que se tornaria a esposa perfeita (embora um pouco menos domesticada que as outras). Sem dúvida seria uma excelente mãe, uma tia adorada e a *babushka* mais russa de todas as *babushkas*. E toda essa quintessência da feminilidade russa moderna não seria completa sem um cão. Dmitry sorriu e suspirou. Faria de tudo para prorrogar a decisão. E, naquele mesmo dia, o menino-lobo chegou e Natalya parou de falar no assunto.

Quando viu pela primeira vez aquela criança diminuta, peluda, agachada, seminua, tremendo no canto do furgão da *militzia*, Dmitry sentiu-se tomado por uma onda de repulsa e pena. E depois, enquanto preparava a seringa com o tranquilizante, sentiu-se um pouco animado, sentimento que era amenizado pela vergonha. Aquela era a fronteira entre dois mundos. *Voilà!* O animal humano: a prova viva do fracasso que era tentar transpor a enorme barreira.

A criança arreganhou seus dentinhos de bebê e rosnou, uma inútil demonstração de ameaça. Dmitry estremeceu. *Vocês que adoram cães, com toda essa fantasia antropomórfica, com todo esse sentimentalismo barato... vocês deveriam ver essa criança.*

De todas as crianças deformadas e atrofiadas com que Dmitry havia trabalhado, aquele menino era a maior tragédia de todas, o mais fantástico caso de sobrevivência. Percebia o próprio horror que sentia ao olhar para ele, mas ao mesmo tempo tinha a esperança de que os relatos de que o menino havia sido "criado por cães" pudessem ser confirmados.

— O nome dele vai ser Marko — disse Dmitry depois do almoço, entrando no escritório de Natalya.

Parou de falar imediatamente. Ela estava com o corpo rijo, de costas para ele, digitando. Havia mudado a mesa de lugar: agora estava virada para a janela, não de frente para a porta. Quem faria algo assim? Que pessoa não adota uma postura defensiva no próprio escritório? Ela digitou mais rápido e fez um gesto com a mão para que ele esperasse. Seus cabelos eram uma massa de cachos acobreados que lhe cobria os ombros. Ele conseguia sentir o cheiro do xampu dali. Dmitry ficou ali, parado, atrás da cadeira dela, aguardando ansiosamente para que ela provasse o nome do menino. Ele também queria perguntar se ela havia pensado melhor sobre a ideia de terem um cachorro, mas de repente imaginou, com base no histórico das discussões que tivera com Natalya, que ela talvez achasse que os acontecimentos do dia eram, na verdade, um trunfo a seu favor. E também queria beijá-la, para desfazer o clima de discórdia da briga da manhã. Acrescentou:

— Um nome forte. Para celebrar a resistência dele, sua infância de pequeno Rômulo.

Natalya levantou para ele seus olhos escuros e Dmitry sentiu um frêmito de emoção. Ele sabia, pela expressão sombria no rosto dela, que o menino-lobo havia causado grande impressão. E então ela disse, com um brilho nos olhos tristes:

— Cuidado, hein. Assim, ele vai acabar dando um golpe no presidente quando crescer.

— A gente só precisa fazer força para acreditar que em pouco tempo ele vai poder ficar de pé ou falar, Natalya — disse Dmitry, enrubescendo logo em seguida. Muitas vezes, quando conversava com Natalya, sentia suas palavras saírem empoladas, desajeitadas. Mas não ela; sempre que ela falava, parecia brilhar. Sua voz tinha o timbre claro de um sino e em sua companhia ele se sentia inadequado. Era como se a alegria boba que sentia por estar perto dela o deixasse inerte.

— Bom, pode ser que um nome forte aumente suas chances de sobrevivência — disse ela em tom alegre, como sempre impaciente com qualquer insinuação mais triste.

No entanto, de acordo com a avaliação de Natalya, o menino era bem frágil. Tinha movimentos meio oscilantes, o que poderia indicar deficiência de algum elemento em sua dieta. O resultado dos testes sairia na sexta-feira.

Dmitry estava esperançoso. Sua pesquisa sobre a rapidez da recuperação linguística e cognitiva em crianças que não tiveram estímulo suficiente na infância era conhecida em toda a Europa, e naquele ano havia sido traduzida para o alemão, o francês e o inglês. As palestras que dava em universidades ficavam sempre lotadas. *Crianças que apre-*

sentam um domínio escasso da linguagem mas detentoras de capacidades cognitivas normais sempre apresentam um quadro de hiperdesenvolvimento; em vários casos, elas acabam retornando aos níveis considerados normais para sua idade depois de alguns anos. Podia lembrar-se do som de sua própria voz ao dizer aquilo, sentir a anuência da plateia.

Ж

Dmitry estava no ápice de sua carreira quando o menino-lobo apareceu, quase como se fosse uma recompensa: a maravilhosa cereja em cima de um bolo extremamente satisfatório. O cargo de Diretor do Centro Infantil Anton Makarenko era o reconhecimento de seu sucesso. Também ajudava o fato de ele sempre evitar demonstrações exageradas de ambição. Sabia que havia sido indicado para o cargo porque reconheciam seus méritos, e tomava cuidado para não despertar a ira daqueles que o indicaram. O Centro era uma daquelas típicas instituições criadas para atrair a admiração do público. Foi fundado como resposta às desfavoráveis notícias internacionais a respeito do abuso de crianças em internatos e orfanatos na Rússia. Era uma instituição que existia para causar uma boa imagem perante os jornalistas estrangeiros, mas Dmitry adorava trabalhar ali: tinha todos os recursos de que precisava para realizar suas pesquisas.

E também os funcionários: sua equipe era excelente. Natalya era uma peça indispensável, o elo que mantinha todos unidos. Todos se sentiam mais animados com o entusiasmo dela. Dmitry tinha à sua disposição os melhores psicólogos e especialistas em comportamento e desenvolvimento de Moscou. O neurologista era uma figura respeitada, um excelente profissional que dividia seu tempo entre o centro e a universidade. Anna Aleksandrovna, a administradora, gerenciava tudo muito bem, como se não fizesse esforço, e tinha sido secretária de Dmitry em diversos locais antes de ele ser nomeado diretor do centro. E Konstantin Petrovich, responsável pela segurança, seu amigo mais íntimo e também psicólogo, tinha formação em pedagogia (diplomado por uma universidade de Cuba). O homem era um verdadeiro tesouro. Todos os professores, especialistas, enfermeiras e funcionários foram escolhidos a dedo, "roubados" dos departamentos universitários em que Dmitry e Anna Aleksandrovna trabalharam. Todos da equipe, desde porteiros e cozinheiras até a equipe médica, sentiam grande orgulho do trabalho que faziam ali.

Só o prédio é que deixava um pouco a desejar. Todas as manhãs, Dmitry ficava irritado ao perceber que a reforma daquele velho orfanato havia sido feita às pressas. Tinham ao seu dispor os melhores equipamentos e conseguiram modificar algumas das salas, mas a pintura era malfeita e os quartos das crianças ainda tinham as camas velhas de metal de antes. Pelo menos agora havia mais quartos, com roupas de cama melhores.

O centro, naquele momento, abrigava e educava trinta e cinco crianças, todas resgatadas de internatos. Não que as crianças que não tinham sido recrutadas fossem necessariamente impossíveis de reabilitar. Eram crianças inteligentes, embora houvessem vivido em condições miseráveis, em números alarmantes. Certa vez, visitaram um internato da região que obteve um índice de aprovação de oitenta por cento das cento e doze crianças analisadas pelo teste especial de aptidão que Natalya e Dmitry haviam elaborado. Assim que os dois analisaram os resultados, em busca de indícios de problemas causados por ambientes de pouco estímulo, ficou patente que aquelas crianças tinham funções cognitivas normais. Algumas foram descartadas porque já haviam passado tempo demais em internatos (quando chegavam aos quatro anos de idade, já se considerava que não era possível reabilitá-las); algumas eram descartadas devido a problemas excessivos de comportamento; e outras por causa de defeitos físicos, não mentais (nesses casos, recomendavam que as crianças fossem transferidas para outros locais). O governo só queria que o centro divulgasse histórias de sucesso ou os casos que representassem avanços científicos.

Dmitry tentava encarar a desagradável tarefa de selecionar crianças com certo distanciamento clínico, mas Natalya, desde o começo, havia adotado uma atitude ousada e manipuladora — comportamento que ele admirava sempre que estava na companhia dela, mas que repreendia mentalmente depois. Ela via uma criança que era, do ponto de vista de Dmitry, catatônica, sem nenhuma chance de recuperação, que não apresentava nenhuma reação, muito além do escopo do estudo de ambos, e declarava, com ar cheio de certeza:

— Vamos tirá-la desse lugar.

Poucos segundos depois de entrar na sala, ela já era capaz de identificar a criança que queria. Aparentemente, o que pesava em suas escolhas era a pena que sentia. Crianças feias, mirradas ou maltratadas eram as que mais a atraíam, mas ela encarou Dmitry com um silêncio gélido quando ele chamou atenção para o fato. Ela o manipulava, falsificava relatórios, alterava números e resultados, subornava funcionários sem dó nem piedade (utilizando não só seu próprio dinheiro como também a verba do centro) para que "sumissem" com os relatórios desfavoráveis sobre a saúde mental de uma criança; e, com a relutante anuência de Dmitry, conseguia transferir cada uma das crianças que selecionava para o centro. E o pior de tudo é que ela nunca estava errada: com exceção de duas crianças, que acabaram morrendo, aquelas que ela escolhia sempre melhoravam.

E era isso que tirava o sono de Dmitry: talvez nenhuma das crianças que os dois viam e avaliavam e que fossem consideradas normais merecesse ser descartada. Depois que Natalya lentamente fez com que Dmitry se sentisse menos distante das crianças, ele descobriu que não queria mais fazer visitas aos internatos. Sentia-se mal até mesmo quando visitava seu orfanato favorito, administrado por uma ex-oficial do Exército bastante eficiente e compassiva, apesar dos ótimos cuidados que as crianças recebiam. Às vezes desejava que a ex-major desobedecesse às regras, falsificasse relatórios; até mesmo que tivesse seus favoritos. Nos momentos de maior desespero, pensava que o problema das crianças abandonadas era grande demais para uma pessoa só: sem dúvida havia crianças morrendo em quantidades inimagináveis ou sofrendo abusos nas ruas; ou então pensava que ficavam permanentemente prejudicadas depois de anos de privação física, emocional e mental, em seus próprios lares.

Muitas vezes, ficava furioso com Natalya. Sabia que naquele momento ela estava no subsolo, dando aula de ginástica para as crianças, moldando aquelas jovens vidas para que ficassem parecidas com a dela. Era sempre otimista a respeito das crianças resgatadas e se recusava a pensar naquelas que haviam recusado a tratar. E, surpreendentemente, às vezes ela até conseguia desligar seu lado emocional. Agora não havia mais madonas carregando seus filhos no percurso entre o metrô e a universidade: Natalya havia delatado cada uma delas às autoridades competentes. Por uma questão de princípio, ligava para a *militzia* sempre que via uma dessas mães, mesmo que acabasse chegando atrasada em conferências e jantares. Olhava para as mãos que pediam dinheiro, para os trapos imundos que as mulheres vestiam e até mesmo para os bebês cianóticos e fracos que elas seguravam como se fossem coisas totalmente distantes de sua realidade, ou uma afronta. E fingia. Mas Dmitry tinha certeza absoluta de que ela nunca pensava naquelas crianças. Certa vez, comentou que aqueles bebês às vezes morriam de fome ou gangrena, por causa das fraldas que não eram trocadas, e elaborou teorias a respeito da relação entre os diversos tipos de depravação moral e a degradação dos sentimentos daquelas mães.

E Natalya respondeu, ríspida:

— Não fica filosofando, Dmitry. Não combina com você. Não foi você quem gerou a criança e nem foi você quem corrompeu a mãe.

E ele sentia como se estivesse quase explodindo de tantas coisas guardadas que tinha vontade de dizer a ela. *E se a minha mãe tivesse sido uma dessas mulheres?* Natalya, que naquele momento caminhava um pouco à frente dele, na rua Pyatnitskaya, virou-se para ele com um semblante tão sereno, tão inocente, tão livre das marcas de um passado ruim, que ele só teve o impulso de esticar o braço e pegar sua mão. Sempre que estava próximo daquele fogo, a única coisa que queria era sentir seu calor.

Natalya ficava surpresa quando as pessoas não concordavam com ela, mas nunca mudava de opinião, por mais duras que fossem as críticas.

Depois de dois dias tentando criar coragem, Dmitry certa vez lhe dissera que ela era incapaz de admitir os próprios erros. Ela riu e respondeu:

— Mas que bobagem!

E continuou a vida, como se ele não tivesse dito absolutamente nada. Realmente, Dmitry pensava consigo mesmo, a estupidez e a arrogância são uma combinação terrível.

Natalya alongava o pescoço e os ombros enquanto as crianças agradeciam de um jeito automático e saíam em fileira. Ela insistiu desde o começo naquele ritual, e aquelas vozinhas ingênuas e cruas a agradavam. Sentia a própria idade na rigidez do corpo depois da ginástica, mas mesmo assim se considerava jovem. Uma mulher de trinta e dois anos talvez fosse velha para ser ginasta, mas no mundo da pediatria ela ainda era um bebê. Sua técnica ainda era bastante impressionante, então que mal fazia utilizar a ginástica olímpica em benefício das crianças? Quanto a Dmitry... Bom, se as crianças estivessem alimentadas, bem nutridas e educadas, de acordo com os padrões mais básicos, isso já era mais do que suficiente para Dmitry.

Natalya ergueu os braços e inclinou-se para a frente, colocando as palmas das mãos no chão, tentando se livrar da irritação trazida por aquele pensamento. Colocou a cabeça entre as pernas, transformando-se num ser estranho, de quatro patas, estreito e com uma cauda de cabelos que saía da nuca e ia até o chão. Levantou uma perna na vertical e depois a outra, equilibrando-se sobre as mãos. Durante alguns instantes, ficou imóvel, feito uma estátua invertida, e então se deixou voltar ao chão, arqueando-se sobre a meia-lua formada por sua coluna num movimento fluido.

Ele era sempre tão passivo! Ela teve de usar métodos ilícitos para obter o equipamento de ginástica e trazê-lo para aquele porão feioso, enquanto que ele, Dmitry, o órfão, só ficava ridicularizando a ideia, zombando de Natalya por ela se sentir em posição superior devido à infância que tivera. Certa vez, ele lhe disse que ela teve a vida privilegiada das pessoas talentosas que são amadas pela família. E falava isso como se fosse algo ruim, como se ela de alguma maneira tivesse sido contaminada pela experiência. Bom, de jeito nenhum ela deixaria que os preconceitos de Dmitry impedissem as *suas* crianças de praticarem ginástica olímpica. Afinal de contas, *ela* não havia se tornado uma ginasta egocêntrica: tinha *escolhido* se tornar uma pediatra. Mas ele havia usufruído dos benefícios do sistema público (quando ainda funcionava) e se concentrava cegamente só no próprio sucesso. Era estranho: de todas as pessoas, só Dmitry discutia com ela. Não conseguia lembrar-se de ninguém, nem mesmo seus pais, que gostasse tanto de discutir com ela. E ele era inteligente, brilhante, mesmo à sua maneira complicada, anormal: feito uma nogueira tensa e retesada que se contorcia sobre si mesma, protegendo cada nó e protuberância. A irritação foi embora e ela sorriu. Ele ainda fazia as anotações de trabalho à mão! Ia ser divertido observar Dmitry interagindo com um cachorro. Sabia que ele ia acabar adorando o cachorro, até mesmo mais do que ela: era *ele* quem precisava de um cão. Ah, e que pai maravilhoso ele seria! Sim, ela deixava as crianças mais animadas, assim como uma boa professora deve servir de inspiração para seus alunos; mas elas sempre queriam pegar na mão de Dmitry. Ele precisava dela para saber dessas coisas.

Soltou o cabelo, pegou as roupas e foi para o chuveiro dos funcionários, sentindo o corpo esfriar sob a malha de ginástica. Rá! Ele até podia encarar a ginástica olímpica como algo meramente ornamental, mas bem que gostava da flexibilidade dela. Seus pensamentos se voltaram para os olhos cinzentos e ávidos de Dmitry, o charme, o desejo e a impetuosidade dele, a pele lisa e o belo contorno de seu corpo. Era um homem muito bonito, o seu Dmitry. Bonito para um homem de quarenta e cinco anos.

Desde os quinze anos de idade, Natalya sabia que o homem que escolhesse deveria corresponder a dois critérios: ela precisaria sentir-se fisicamente atraída por ele e ele também deveria precisar de sua ajuda. Na época, tinha devaneios com um pianista agorafóbico, um homem talentoso e problemático (e muito bonito). A maioria de seus primeiros namorados parecia se encaixar nesses dois pré-requisitos: um deles era um engenheiro petroquímico alcoólatra; outro, um escritor psicótico. Eles resistiam quando ela tentava ajudá-los e ela acabava perdendo o interesse neles. Mas Dmitry... Ela sabia que poderia fazer um grande bem a ele.

Decidiu que iria fazer o jantar e que o esperaria arrumada e cheirosa; depois, iria admirar os músculos retesados de seu corpo, ver o suor em sua pele, ouvir seus gemidos. Sentiu uma contração na barriga.

Ж

Dmitry estava sentando, olhando para Marko da plataforma de observação, segurando a pasta que continha diversos resultados de testes. Que criança fascinante. Havia assimilado a linguagem até certo ponto. Durante a maior parte do tempo, ficava lambendo as mãos sem parar, com olhar ausente e tristonho. Apresentava certo grau de estereotipia — como agora, balançando o corpo de um lado para o outro, ou para frente e para trás, ou andando sem rumo pela sala, ansioso, sempre de quatro. Não mastigava a comida, mas sabia que devia parar de comer quando estava satisfeito — o que era incomum, de acordo com a experiência de Dmitry com outras crianças abandonadas. Não pronunciava palavras soltas nem expressões. Só sons sem sentido, vogais longas. E usava sinais — sinais *caninos*, na falta de descrição melhor. Dmitry achou esquisito o modo como o menino mexia de maneira rápida e contínua o traseiro, mas só até lembrar que os cães às vezes rebolam o corpo todo quando balançam o rabo. Não apresentava desenvolvimento da linguagem, pelo menos não a união da inteligência verbal e cognitiva; em vez disso, ocorrera algo totalmente diferente.

O menino era, sob certos aspectos, igual às crianças de internato que não haviam recebido estímulos suficientes, mas sob outros aspectos era completamente diferente. Por exemplo: ele sabia brincar, o que era simplesmente extraordinário.

Cães também brincam, pensou Dmitry, inclinando-se para perto da janela-espelho, para melhor observar o menino que saía correndo em disparada junto com uma grande bola amarela. Mas cães não construíam coisas com bloquinhos de brinquedo, como aquele menino fazia. Cães não faziam um bloquinho amarelo latir para um bloquinho vermelho.

Aquela criança reagia melhor aos estímulos do que qualquer criança que houvesse passado um longo período em internatos. Demonstrava abertamente diversas emoções: medo, esperança, alegria, sensação de perigo e fome. Também tinha um padrão de sono atípico: ficava mais ativo à noite e adormecia imediatamente depois de comer. Sua saúde era um pouco preocupante (Natalya havia diagnosticado fibrose cística), mas havia possibilidade de tratamento. Sua pontuação nos testes de aptidão física era tão atípica quanto o resto. Era, sob certos aspectos, uma pontuação satisfatória, apesar do desenvolvimento severamente retardado, da desnutrição, da hipertricose e da deformidade corporal causada pelos movimentos.

Era evidente que ele havia passado boa parte de sua vida no escuro. Suas habilidades primitivas e sensoriais estavam bem acima do padrão de qualquer outra criança. Seu olfato e sua audição eram excepcionais. Tudo muito interessante. Mas...

Dmitry parou de repente de mastigar a caneta. E se... E se eles estivessem prestes a fazer uma grande descoberta, uma nova teoria que finalmente mostrasse, por meio da anomalia, que Vygotsky estava certo? A psicologia do lúdico, mas levando adiante aquilo que Vygotsky e Leontiev haviam postulado. Que descoberta fantástica: o paciente empenhado em atividades lúdicas, diferente de todas as outras crianças que têm uma infância cheia de privações. *O menino estava obsessivamente tentando criar uma zona não canina de desenvolvimento proximal!* E isso indicaria... — Deus do céu! — que o lado humano era algo básico, elementar!

Dmitry mal conseguia se conter. Levantou-se de um salto e foi com passos rápidos para o escritório, para começar a escrever o relatório dos resultados do teste e fazer um arquivo à parte com suas teorias. As palavras atropelavam-se em sua mente, empurravam umas às outras. Começou a escrever em garatujas nas linhas do papel almaço.

Impossível determinar sua idade — seus dentes foram afetados pela desnutrição e pela variação individual. Nem mesmo um raio-X do pulso poderia dar um resultado preciso numa criança tão pequena. De todo modo, estatísticas comparativas são inúteis, no caso. Mas os resultados são impressionantes: a criança obteve boa pontuação em testes psiconeuroló-

gicos. Os testes neurológicos revelaram funções normais, até hipernormais em algumas áreas do cérebro. Função cerebral totalmente incompatível com a de uma criança privada de estímulos... Escreveu suas ideias sobre o comportamento lúdico e então passou para a conclusão. Escrevia em garatujas apressadas que se espalhavam pela página, anotando sua possível descoberta, a inesperada brecha que traria luz à confusão que era a neuropsicologia. Precisava tomar cuidado com o tom, pensou. Mastigou a caneta mais uma vez e releu o último parágrafo. Riscou dois *impressionante* e um *perplexo*. Eles que ficassem surpresos: o efeito seria ainda maior se ele se mantivesse calmo.

Os testes psicológicos eram um empecilho: seriam difíceis de aplicar, até mesmo inúteis. Seu resultado seria comprometido pelas deficiências da criança: ausência de coordenação motora fina, vínculos emocionais, linguagem. Por outro lado, a adaptação que o menino havia demonstrado ao brincar era, *no mínimo*, algo atípico, provavelmente sem precedentes. Talvez as circunstâncias da formação daquele seu objeto de estudo fossem algo inédito, pelo menos na era moderna. Ele sabia que os outros cientistas iriam refutar essa ideia e ficou pensando no quanto aquilo pareceria atípico nos resultados dos testes. Alguns resultados até mesmo poderiam sugerir que o menino se encaixava nos extremos do autismo.

Mas o fato de ele saber *brincar* (sua coordenação sensorial e motora, capacidade de representação e abstração simbólica) descartava o autismo. Completamente. Dmitry rabiscou no alto da primeira página do bloco de anotações: *O paciente é uma criança que, no princípio de sua breve vida, não apresenta nenhuma anomalia. É bem provável que tenha inteligência acima da média.*

A menor pontuação era em socialização. Assim que via as outras crianças do centro, ele as encarava como uma ameaça, mesmo se as visse por trás de um vidro, ou à distância. Não fazia distinção entre as crianças mais jovens e as mais velhas; todas faziam com que ele arreganhasse os dentes e emitisse rosnados e um grunhido baixinho. Apesar de sua hostilidade, passou a ser mais confiante e a demonstrar afeição. Isso também era algo inexplicável.

De certa forma, seu prognóstico era bom, e aquela era sem dúvida uma oportunidade única, uma em um milhão. Um trilhão, até.

Dmitry ficou olhando pela janela de seu escritório sem notar a presença das crianças que brincavam ao sol, no jardim. Tentava imaginar a vida do menino. Escuridão. Um esconderijo. Muitos cães. Passou o dedo na porcelana lisa de sua caneca de café favorita. Os arranhões e os ferimentos no corpo do menino deviam ser consequência das brincadeiras e brigas com os filhotes e com os outros cães. O lugar onde moravam devia ser úmido. Ele provavelmente devia sentir muito, muito frio, exceto quando ficava perto dos cães. Alguma fêmea alfa o protegia e lhe dava comida. Demonstrações rústicas de carinho. Um mundo cego, rico em sons, toques, cheiros. Era isso: o menino não foi privado de experiências sensoriais, algo tão paralisante e constante na vida das crianças dos internatos, tão visível naqueles pequenos seres que ficavam prostrados num canto, ninando a si próprios, balançando-se para frente e para trás.

Como aquele menino havia aprendido a brincar, a usar brinquedos? Seria simplesmente o passo seguinte do desenvolvimento de sua personalidade, a flexibilidade do ambiente rico em sensações? O modo como andava, os sons que fazia, a audição, o olfato e os hábitos sugeriam que o menino havia assimilado a cultura dos cães. Ele já tinha sido visto diversas vezes na companhia de cães e foi capturado na companhia de dois deles, que a princípio tentaram defendê-lo da *militzia*. Era melhor coletar os dados dos relatos de quando a *militzia* o vira, antes que a informação se perdesse. Serviriam de prova. E por que o menino apareceu só naquela primavera? Obviamente, ele precisava ficar dentro do esconderijo no inverno. Antes disso, talvez fosse novinho demais para sair. Sim, ele *só podia ser* uma genuína criança selvagem — e era também, sem dúvida, uma dádiva para o centro. O Kremlin não iria cortar a verba do centro com a atenção que aquele caso atrairia.

Dmitry examinou a cena pintada em sua caneca: flores na primavera, pássaros cantando em silêncio, um filhote de lobo e um pequeno veado. Mas então como o menino apareceu parcialmente vestido? Será que havia roubado ou encontrado as roupas, e depois se vestido?

Eram roupas velhas, verdadeiros trapos, e dava para perceber que deviam ser de má qualidade mesmo quando novas. Será que sua inteligência para a sobrevivência foi o suficiente para despertar nele a capacidade de observar os humanos, suas necessidades físicas?

O relógio Mayak atrás de Dmitry tocou as horas e o passarinho cantou, fazendo com que ele levasse um susto. Eram 12h30. Mas Dmitry não se moveu. O menino não falava. Parecia não ter recebido cuidados de outro ser humano, mas também era bastante hábil. E usava roupas. Não, aquilo não fazia nenhum sentido. As roupas estragavam tudo. A única explicação possível era que ele tinha um pai ou uma mãe, ou alguém que cuidasse dele.

Droga.

Ж

Romochka não conseguia parar de acariciar o novo cabelo de Filhote. Foi uma desagradável surpresa encontrar Filhote tosado, mas agora descobria que adorava a sensação de passar a mão em seu couro cabeludo. Parecia o pelo da Irmã Branca no verão, mas melhor. Cabelinhos espetados, lisinhos. Dourados, brilhantes, fedendo a sabão.

Entrara desconfiado no quarto de Filhote. Era claro demais, com um cheiro forte, ruim. O cheiro de Filhote também estava diferente. Só conseguia sentir de longe o cheiro antigo por baixo dos novos odores em seu corpo. Quando viu Romochka e sentiu seu cheiro, Filhote ficou tão feliz que começou a uivar e ganir. Filhote derrubou Romochka no chão quando ele se agachou. Enfiava-se em seu colo e saía correndo, fazendo pequenos círculos ao seu redor, abraçando o pescoço de Romochka com os braços magrinhos e depois voltando a usá-los como pernas. E depois repetiu tudo, sem parar, até Romochka finalmente pegar aquele pequeno corpo e abraçá-lo com força. Apesar de todos aqueles cheiros estranhos, era um alívio abraçar Filhote mais uma vez. Enterrou o rosto no pescoço de Filhote e enquanto isso o menininho contorcia-se incontrolavelmente, sem ar de tanta felicidade. Teria começado a lamber lentamente Filhote, mas não conseguia se livrar da sensação de que estavam sendo observados. Exploraram o quarto juntos, ficaram se olhando em vários espelhos, brincaram com os brinquedos. Romochka ficava procurando a fresta de onde alguém espiava, mas não encontrava nenhuma brisa reveladora, nenhuma alteração no odor uniforme do quarto. Não conseguiu descobrir como é que estavam sendo observados, mas tinha certeza que os observavam.

Romochka ficou mais tranquilo quando viu que Filhote gostava do homem seco e da mulher-alce. Filhote agia de maneira tão relaxada e alegre com eles que Romochka percebeu que não poderiam ter feito nada de mal a ele, mas ainda assim sentia os pelos da nuca arrepiados. Ficava o tempo todo alerta aos sons, prestando bastante atenção para ver se ouvia o ruído de botas lá fora, algum barulho que indicasse a presença da *militzia*. Tomava cuidado para nunca sair de seu disfarce de menino; tentava não cheirar Filhote demais e nem lambê-lo. Usava as mãos como um menino normal usaria e ficava o tempo todo de pé, pouco à vontade, à maneira de um menino.

Filhote achou que isso fosse um jogo e entrou na brincadeira, fingindo ser um cão com um menino, em vez de um cão com outro cão. Ficava de pé de vez em quando, para ser um menino em companhia de outro menino. Lambia as mãos de Romochka com um brilho nos olhos, e depois segurava sua mão, cheio de si, como um menininho em companhia do irmão maior. Corria ao redor das pernas de Romochka. Também não tentou agarrar Romochka pelo pescoço e nem lhe dar uma trombada para tentar derrubá-lo e expor sua barriga. Romochka ficou orgulhoso com esse comportamento, e Filhote percebeu.

Filhote dormia enrodilhado em seu colo, o corpo relaxado e tranquilo. Agora, já descansado, Romochka só sentia vontade de ir para casa. Tinha de fazer um grande esforço para manter seu disfarce; sentia-se cansado, esgotado, até mesmo irritado. Apalpou o corpo de Filhote com suavidade e Filhote suspirou, sorriu e se espreguiçou, ainda dormindo. Romochka estava com vontade de beliscar Filhote para fazê-lo pular, mas o que o impedia era a sensação constante de que *eles* estavam ali, em algum lugar, observando tudo. De vez em quando, olhava ao redor para ver se conseguia pegá-los desprevenidos, mas não via nenhum indício de outra pessoa no quarto. Filhote estava mais magro, parecia pequeno naquelas roupas novas. Será que antes ele se encaixava no colo de Romochka daquele jeito, com os membros todos para fora, mas com aquele equilíbrio? Romochka não sabia dizer ao certo. Talvez Filhote estivesse diminuindo. Ficou preocupado, pensando como seria possível levar aquele Filhote nu e sem pelos para o frio.

Sentiu um nó na garganta e ficou com saudade do calor do esconderijo, de ficar aconchegado no quentinho com Filhote, ficar passando as mãos em sua barriga, lambendo sua orelha, murmurando e rosnando. Empurrou Filhote para que saísse de seu colo, pôs-se lentamente de pé, abriu a porta e saiu, sem olhar para trás. Sentiu os pelos na nuca eriçados, mas nada aconteceu. Ninguém o impediu. Nem o homem alto e nem a mulher-alce, com quem ele acasalava. Ela veio até ele, acompanhou-o até a metade do corredor e depois sorriu e disse:

— Apareça para visitar a gente de novo, Romochka.

Ele a fitou nos olhos com ódio, continuou a andar pelo corredor, desceu a escada e saiu para a chuva que caía com violência, ainda com as palavras dela tinindo em seus ouvidos.

Ж

— Você não queria que ele fosse humano! — disse Natalya enquanto estavam à mesa, apontando o espetinho de carne na direção de Dmitry. Ele ficou sem saber o que dizer. Não, ela estava errada, tão errada! Ele só queria que Marko fosse simplesmente o que era de fato, em vez de ser um pouco disso e um pouco daquilo. Tudo na vida de Dmitry também era um pouco uma coisa e um pouco outra — e todo o resto era um mistério. Natalya era a única exceção. Ela lambeu os dedos, olhando para ele. Dmitry sentiu o sangue subir-lhe ao rosto.

— Bom, talvez isso explique as roupas dele — disse Natalya, num tom alegre. Como sempre, ela tentava mostrar a Dmitry o lado positivo da situação. Mas isso não fazia com que ele se sentisse melhor. O menino maior chamava o mais novo de Filhote. Dmitry cuidara de uma criança que era forçada pela mãe a dormir fora de casa, com os dois cães da família. Será que aquele também acabaria se revelando só mais um típico caso de maus tratos por parte dos pais? De qualquer modo, a fantástica história de Marko já havia sido marcada pela existência de Romochka. Aquele menino, obviamente um *bomj*, sem dúvida tinha família. Ele também aparentava ter todas as habilidades cruciais para garantir a sobrevivência que crianças de rua desenvolviam depois de passar da idade em que a reabilitação seria possível. Era mais uma vítima das mazelas sociais de sempre: mais uma dentre as prováveis cinco milhões de crianças de rua russas, fora do escopo de estudo do centro.

Viu-se deitado no sofá de couro, entre os braços de Natalya. Ela havia colocado um copo de uísque em sua mão. Ela começou a falar e ele conseguiu relaxar um pouco.

— A gente dá comida para ele lá no centro, Dmitry. Assim, ele fica feliz e em troca pode nos dar várias informações sobre o Marko.

Sim, observar os dois juntos poderia explicar algumas coisas, poderia servir para a pesquisa. Mas ele ainda sentia certa amargura, um leve desejo de que Romochka sumisse. Suspirou. Ele se conhecia. Aquele desejo era uma fantasia, não um desejo real. Romochka o fez ver coisas que não queria ter visto. E agora não havia como voltar atrás. Marko convivia com alguém, tinha uma família, e portanto pertencia a alguém; e Dmitry queria que ele fosse seu.

Natalya fez-lhe um carinho que o despertou de seus devaneios. Ela se desvencilhou, tirando a cabeça de Dmitry do colo e tomando o cuidado de colocar embaixo dela duas almofadas. E saiu da sala, provavelmente para tomar banho e ir dormir.

Dmitry pôs os pés no sofá e bebericou o uísque, pensando nos acontecimentos do dia. De repente, o menino tinha uma relação com outro ser humano. Inegável. Acariciou a superfície esticada e amarela do sofá. Havia algo de reconfortante no couro de boa qualidade: era sedoso e rústico ao mesmo tempo. Aquele era um sofá caro, uma peça moderna comprada na 8 Marta. Tinha saído mais barato por causa de um defeito de fabricação. Aquela superfície amarelo-ovo fazia-o sentir um prazer obscuro, tímido, como se o sofá também fosse um marco, mais um sucesso em sua vida. Suspirou mais uma vez. Nem Romochka e nem Marko eram normais, e isso teria de ser levado em consideração em qualquer pesquisa. No fim das contas, acabariam se revelando crianças atípicas, mas não na fronteira entre o humano e o animal. Não haveria nada a aprender com eles a respeito da humanidade em geral; nada além do típico sofrimento humano.

Romochka foi correndo para casa, em vez de pegar o metrô. Irmã Branca caminhava saltitante ao seu lado. Ele precisava sentir o sangue cantando em seus músculos, o ar penetrando em seu corpo, precisava sentir-se exausto. Corria e corria por aquele caminho que conhecia bem, tão bem que nem precisava pensar para fazer as curvas e os desvios habituais. Caía uma chuva torrencial e seus pés faziam a água espirrar. Todas aquelas coisas de Filhote dançavam em sua mente: o tapete macio estampado, com cheiro igual ao da borracha das janelas dos carros; os bichinhos coloridos e duros; os brinquedos de diferentes formatos, vermelhos, amarelos e azuis, todos limpinhos, sem marcas de dentes; as paredes lisas e amarelas, o vidro molhado de chuva nas janelas. O cheiro de Dmitry. A voz de Natalya. Desejou chegar logo em casa.

Mas, no dia seguinte, sentiu vontade de voltar ao centro.

Dmitry, Natalya e Anna Aleksandrovna se acostumaram com as aparições repentinas de Romochka na recepção e passaram a encaixar suas visitas no programa de reabilitação de Filhote. Anna Aleksandrovna foi instruída a ligar para Natalya na clínica caso Romochka aparecesse. Ela então encerraria a consulta em andamento e cancelaria as consultas marcadas para as duas horas seguintes. Natalya começou a fazer um diário de observação para si mesma. Enquanto isso, Dmitry revisava o texto que relatava suas descobertas preliminares, o qual ele pretendia enviar para o *Jornal de Neuropsicologia*.

Ela achava o menino mais velho fascinante, impressionante; como qualquer *bomj*, ele era uma denúncia viva da sociedade, uma tragédia humana ambulante. Natalya tinha certos princípios. Certa vez, ela foi a única pessoa a sobrar em um vagão de trem, na companhia de um mendigo enorme e fedorento que dormia no assento em frente. Ela continuou sentada, quase sem conseguir respirar, lutando contra a náusea, quase às lágrimas. *Este homem é russo*, pensava consigo mesma. *É meu irmão.*

No começo, ela passou a nutrir por Romochka um sentimento parecido — mas, por algum motivo, o efeito da aparência e do cheiro de Romochka acabou diminuindo e a repulsa que ela sentia desapareceu. Romochka era fascinante como objeto de estudo. Sua aparência, decidiu Natalya certo dia, não era um indicador seguro de sua história de vida; era meio teatral, até. Um disfarce, uma imitação involuntária.

Hoje é 17 de julho, estamos na segunda semana de observação de Romochka e Marko. E o que podemos observar quando os dois estão juntos? Romochka é moreno, passional. Uma criança-guerreira. Tem cabelos negros e brilhantes e é mal-humorado. Marko é clarinho, pálido, frágil: um floco de neve que se desfaz. Adota sempre uma postura passiva. Tem verdadeira adoração pelo irmão, praticamente derrete (como um floquinho de neve) ao vê-lo. Romochka parece indestrutível. Suas unhas são horríveis — "garras" seria o termo adequado. Parece um daqueles sobreviventes de um ataque nuclear dos filmes americanos, e seu figurino combina direitinho com essa imagem. Marko, por outro lado, parece que está prestes a desaparecer de maneira tão misteriosa quanto surgiu, como se fosse transparente. Como se não estivesse ali. Agora seu quadro de saúde é está-

vel, mas existe algo que nos mantém vivos ou que nos faz deixar de existir além da simples saúde física, como sabem os médicos (ou como deveriam saber). É uma cena e tanto ver os dois juntos. Se estivessem numa pintura, pareceriam arquétipos. Muito interessante.

18 de julho. Dia quente e abafado, e o humor de Romochka combina com o tempo. Romochka tem algo em comum com as crianças que mendigam "profissionalmente". Ele é fechado, reservado, mas acho que agora eu o entendo melhor. São poucas as coisas que podemos fazer por ele: podemos alimentá-lo, mas ele é esperto e experiente demais para se apegar a nós. De qualquer modo, não sinto pena dele e nem desejo resgatá-lo. Estou convencida de que é um menino inteligente — apesar de apresentar claramente algum tipo de deficiência. Sua linguagem corporal, seus maneirismos, tudo parece estar meio fora de sintonia, aquela fração que todos os seres humanos normais são capazes de identificar imediatamente. Talvez seja sua autoestima que nos impede de sentir pena dele. Ele gosta de si mesmo. E não vê nenhum motivo para não gostarmos dele também. Não, não diria exatamente gostar... admirar, na verdade. Isso também é meio perturbador: as crianças que apresentam alguma debilidade e são confiantes não costumam ser cativantes, exceto para suas mães, e também só o são se suas mães forem capazes de demonstrar empatia, se elas mesmas não tiverem sido irremediavelmente corrompidas. Dos dois, Marko é a verdadeira vítima, aquele que devemos resgatar. Romochka é um tipo mais romântico, mais terrível. E ele se orgulha de suas garras medonhas! Usa as unhas para tudo, até para assustar as outras crianças. Eu até o peguei certa vez afiando com cuidado as unhas no muro do jardim. Acho que vou dar de presente para ele uma lixa de unha, para facilitar a manicure. Ele é vaidoso!

28 de julho. Romochka agora conversa bastante, tanto conosco quanto com Marko. Ele conversa com Dmitry, mas de modo bem mais reservado do que comigo, acho. Ele é eloquente, de um jeito meio esquisito. Hoje de manhã, ele me disse, com aquela vozinha estranha: "Se você quiser, posso pegar um pássaro pra você. Hoje tá fazendo sol, não vai ser fácil, mas posso pegar um pássaro pra você". Foi a frase mais longa que eu o vi falar.

Lamento muito o fato de não saber mais sobre aquisição da linguagem. Mas o Dmitry sabe. Ele acredita que Romochka deve ter algum problema mental ou de fala, mas não me convenceu. Dmitry não confia na intuição – só nos dados, só nos números. Preciso mostrar a ele a frase que Romochka disse. Aposto a minha reputação de médica que esse menino não tem nenhum retardo mental. Ele é outra coisa. Quando ele fala, tem pouca entonação, adota um tom monocórdio, mas sua linguagem também é elíptica e expressiva. Às vezes, fala com um vocabulário rico, bem local. Derrubei um prato quando estava aquecendo comida para ele no micro--ondas e ele disse, com ar sábio, de um jeito muito engraçado: "Não fosse o mijo, o mundo só teria merda". Parecia um mujique velho e bêbado ao dizer isso. Quando eu ri, ele sorriu de um jeito meio ridículo, durante um breve instante. Percebi que ele estava se exibindo. Em outras ocasiões, ele parece um imigrante que usa o russo como segunda língua. É capaz de reutilizar o que ouve e montar frases, fabricando sentidos na hora. Hoje ele disse algumas coisas que pareciam ter saído da boca de Dmitry: "E o que isso significa, na verdade?" e "o animal humano". Vou mostrar essas frases pro Dmitry também – quero ver ele falar que isso é ecolalia! E o menino também absorveu palavras em italiano, não sei como. Usa termos carinhosos em italiano com Marko, ou então uma mistura engraçada das duas línguas. Um dia ele se levantou para ir embora e disse "Agora some, caro", empurrando Marko do colo.

Romochka e Filhote trabalhavam em equipe para convencer Dmitry e Natalya de que Romochka era um menino. Romochka ouvia-os dizer que Filhote era especial por causa dos cães. Sentia-se importante por guardar tantos segredos. Também poderia tornar-se especial para eles quando bem entendesse, mas não queria ficar ali trancado, longe de sua família, e era evidente que seria exatamente isso que eles fariam. Foi por ter se comportado como um cão que ficou tanto tempo naquela cela, fazendo o miserável papel de cachorro para Belov. Agora, fazer o papel de criança parecia garantir sua liberdade. Então, pela segunda vez em seu relacionamento com Filhote, decidiu fazer o papel de humano — mas, desta vez, não com a intenção de intimidá-lo: agora os dois ficavam alegres com a brincadeira.

Não lambia Filhote desde o primeiro dia. Não latia, não gania e nem pedia a Filhote que mostrasse a barriga. Tomava cuidado para não farejar nada. Ficava observando outros meninos nas estações de metrô e na rua para copiar seus gestos. E também os passava para Filhote, que o imitava em tudo. Num determinado dia, seu truque especial seria dar um tapa na coxa enquanto ria alto; em outro, cuspia nas mãos e penteava os cabelos com os dedos. Adorava aquele faz de conta.

Aterrorizava as outras crianças no centro de um jeito sutil, grunhindo e rosnando para elas quando ninguém estava olhando, mas logo perdeu o interesse. Toda a sua atenção estava voltada para Dmitry e Natalya, e também para Filhote. E Filhote, por sua vez, sabia o que Romochka estava fazendo e entrava na brincadeira, com a criatividade e a alegria que lhe eram características.

Ж

Dmitry tomava cuidado para não fazer perguntas demais. Nem conseguia imaginar como devia ser a casa dos dois meninos. Romochka nunca dizia nada a respeito. Também nunca falava sobre como seu irmão mais novo teria se perdido e passado a morar com cães, nem sobre como foi que o encontrara. Talvez todas as pessoas da região soubessem que a criança vivia com cães, como no caso da menina Oksana, da Ucrânia. Certa vez, Dmitry tentou saber mais a respeito dos pais de Marko. Em resposta, Romochka disse algo muito estranho:

— Quem não tem nada, se vira com o que tem.

E disse isso com serenidade, até mesmo orgulho. Dmitry ficou espantado. A frase ficou martelando em sua cabeça. Imaginou que com isso ele quisesse dizer que eram órfãos, uma revelação que ao mesmo tempo o agradava e perturbava. Por um lado, não havia mais ninguém da família para aparecer de repente, o que significava que não haveria mais surpresas desagradáveis para sua pesquisa. Não conseguia esconder de si mesmo o quanto aquilo o deixava feliz. Aquele era um medo constante — na pior das hipóteses, algum adulto reivindicando a criança devido a algum elo emocional, alguém que poderia afastar Marko dali por meios legais, pelo menos até provarem que essa pessoa não seria capaz de cuidar do menino, o que poderia prejudicar os dados que Dmitry havia coletado com tanta dificuldade. Mas, se Romochka estava sozinho no mundo, não era obrigação deles também dar-lhe um lar? Não haveria um aspecto moral, independentemente das regras, dos cinco milhões de crianças desabrigadas?

E, surpreendentemente, foi Natalya quem o tranquilizou:

— O Romochka tem sorte por poder vir aqui, por poder comer aqui. E só fazemos isso porque ele é um menino inofensivo, interessante, atípico. Existe um limite para o que podemos fazer, Dmitry. Você acha que as outras crianças que estão aqui também não têm irmãos vivendo em condições desumanas? Só a Nadejda tem cinco! Todos viciados em drogas, e um deles até abusa dela sexualmente. Metade dos parentes dessas crianças são sociopatas que deviam estar numa prisão, se a gente parar para pensar no bem da sociedade como um todo. Você quer que todos eles venham para cá? As gangues, os estupros, as drogas, a violência... E isso porque eu nem falei dos pais, ainda.

Natalya, percebeu Dmitry, também não queria que eles se responsabilizassem por Romochka.

A comida que Romochka recebia no centro era cozida e quente, e quase sempre na quantidade que ele pedia. Mas agora ele caçava cada vez menos e o que levava para casa quase nunca dava para todos. Ficava preocupado com os cães quando passava tempo demais com Filhote, e preocupado com Filhote quando caçava com os cães. Começou a perceber a existência de dias úteis e fins de semana porque o centro ficava fechado dois dias da semana.

Passou a aguardar ansiosamente os dias em que saía para dar caminhadas com Dmitry, as conversas sobre vários assuntos, principalmente sobre Filhote. Gostava de tentar sincronizar os próprios passos com as pernas compridas de Dmitry, gostava de olhar para seu enorme pomo de adão movimentando-se para cima e para baixo. Gostava daqueles olhos cinzentos, bondosos, do fato de que Dmitry não se incomodava se ele ficasse olhando para ele. Dmitry não se obrigava a destapar o nariz para aproximar o rosto e fazer contato visual. Dmitry nunca ria, mas era engraçado. Sentia-se à vontade com Dmitry; com Natalya, a coisa já era diferente. Sentia um pouco de pena de Dmitry: percebia que ele também sentia medo de Natalya.

Dmitry não sabia tudo, mas estava tentando descobrir para poder ajudar Filhote. Para Romochka, era reconfortante ouvir aquela voz seca que lhe dizia verdades secas. Mas, acima de tudo, ele gostava do cheiro de Dmitry.

Observava Dmitry e Natalya, percebia os beijos e carinhos e também as brigas. Romochka sabia que Dmitry tinha mais interesse em Filhote. Mas, para sua grande satisfação, começou a perceber que Natalya estava mais interessada nele. Franzia a testa sempre que ela se aproximava. Imaginava-se puxando aqueles cabelos castanhos e compridos. Seu cheiro era uma mistura de vários odores: flores levemente apodrecidas, Dmitry, cabelo, sabonete e suor feminino. Também podia sentir o cheiro de sua vulva — um odor de lama na primavera, de grama cortada; tão diferente do almíscar pungente do ânus dos homens adultos. Muito diferente do cheiro doce e familiar de Mamochka. Ele chutava e derrubava cadeiras, tentava entortar ou quebrar coisas quando ela se aproximava, para mostrar a ela o quanto era forte. Fingia ser um menino principalmente para Natalya. O cheiro de seu corpo invadia sorrateiramente seus sonhos.

Mesmo assim, ele se sentia mais seguro com Dmitry.

31 de agosto. Hoje Romochka chegou às 10h30, trazendo um casaco pequeno e fétido, pequeno demais para ele e grande demais para Marko. O casaco era simplesmente horrível, totalmente sujo, manchado por dentro e por fora. Coberto de manchas verdes e marrons. Sangue, talvez? Difícil saber a cor original do casaco. No capuz, vestígios emaranhados de pele de coelho. Romochka tinha um comportamento possessivo com o casaco. Segurava o casaco de um jeito meio tímido, mas com certo ar teatral. E como o casaco fedia! O cheiro se espalhou pelo prédio todo. Assim que ele entrou no quarto de Marko, houve um pequeno e estranho ritual. Romochka colocou o casaco no chão, na frente de Marko. O menininho ficou fora de si de tanta alegria, mas parecia não saber se tinha permissão para tocá-lo. Parecia tratar o casaco com certa reverência. O Casaco Sagrado. Romochka olhou para baixo, para suas próprias mãos, e depois ficou olhando pela janela. Marko foi se arrastando devagar, de barriga para baixo, até o casaco. Colocou uma mão em cima, todo alegre, sem nunca tirar os olhos de Romochka. E continuou ali, imóvel, com o braço estendido sobre o casaco. Virou o rosto lentamente, fechou os olhos e ficou assim, com o rosto virado. Cronometrei: os dois meninos ficaram totalmente imóveis durante uns dez segundos. Finalmente, Romochka virou e saiu do quarto. Foi embora. Pude ouvi-lo claramente descendo a escada, com passos pesados. Marko pulou sobre o casaco, gemendo e ganindo, num frenesi. Chamei Anna Aleksandrovna e Dmitry para verem. Marko farejou o casaco com fungadas profundas. Vestiu-o bem devagar e ficou rolando com ele no chão. Depois tirou o casaco, deitou-se sobre ele e adormeceu com parte do capuz na boca. Entrei depois de uns dez minutos. O cheiro no quarto era insuportável.

Não sei bem que interpretação Dmitry vai dar para o ocorrido. Provavelmente vai dizer alguma bobagem sobre o irmão mais velho de uma criança autista aprendendo o comportamento necessário para se comunicar com ela (sendo que, no caso, a criança mais nova é quem ensina). Mas quando foi que ele ensinou? Como é que Romochka sabe que precisa dar um presente a Marko como o daria a um cachorro? Porque foi exatamente isso que eu vi ali. Por que Marko veste o casaco e também faz todas aquelas coisas tipicamente caninas com ele? O problema é que o DPP não entende nada sobre cães.

É uma era estranha, essa em que vivemos. E se Marko simplesmente nasceu como cão? E se ele nunca conviveu com cães e mesmo assim for capaz de atraí-los? Uma nova síndrome, uma espécie de mutação? Não é impossível. Mas não é uma teoria que se possa falar com o DPP, Natalya!

Realmente, eles são crianças estranhas.

Ж

Romochka ficava maravilhado com o progresso de Filhote. Ele próprio desempenhava o papel de menino há tanto tempo que agora valorizava o lado humano mais do que nunca. O desafio de ficar cada vez melhor naquele fingimento o atraía, e Filhote o acompanhava. Agora Filhote ficava de pé e andava a maior parte do tempo; até mesmo pronunciava alguns sons. Não eram palavras de verdade, mas pareciam. Dmitry elogiava Romochka, sugerindo que Romochka era responsável pela mudança. Romochka percebeu que Dmitry e Natalya poderiam fazer parte do clã de pessoas humanas de que ele gostava. Laurentia, a Cantora, Dmitry e Natalya — nesta ordem. Murmurava seus nomes com sua voz humana, adorava o som musical das palavras. Cantarolava os nomes numa melodia que subia e descia feito o uivo de um cão. Até então, ele só havia gostado de duas pessoas, Laurentia e a Cantora.

Não considerava Filhote humano. Schenok falando como gente era, afinal, só uma brincadeira. O verdadeiro nome de Filhote continuava oculto em seu cheiro, nos vários hálitos do esconderijo. E dentro de Romochka.

De vez em quando, pensava em tirar Filhote do centro, levá-lo de volta para casa. Os cães ficariam tão felizes! Imaginou Filhote correndo, farejando cada canto do esconderijo, relembrando cada brincadeira. Voltariam a ser de novo uma família de verdade. Mas também ficava preocupado. Filhote agora estava tão limpo, tão macio. Seus músculos rijos e os calos em suas mãos e pés haviam sumido. Ali ele comia várias coisas diferentes, coisas quentes, sopas, tortas e carne cozida, em grande quantidade. Comia bem mais que Romochka. Será que conseguiria achar comida em quantidade suficiente para Filhote? E, ultimamente, Filhote passava o tempo todo tossindo. Talvez Filhote não fosse forte como antes, não pudesse ter a vida de antes. Finalmente, Romochka resolveu perguntar a Dmitry, de um jeito que achava que disfarçava suas reais intenções, o que poderia acontecer se Filhote escapasse. Dmitry olhou para ele, pensativo, e disse:

— Olha, Romochka, foi muita sorte a gente ter resgatado o Marko. Ele estava muito doente. Ele precisa morar aqui, senão ele não vai conseguir sobreviver.

Romochka deve ter ficado com uma expressão de dúvida, porque Dmitry foi até uma gaveta e tirou de lá um pequeno disco. Segurou-o entre o polegar e o indicador.

— Mas você não precisa se preocupar. Está vendo isto aqui? Colocamos um igual dentro do corpo do Marko. Ele emite um sinal. Um tipo de barulhinho que não dá para a gente ouvir. Se o Marko se perder, a *militzia* pode encontrá-lo em qualquer lugar. Basta seguir o sinal.

Romochka esticou a mão, pedindo o disco. Sentiu a superfície: lisa, brilhante. Deu as costas para Dmitry e mordeu discretamente o disco. Devolveu-o para Dmitry, sentindo um gosto de plástico e metal na boca. Não entendeu nada do que Dmitry acabara de dizer, mas ficou claro para ele que Filhote estava totalmente à mercê de Dmitry.

30 de setembro. Romochka chegou tarde hoje, às 11h35, trazendo um presente. Com o rosto oculto atrás daquela sua cabeleira absurda, fazendo uma cara bem brava, ele me entregou uma galinha ensanguentada, imunda, ainda pingando sangue. Sem dúvida ele me tem em alta conta, já que tive a honra de receber seu presente. Acho que este é o motivo por que gatos dão ratos de presente para seus donos. A galinha ainda tem pés, mas está sem cabeça. Foi depenada de qualquer jeito. Melhor dizendo, as penas foram arrancadas, mas a galinha não foi limpa. Odeio pensar de onde é que ele pode ter roubado a galinha. Obviamente ele não comprou. Acho que deve ter trocado a galinha com alguém por alguma outra coisa. Recebi a galinha e agradeci, e ele saiu sem dizer nada. Mas pareceu ficar visivelmente alegre o resto do dia, com um ar de quem estava satisfeito consigo mesmo. Até ficou mais tempo no centro, falando com todo mundo. Me ajudou a mudar uns móveis de lugar, com um ar superior, exibindo sua força, que de fato é impressionante. Neste exato momento, ele está brincando no jardim com Marko e com aquele cachorro de uma orelha só, que sempre fica esperando por ele. Acho que estão repassando comida para o cachorro. Marko adora o cachorro, é claro, mas precisamos nos livrar dele. Infelizmente.

4h30. Eu o peguei mais uma vez assustando as outras crianças, fingindo ser louco. Ele ficou arrasado e foi embora.

A galinha horrorosa está na geladeira. Resolvi lavá-la. Pelo menos agora ela parece fresca. Ela está com uns hematomas, então estou desconfiando que ele pegou a galinha ainda viva. Rá! Não tinha pensado nisso. Mas que menino corajoso. Pretendo levá-la pra casa e prepará-la para o jantar de hoje — e aí amanhã eu trago um sanduíche com o resto da galinha, para Romochka. Vou ter que pesquisar na internet para saber como depenar e limpar uma galinha. Acho que é preciso mergulhar a galinha em água fervente e depois puxar as vísceras pela parte de trás. Oujas! A babushka *deve saber, mas se eu perguntar ela vai rir na minha cara. Vou precisar deixar a galinha apresentável antes que Dmitry veja, senão ele vai ficar cheio de frescura. Afinal, devemos sempre tratar com respeito os presentes que ganhamos, mesmo que no caso o presente tenha sido roubado (e também por mais nojento que ele seja)!*

Dmitry estava de pé, perto da janela de seu escritório, no quarto andar, observando o menino enquanto ele ia embora. Receava que esse novo elo entre Romochka e Natalya pudesse gerar problemas.

As crianças sempre se apegavam a ela, é claro, e ela sempre se comportava de maneira profissional. Mas agora ela parecia ver Romochka como uma criança com quem poderia criar um laço de amizade, talvez porque ele não fizesse parte do centro. Ela fazia de tudo para elogiar e mimar o menino e parecia ficar bastante lisonjeada com a atenção que Romochka lhe dava. Ou seja: *nem um pouco* profissional. E hoje Dmitry estava particularmente irritado porque havia percebido a lealdade do menino para com Natalya: Romochka fitou-o com raiva, por baixo dos cabelos, com ar de reprovação, quando Dmitry a repreendeu rudemente por ter levado Romochka até o andar de cima. Como ela tinha coragem de fazer uma coisa dessas? Mesmo se não fosse contra as regras, não era nem um pouco recomendável. Não fazia bem algum às crianças deixar que elas soubessem que eram observadas vinte e quatro horas por dia. Isso para não falar que seu erro poderia acabar invalidando os dados futuros, caso Romochka resolvesse contar às outras crianças.

Aquele menino era um mistério diferente de todas as crianças que ele conhecera. Sem dúvida tinha algum tipo de deficiência intelectual. No entanto, interagia com Marko de um jeito fluido, sem palavras, com ar de autoridade. Mas sempre solícito. Romochka parecia sempre ficar feliz com o progresso de Marko, feliz ao saber que às vezes ele andava ereto e não de quatro. Romochka podia convencer Marko a fazer qualquer coisa. No começo, Dmitry ficou maravilhado com aquilo.

Mas, ultimamente, percebia que ainda havia certos elementos caninos naquela vontade de agradar demonstrada por Marko, e ficava imaginando, nos momentos de maior desconfiança, se Romochka na verdade não estaria ensinando truques ao menino com a intenção de impressioná-los. Mas, nos outros momentos, Romochka cantava de um jeito simples para o irmãozinho e Dmitry deixava de duvidar. Cantava para ele pequenos trechos de músicas — e, estranhamente, as palavras eram em italiano. Tinha uma voz crua, mas bastante musical. Foi Romochka quem conseguiu fazer Marko pronunciar uma palavra, ao ficar repetindo sem parar seu próprio nome para seu pequeno irmão.

— Romochka, Romochka, Romochka, Romochka.

E, então, o milagre: o som que saiu da boca de Marko, sua única sílaba humana:

— Rom... Rom...

Dmitry observava Romochka lá embaixo, caminhando alegremente na calçada, balançando aquela clava. Uma criança corajosa. Romochka era um *bomj*, era órfão, já tinha passado da idade de criar elos emocionais, mas mesmo assim aos poucos criava laços com eles. Talvez a ideia de adotá-lo, mesmo que temporariamente, não fosse de todo ruim. Aquele jeito com que abordavam a vida de Romochka, sem grandes interferências, ainda o deixava um pouco incomodado, principalmente ao perceber o quanto o menino estava apegado a Natalya. Tinha quase certeza de que Natalya também duvidava do julgamento que fizera sobre Romochka. Na verdade, pensou ele, com um sorriso meio sarcástico, era grande a chance de ela dizer que nunca havia pensado nada daquilo.

Sem dúvida os dois irmãos se amavam, mas Dmitry começava a suspeitar que as visitas de Romochka de certo modo contribuíam para a leve regressão e deterioração física da criança mais nova; talvez até mesmo estivessem ligadas ao fato de Marko ser totalmente incapaz de aprender a falar. Não sabia como explicar essa impressão. O lado lúdico de Marko indicava um paralelo cognitivo para a linguagem. Ele havia chegado ali com todas os pré-requisitos necessários para uma rápida aquisição da linguagem, mas praticamente não apresentava sinal algum de progresso. Quando Romochka falava, Marko mal percebia. Mas se Romochka grunhisse ou murmurasse, Marko reagia imediatamente. Dmitry até fez anotações sobre isso em certo ponto, primeiro mencionando a história de Viktor, o menino selvagem de Aveyron: ele não tinha nenhuma reação ao ouvir o disparo de uma pistola, mas demonstrava grande interesse com o som de uma noz se quebrando. No mínimo, Marko sentia uma saudade cada vez maior do irmão sempre que ele se ausentava. Dmitry não sabia muito bem o que fazer a respeito; a única ideia que tinha era a de trazer Romochka para o centro.

Lá embaixo, na calçada, o grande cachorro branco juntou-se a Romochka. Já fazia mais de uma semana que Natalya dissera que iria tentar se livrar do cão. O cão lambeu a mão do menino e ele pareceu nem notar. Depois, o cão ficou andando a seu lado. Romochka parou perto do portão, inclinou-se e cheirou a grade. E então, sem olhar em volta, urinou, com ar despreocupado, ali mesmo, à luz do dia. Na grade do portão. Estranho.

Meu Deus.

A verdade estivera ali o tempo todo, bem debaixo do seu nariz, e ele não havia percebido. Sim. Os dois meninos. Sentiu-se tonto.

Ж

Já fazia mais de uma hora que Dmitry caminhava sem parar, a passos rápidos, aparentemente com um destino em mente. Na verdade, andava sem rumo. Como foi que dois irmãos se tornaram meninos criados por cães, crianças-lobo? Quem eram aqueles dois, um de cabelos tão escuros e o outro de cabelos tão claros? Quando lembrava a animação que sentira com a descoberta de Marko, sentia uma pontada de vergonha. Não era só a existência de Romochka que jogava sua teoria por terra, atrapalhava seus dados. Agora, seu estudo revolucionário sobre Marko parecia, sem querer, um experimento doentio, bem maior que os "limiares linguísticos", as "zonas não caninas de desenvolvimento proximal" e "humanidade compulsiva" de seus estudos publicados, algo que estava muito além da tentativa de desbancar os vestígios da crença no *Homo ferus* no século XXI.

Era como se ele, Dmitry, tivesse participado de uma farsa, como se tivesse sido enganado de alguma forma. Certamente não por Marko. Nem por Romochka. Parou, relembrando cenas, breves lampejos do estranho comportamento daquele menino. Romochka, uma criança selvagem oriunda de um meio urbano, havia fingido o tempo todo, deliberadamente, com perfeição. Aquele menino era inteligente. Dotado, até. Mas Dmitry não se sentia ludibriado por Romochka. Sentia como se algo maior, uma cegueira maior o fizesse ser a presa, como se aquilo o fizesse ser o motivo de escárnio de outra pessoa. Retomou o passo. Quem, então? Ele mesmo? Deus? Seus colegas de profissão? Sua área de estudos, a Ciência? Aquelas crianças cheias de mistérios? Contraiu o rosto, vendo as botas em seus pés sumindo e reaparecendo. As crianças-lobo, que em determinada época eram raras a ponto de serem consideradas lendárias, agora assolavam Moscou como uma epidemia. Se um cão quisesse adotar uma criança, ele teria à sua disposição um grande leque de opções dentre os muitos milhões de crianças abandonadas.

Parou de andar e ficou parado durante alguns instantes. *E se na verdade isso não fosse nenhuma novidade?* Quantas *besprizorniki* — aquelas hordas famintas e desesperadas de crianças abandonadas na terrível década de 1920 — não haviam buscado refúgio entre cães? Afinal, unir esforços em prol do benefício mútuo era algo mais provável do que improvável de acontecer, não?

Riu de um jeito amargo. Aquele diário de menininha que Natalya escrevia acabaria sendo uma fonte de dados mais valiosa do que sua laboriosa pesquisa. Deviam publicar uma tese, um estudo que descrevesse um dos pesquisadores como "Dmitry, o desgraçado" ou o "Dmitry, as velhas manias de sempre". Tudo acabaria virando uma questão política. Talvez até significasse o fim do centro. Mas era preciso encarar a verdade. Natalya podia julgar as coisas daquele jeito idiossincrático dela, mas fazia observações muito detalhadas. Teriam de revisar o que ela havia escrito cuidadosamente, a fim de recuperar tudo aquilo que pudesse ser reescrito. Bom, pelo menos Natalya ainda não havia adivinhado a verdade, apesar de todo o fascínio que sentia pelo menino mais velho.

E Marko, agora, ficava doente o tempo inteiro, passou até a ter asma. Marko estava tentando tirar seu time de campo. E quanto a Romochka? O que ele faria se Marko morresse?

Dmitry apertou o passo. Repreendeu-se por seus pensamentos amargos: *Ora, Dmitry, toma jeito. Ressentimentos de ordem profissional, DPP?* Sem dúvida seria ridicularizado. Culpa dessa sua vontade, dessa sua determinação cega. Marko mexendo nos brinquedos. Enrubesceu.

Tudo agora estava diferente, havia sido explicado nos mínimos e mais humilhantes detalhes. Mas, se parasse para pensar, a importância de tudo aquilo era maior, bem maior.

E se os dois meninos tivessem morado com cães durante anos? Não cachorros de estimação, da família, como no caso daquele bebê, Andrei Tolstyk. E nem como Ivan Mishukov e seus cães de rua, em 1998. Não: talvez morassem com um clã de cães selvagens, as próprias crianças agindo feito cães, física e socialmente. Romochka era o animal que caçava; Marko era o filhote de que ele tomava conta. E, ainda assim, como tinham um ao outro, haviam se tornado seres limítrofes — tanto em termos sociais como de desenvolvimento. Marko não podia falar porque obviamente Romochka nunca usava a fala na vida em matilha, e Marko desejava, mais do que tudo, garantir seu lugar naquele mundo.

Mas Romochka era o mestre do *disfarce*. Entre os humanos, podia se fazer passar por um menino comum, ou quase. Talvez tivesse Asperger, ou um leve autismo. Algum distúrbio de comportamento, agravado por algum dano cerebral causado pelos abusos que sofrera. Estava há mais de três meses fingindo para todos no centro — conseguindo passar despercebido até por *especialistas!* Mas, entre os cães... bom. Dmitry só podia deduzir, mas o comportamento inicial de Marko de certo modo só podia ser reflexo do comportamento de Romochka. Romochka podia transitar entre os dois mundos. Andava ereto e tinha domínio da linguagem. Sua vida entre os cães teria de ter começado bem depois de adquirir habilidades verbais, depois que todas as suas habilidades motoras e sensoriais, de representação e de imaginação simbólica e lúdica já tivessem sido desenvolvidas.

Seria mesmo possível? E isso significava... o quê? Três anos em companhia dos cães? Três invernos. Era de fato impressionante, inédito. Era quase possível dizer que um deles era mais canino que humano; e o outro, mais humano que canino. Isso para não falar na grande proeza que era os dois terem sobrevivido. Duas crianças!

Era tudo muito interessante, agora que ele pensava melhor no assunto. Poderia reescrever a pesquisa, apresentar uma reavaliação honesta, à luz dessa nova informação. Iria descrever tudo, todos os detalhes de que conseguisse se lembrar (e aquele diário seria essencial: Natalya e ele poderiam fazer tudo juntos). Observaria os dois meninos com grande atenção. Aos poucos, tentaria atrair Romochka para a vida boa que ele tinha no centro, tentaria torná-lo independente dos cães. Aliás, agora percebia que nunca vira Romochka comer — ele pegava toda a comida que davam a ele, cheirava de um jeito desconfiado e guardava na roupa. Dmitry sentia o sangue pulsando no corpo enquanto caminhava. Reintegraria os dois meninos, e talvez com isso pudesse demonstrar a resistência e o poder de recuperação de crianças que tiveram uma única presença humana significativa em seus primeiros anos de vida, por mais deficiente que fosse esse contato. Talvez até a saúde de Marko melhorasse se Romochka passasse a morar com ele. Dmitry tinha quase certeza de que Marko teria como adquirir linguagem se Romochka deixasse de ocupar a posição secreta de dominante no clã. E Romochka também tinha uma grande probabilidade de ser reintegrado à sociedade. Afinal de contas, havia o caso de Ivan Mishukov, reintegrado depois de viver com cães de rua.

Dmitry se pegou lembrando da ocasião em que Romochka lhe dera um tapa. Ele estava andando pelo corredor do hospital e Romochka tentava acompanhá-lo, caminhando ao seu lado. Estavam indo ver Marko. Romochka disse algo, falou uma segunda vez, mas Dmitry estava pensando no jeito incompleto como ele falava — o ritmo estranho, a insistência para que o ouvinte prestasse atenção, mesmo sem ter familiaridade. Romochka parou de andar de repente, e no mesmo instante Dmitry sentiu um tapa na mão. Virou-se. Romochka estava uns dois passos atrás dele, o rostinho transfigurado por uma raiva estranha e impotente, os olhos ardendo de fúria. Agora, Dmitry sentia a mão queimar ao lembrar-se do ocorrido. Arrependia-se por não ter prestado atenção no que o menino dissera. E, agora, aquilo lhe parecia ser algo importante. Um momento que não podia mais recuperar e que talvez pudesse ter esclarecido tudo.

Se Romochka tinha cerca de quatro anos de idade quando foi morar com cães, então Marko havia nascido depois.

Não. Não era possível. Agora sentia a decepção descer sobre si com um peso ainda maior do que antes. No fim das contas, haveria alguma explicação simples que acabaria revelando que os dois eram simplesmente crianças abandonadas.

Dmitry levantou os olhos, o ritmo da caminhada interrompido pelo fluxo cada vez mais lento dos pedestres. Havia percorrido uma grande distância desde que saíra do Centro Makarenko e da universidade. Olhou para seu relógio de pulso: 4h30. Ele havia saído do centro logo depois do almoço. Não conhecia aquele bairro. A calçada onde estava era estreita, meio traiçoeira, com buracos aqui e ali, como se estivesse doente. Os prédios eram uma mistura feia e improvisada de diferentes estruturas, alguns desbotados e depredados, outros ainda novos, erguidos na era de Kruschev. Quase todos construídos depois da revolução. Havia uma barreira mais à frente. Os outros pedestres desviaram-se dos carros e das outras pessoas e finalmente ele saiu de trás da barreira. Uma senhora idosa, usando um xale de renda sujo cor de creme, caminhava lentamente sobre a beirada rachada da calçada, levando duas *avoski* cheias de comida. Enquanto ele aguardava a oportunidade de passar à frente dela, agora com os pensamentos dispersos, os carros na rua deslizavam sobre o gelo rachado das poças, molhando os dois.

Decidiu atravessar a rua. Viu-se num cruzamento e não sabia que rumo tomar. Não via nenhuma parada de ônibus ou de bonde, nenhuma estação de metrô. Teria de pedir informações. Um cachorro preto com cara triste atravessou a rua com cuidado e seguiu andando pela calçada, com um ar de urgência. Para onde os cachorros iam e vinham com todo aquele ar de certeza?

Resolveu seguir o cão por mera curiosidade. Depois de apenas cinco minutos, o cão pareceu hesitar. Parou, farejou e levantou a perna para demarcar um banco de concreto. Estava andando a esmo, mas não sem propósito. Tinha algum objetivo, farejando aqui e ali e depois demarcando uma árvore que havia atrás do banco. Dmitry olhou para cima e viu que estava em frente a uma estação de metrô construída no fim da era soviética.

Lá dentro, o calor do lugar o acolheu e ele se dirigiu, aliviado, para as catracas. Passou por um grupo de *bomji*, homens e mulheres que mendigavam perto da parede, e desceu a escada rolante até a grande câmara abobadada e as galerias subterrâneas do metrô. Não reconhecia o nome daquela estação e estava meio perdido. Sem dúvida era uma estação fora da área circular central do metrô de Moscou; senão ele a reconheceria. Saiu em busca de placas, sem saber de que lado da plataforma deveria ficar para ir para casa. Sim. Aquela era uma estação que ficava no fim da linha.

A estação se abria em uma série de cercas simples, arcos e pilares. Tinha um ar bastante suntuoso para um lugar tão simples. A plataforma estava lotada, cheia de pessoas com aparência cansada, voltando do trabalho. Funcionários das fábricas. Na plataforma, ao longo da parede negra, havia ainda mais *bomji*, alguns dormindo sobre trapos, outros perto de carrinhos cheios de coisas diversas, cobertos com sacos plásticos ou lona azul. Pareciam estar preparados para sair dali a qualquer momento e, quando a *militzia* apareceu, descendo pela escada rolante, todos eles se levantaram e fingiram estar esperando o trem. Dmitry notou principalmente os cães. Um cão desconfiado pairava à beira do grupo de pessoas e um outro perambulava entre elas, evitando contato, como se envolto num casulo imaginário. Alerta, mas sem medo. Um pequeno cão negro estava empoleirado num dos carrinhos, sobre a lona azul, olhando para o nada com olhos esbugalhados. Nenhum deles fazia barulho algum. Embora Dmitry estivesse surpreso com a quantidade de cães, também podia perceber que eram uma visão corriqueira. Sempre havia cães e *bomji* nas estações de metrô. Só que ele nunca havia parado para prestar atenção.

Ficou no meio dos operários, aguardando a chegada do trem. Viu um pouco mais à frente o rabo felpudo de um cachorro e mudou de lugar para vê-lo melhor. Era um *ovcharka* grande, vira-lata, de pelagem espessa. Estava de pé entre as pessoas, aguardando pacientemente o trem. O cão mudava de lugar sempre que alguém chegava perto.

Os trilhos sibilaram e estremeceram. Uma lufada de ar quente veio do túnel e foi de encontro às pessoas que esperavam, trazendo consigo a conhecida cacofonia de sons variados, e finalmente a dianteira achatada do trem surgiu. As pessoas começaram a se movimentar, como se tivessem voltado à vida. O cachorro balançou o rabo e se juntou ao grupo de pessoas que se preparavam para receber o trem.

O cão ficou aguardando o momento em que ouviria as portas se abrindo com um suspiro. Esperou até que a primeira leva de pessoas embarcasse e entrou também. Dmitry foi atrás. O cão foi para um canto e ficou lá, sem olhar para nada específico. As pessoas o ignoravam. Dmitry não estava muito distante dele, e sentia o coração batendo rápido. O cão sentou-se e ficou olhando pelo vidro das portas, arfando de leve. Dmitry notou o modo como a pelagem espessa se movia e balançava na altura dos ombros, com a vibração do trem. Podia ver o perfil do cão — as sorridentes e largas mandíbulas, os dentes brancos. O cão engolia em seco de vez em quando para eliminar a saliva acumulada na língua e depois voltava a arfar. Os olhos castanhos serenos, a testa franzida não se alteravam. Quando o trem parou na estação seguinte, o cachorro parou de ofegar e olhou em torno, com as orelhas baixas e humildes, mudando o enorme corpo de lugar para sair da frente dos passageiros que desembarcavam. Depois, voltou a adotar o mesmo semblante de antes, a pose relaxada, o corpo balançando de leve com o movimento do trem. Quando o trem começou a diminuir de velocidade, chegando em mais uma estação, o cão parou de ofegar. Esperou até quase todas as pessoas saírem e desembarcou, caminhando por entre os mendigos. Dmitry ficou olhando: o cão atravessou a *peregod* para o lado que levava à área central do metrô de Moscou, subiu a escada e sumiu.

Dmitry recostou no assento e deixou que o trem o levasse para casa, para a parte da cidade que ele conhecia. Voltou a se sentir zonzo. Por algum motivo, seu mundo agora estava diferente, como se tivesse ficado maior para poder abarcar um fato que sempre estivera ali, mas que ele antes não conseguia ver. Por que os cães sempre pareciam coisas, símbolos, quando na verdade eram tão parecidos com as pessoas, tão simbólicos quanto ele próprio? Para onde estava indo aquele cachorro? Será que tinha dono? Como foi que ele aprendeu aquele caminho, que devia trocar de trem? Ou será que só estava vagando sem rumo, por diversão? Dmitry sentia o maquinário dentro de sua ca-

216

beça trabalhando a todo vapor. Quando chegou na parte conhecida da cidade, a uma estação da universidade, desembarcou junto com mais quatro pernas que também se uniram à multidão.

Ali, tudo lhe era familiar. Seu prédio ficava um pouco depois do parque. Ele morava no sétimo andar e seu apartamento tinha uma bela vista: os troncos e a folhagem dourada das bétulas, uma igreja restaurada e um conjunto de prédios de apartamento idênticos. Lá dentro, Natalya estava à sua espera. Já até pressentia: contaria para Natalya da sua descoberta e ela não veria nenhum motivo para espanto. Por mais que já estivesse se preparando mentalmente para a animação de Natalya, também ansiava por ela. Estava exausto, com as pernas trêmulas. Era difícil andar com aquelas bolhas nos pés.

Viu um cachorro perto do portão do parque. Era um bicho peludo que parecia ter uma cor alaranjada e meio suja sob a luz dos postes da rua. O cão percebeu que estava sendo observado, abaixou a cabeça e se embrenhou nas sombras. Dirigiu-se silenciosamente para o pequeno beco perto da loja da Megafon e sumiu. Mais adiante, outros três cães vasculhavam uma nova e enorme lata de lixo. Em cima da lata estava um cachorro de pelagem clara que refletia a luz, rasgando uma caixa de papelão. O segundo estava com as patas da frente apoiadas na lata, balançando o rabo e movimentando o focinho como se estivesse latindo. O terceiro, um cachorro preto com a silhueta delineada pela luz laranja, estava um pouco mais afastado dos outros, sem olhar para eles.

Dmitry percebeu, num estalo, que os três cães estavam trabalhando em equipe. Um era a força bruta, o outro fazia os planos e o terceiro ficava de guarda — o que, no caso, consistia em olhar diretamente para ele. Era como se ele, Dmitry, fosse mais um elemento no painel de controle do cão-sentinela.

Dmitry deu meia-volta e empurrou o portão, entrando no parque.

Aquele parque grande e mal iluminado era considerado uma área segura. Havia uma ronda da *militzia* que supostamente expulsava os mendigos e traficantes do lugar. Todos os habitantes do bairro sabiam que era a *militzia* que controlava as negociações no parque, mas o efeito era o mesmo: o parque era de fato seguro, sem mendigos.

Mas, por algum motivo, naquele dia o local estava repleto de cães. Dmitry contou: havia pelo menos sete, enormes, vagando pelas sombras. Por que nunca os vira antes? Sentou no banco em que costumava sentar, sob as bétulas. Muitas vezes parava para descansar ali antes de ir para casa. Inúmeras vezes ficara sentado ali, em todas as quatro estações, relaxando depois de um longo dia de trabalho. Em noites claras de outono como aquela, o parque ficava luminoso, resplandecente com as folhas claras que se agitavam nos galhos e depois caíam numa chuva suave, a brisa soprando suavemente o tapete de folhas pálidas. O exército de funcionários da limpeza ainda não havia chegado. Logo estariam ali para recolher todas aquelas folhas mortas e colocá-las em sacos de lixo, deixando nua a terra feia, pronta para receber a neve. Mas, por enquanto, o parque continuava desorganizado e luminoso com a claridade das folhas. Tudo parecia claro sob aquele céu escuro e sem nuvens. Nos seis anos em que vivia ali, Dmitry vira poucas noites como aquela. Fechou os olhos. Sim, claro que já tinha visto cães antes. Já se sentira intimidado por cães antes. Todo mundo passava por isso. E, ainda assim, sentia-se meio abalado.

Ouviu um pequeno ruído perto de si e abriu os olhos. Sim, óbvio: um cachorro. Uma espécie de mastim, um cão de guarda tipicamente russo. E aquele cachorro o conhecia. Fitava-o com ar amistoso, os pequenos olhos negros cintilando, delineados pela máscara de panda. Ele também o conhecia. Era o cão de seu vizinho. Malchik sentou e ficou esperando, ainda olhando para Dmitry de um jeito afetuoso, balançando a enorme cauda.

— Oi, Malchik — disse Dmitry baixinho, e Malchik inclinou a enorme cabeça para um lado, seu jeito meio cômico de receber o cumprimento. Dmitry tentou se lembrar se já havia falado com um cão antes. Desconfiou que não. Esticou o braço e imediatamente Malchik levantou, foi até ele e lambeu sua mão. A língua do cachorro era quente, levemente áspera, mas muito suave. E também molhada. Dmitry limpou a mão rapidamente na calça. Malchik então virou e encaixou o enorme corpo ao seu lado. Encostou todo o peso do corpo contra o joelho de Dmitry. Virou de leve a enorme cabeça por cima do ombro, para manter contato visual. Dmitry acariciou as dobras em sua testa, o pescoço e os ombros grandes. A espessa pelagem de Malchik era tão felpuda e macia que se contorcia sob o seu toque. O pescoço grosso parecia um tronco. Debaixo daquela pelagem fofinha, ocultava-se a forte musculatura do cão. Dmitry sorriu, sem parar de massagear o animal. Olhou rapidamente para o fim da calçada do parque, depois para o outro lado, não viu ninguém e se inclinou para cheirar a ponta dos dedos e também o pescoço de Malchik. Aquele era um cachorro cheiroso. Seu cheiro era bem melhor que o de Romochka. Yuri Andrejevich devia dar banho nele com xampu. Imagina só esse bicho enorme todo ensaboado dentro de uma banheira pequenininha. Que ridículo. E o dono esfregando. Mas se uma pessoa morasse com um cachorro, sem dúvida precisaria dar banho nele.

Recostou-se no banco, ainda acariciando o cão, um pouco distraído pelos próprios pensamentos. Não deve ter sido fácil escolher um nome para Malchik. Como era possível saber o verdadeiro nome de um cão? Menino, Menina, Mãe, Pai, Filhote — deviam ser as opções mais próximas da realidade deles. Agora se sentia muito fraco: não estava apenas exausto, mas também morto de fome. Suspirou. Natalya não ligava muito para comida. Raramente cozinhava, com resultados imprevisíveis. E, quando cozinhava, sempre adotava o ar de alguém que estava provando alguma coisa. *Viu só? Eu* cozinho *pra você.* Ele nunca havia dito nada sobre isso. Ficou atônito quando ela tocou no assunto, sendo que ele mesmo não havia falado nada. Natalya sempre chegava em casa antes dele, mas ultimamente ele achava desagradável entrar em casa e encontrá-la envolta no aroma da comida, sorrindo de um jeito triunfante, como se já tivesse ganhado alguma discussão de antemão.

Talvez ela tivesse comprado comida, em vez de fazer o jantar. Não sabia dizer se era por causa daqueles cachorros todos, mas agora Dmitry estava sentindo uma baita vontade de comer *otbivnaya*. Para um cão, devia ser um banquete de sonho: um grosso e suculento bife mal--passado, bem selado. Com cebolas. Decidiu que ele mesmo iria fazer o jantar. Levantou.

— Vem, Malchik — disse, e os dois rumaram para casa. Dmitry nunca tinha andado ao lado de um cão antes. Malchik caminhava ao seu lado com passos macios, de um jeito leonino, a testa o tempo todo enrugando-se com o movimento de seus olhos. De vez em quando, levantava uma sobrancelha e olhava para Dmitry, formando dobrinhas triangulares. A cordialidade do cão era quase palpável. Aquele bicho enorme, aquele animal feroz e inteligente que não sabia falar sua língua, de alguma maneira emanava um senso de gentileza, de inocente benevolência.

Dmitry apertou a campainha de seu vizinho. Yuri Andrejevich abriu a porta e Malchik entrou pesadamente em casa, deixando cair pingos de saliva no chão. Dmitry fez um gesto de despedida para o cão, sorrindo em silêncio. Yuri olhava para ele, incrédulo.

— Ele é um cachorro bacana — disse Dmitry rapidamente, despedindo-se com um aceno de mão.

Natalya estava descalça, com os pés apoiados no braço amarelo do sofá 8 Marta. Estava com o cabelo solto, e os cachos extravagantes brilhavam à luz do abajur. Não tinha feito o jantar, mas havia bastante comida na geladeira e a cozinha estava limpa. A pele de seu rosto resplandecia de leve sob a luz azulada da televisão. Ela olhou para ele com aquele seu sorriso desarmado e, como sempre, a expressão saudável e calorosa em seu rosto o atraía, fazia com que ele só quisesse ficar perto dela. Era como se todas as tristezas do seu dia fossem pequenos objetos inanimados, bombas já desarmadas, prontas para serem entregues a ela.

Ж

1º de novembro. Tivemos uma longa conversa com Romochka e finalmente tudo se esclareceu. Que sorte a nossa por Romochka ser inteligente e saber falar! A maioria das respostas que ele deu foi curta, mas ele pare-

ceu bastante sincero. É uma história estranha, mas também comum. Tudo está explicado. Quem cuidava de Romochka e Marko ("Filhote" é um apelido) era a mãe. Romochka a chama de "mamochka". Muito fofo. Ele deve ser um desses meninos que admiram e idolatram a mãe. Diz ele que todos adoravam cachorros e a família tinha muitos — moravam com ele e com Marko. O pai não entra na história. A mãe ficava muito tempo fora, trabalhando, e sempre deixava os meninos na companhia dos cães. Ele é bem leal à mãe: diz que ela "cuidava bem" deles, dava leite e comida e os mantinha limpos. Ele diz que Marko foi "um presente" de Mamochka para ele, o que também é muito fofo. Parece que havia uma atmosfera muito amorosa nessa família tão pobre. E aí, em algum momento, a mãe desapareceu. Eu perguntei várias vezes o que aconteceu com a mãe, mas ele sempre dava a mesma resposta: que não tinha a menor ideia, mas que também nunca mais a viu. Romochka era, como ele mesmo diz, "o líder". Cuidava de Marko e dos cães.

Ao indagarmos sobre quando isso pode ter acontecido, ele só deu respostas vagas. Vamos ter que analisar o comportamento de Marko e formular hipóteses.

Não são crianças selvagens de fato, criadas por cães. Só moravam com uma família que gostava de cães e depois precisaram se virar sozinhos, apenas com os cães por companhia. Ele era a criança mais velha in loco parentis, *como geralmente acontece nessas situações de pobreza e negligência. Ou seja: uma decepção para os puristas — e os mitologistas. Não é possível categorizá-los como crianças selvagens, mas eles passaram por situações extremamente difíceis e conseguiram sobreviver durante pelo menos uns dois anos. Ou seja, o caso não oferece nada de muito valioso pro DPP, coitado. Romochka, pelo que parece, ainda toma conta dos cães e mora com eles. Ele disse — concordou, na verdade — que o lugar onde moram é bom e tem tudo de que precisam. Falou por alto sobre pessoas que ajudam, doando roupa e comida. Talvez algum vizinho da família esteja deixando as* crianças *morarem no porão ou no sótão. Dmitry tem razão: muitos dos comportamentos de Romochka podem ser explicados por algum tipo de deficiência mental e pela ligação emocional que ele tem com os cães, o único elemento constante na sua vida em família.*

Como podemos definir um menino que foi criado junto com cães? O seu lado humano sempre será dominante. Os cães são bichos de estimação da família. Sim, eles lhe dão o calor e a afeição de que precisa, mas talvez também seriam um fardo, mais uma responsabilidade? Assim sendo, não têm uma influência muito significativa sobre o menino mais velho.

Mas foi bom saber a verdade, finalmente. Muita coisa para se pensar.

Ж

Natalya havia transferido Filhote para a UTI. O resultado do teste de sangue finalmente havia saído: pneumonia. E, com a fibrose cística, seu quadro era bastante crítico.

O oxímetro revelava batimentos cardíacos acelerados e queda de oxigênio. O menininho mexia debilmente os braços e pernas e ela sabia que sentia dor. Não parecia reconhecê-la, mas ficava o tempo todo olhando para Dmitry. Enquanto auscultava seu peito magro, observando-o subir e descer, lutando para respirar, sentia o olhar fixo de Dmitry, do outro lado da maca. Não havia muito o que dizer, então ela não disse nada. Fez suas anotações sem olhar para ele. A criança não tinha ficado doente por causa de algo que tivessem feito, então o olhar acusador de Dmitry podia morrer ali, sem chegar ao destino final. Sim, claro que havia mais coisas em jogo. Ele ainda queria estudar os dois meninos juntos, e também teimava em dizer que eles eram pelo menos parcialmente selvagens. Quer ele desaprovasse ou não suas decisões, ela não se importava mais.

Instruiu a enfermeira a aumentar a dosagem da morfina e gentamicina intravenosa e saiu da sala. Dmitry ligaria para ela se houvesse alguma mudança no estado de Marko. Sabia que estava tirando o time de campo. Tinha se afeiçoado a Marko, mas não podia reverter a situação. Agora não havia lugar para o afeto que sentia e ela precisava eliminá-lo. Afinal, era ela quem faria a autópsia na criança que conhecera, não Dmitry.

O corpo de Filhote parecia uma pequena montanha na planície de neve da maca. Aceitava tudo docilmente. Dmitry ficava horas perto dele, e Filhote, grogue de morfina e febre, sorria todas as vezes que olhava Dmitry nos olhos. Não havia nada canino naquele olhar, tampouco humano. Certamente também não havia nenhum resquício do menino que Dmitry conhecera. Dmitry ficava ali sentado, à espera daquele olhar, tentando imaginar o que é que Marko estaria vendo para sorrir desse jeito tão doce. Tinha a estranha sensação de que o menino estava vendo outra pessoa.

Na noite seguinte, quase sem fazer ruído, Filhote morreu.

V

A escuridão cai devagar, anunciando o fim daquela tarde de outono. A hora entre o cão e o lobo. O momento em que luz e sombras se mesclam, em que o medo se une às possibilidades. Tudo parece hesitar entre cão e lobo, entre uma coisa e outra, até o momento em que a noite, como um lento suspiro, finalmente cobre a cidade.

Romochka seguia pela lateral da montanha, batendo com a clava em latas e outros dejetos. Um vento muito frio soprava do norte, girando sacos plásticos no ar, fazendo-os subir a montanha e descer sobre a cidade, como se fossem pássaros. O calor havia abandonado o mundo e o vento trazia o cheiro do outono. Um cheiro doce de grama seca, chá e fumaça de fogueira. Na floresta, as bétulas erguem-se altivas, douradas e alaranjadas; os larícios parecem uma névoa suave e dourada, e os abetos e pinheiros aparentam ser até mais altos, envoltos em seus mantos escuros. Cachos de frutinhas pendurados nas sorveiras, pesados e vermelhos, mas ainda estão azedos demais para se comer. O vento agita a juba de Romochka, ocultando seu rosto, e ele anda a esmo, sem rumo, desolado. Filhote estava morto. Ele sabia o que aquilo significava. Sangue do lado de fora, não do lado de dentro: um cheiro de morte. Ossos frios. Carne fria apodrecendo. Sabia que nunca mais veria Filhote. Toda vez que via uma criatura morrer sentia medo, e era insuportável imaginar Filhote desse jeito.

Olhou para cima, para o olho do céu, vermelho de sangue. E se alguém, em algum lugar, estivesse observando tudo aquilo? Alguém como Natalya, alguém que não soubesse de nada e vivesse do lado de fora de tudo, sem poder cheirar, tocar, esfregar; só observando, maravilhado, sem compreender nada? Foi bom naquele dia ficar ao lado de Natalya, vendo Filhote brincar na sala. Sempre soube que estavam sendo observados, e ficou satisfeito quando finalmente descobriu como aquilo acontecia. Sua satisfação misturava-se à felicidade que sentia por Natalya partilhar com ele seu segredo. Mostrou a ele as telas de TV e ele pôde ver todas as outras crianças. E, de repente, elas lhe pareciam interessantes, sendo que antes ele não tinha o menor interesse nelas. Parecia um tipo de caçada. Tudo que as crianças faziam parecia diferente, como se valesse a pena o esforço de observá-las, pensar sobre elas. Estava prestes a contar à Natalya também o seu segredo — mas aí Dmitry apareceu e ficou zangado.

Um rato saiu correndo de dentro de um balde desbotado, caído a seus pés, e ele deu um golpe com a clava, com raiva. Errou. De repente, sentiu a fúria aumentando por trás de seus olhos. Bateu no balde repetidas vezes, com toda a força, mas a fúria continuava a tomar conta dele. O balde ficou amassado, partiu-se ao meio e se desfez em pedaços. Não sentia nenhum consolo ao arrebentar um balde todo ferrado. Filhote estava morto, mas não quebrado daquele jeito. Encolhido. Quente... e depois frio. Com Natalya e Dmitry olhando. Seus golpes foram ficando cada vez mais lentos, até que ele finalmente deixou os braços caírem, inertes.

Romochka, Romochka. Eu sinto muito, Romochka. Temos uma notícia ruim para te contar. A gente não sabia como encontrar você. Ele estava muito doente, Romochka. Fizemos de tudo para salvar Marko.

Ele não disse nada. Ficou alguns instantes imaginando se alguém havia comido Filhote, se cachorros famintos apareceram e o capturaram enquanto ele estava indefeso. Estranhos. E então percebeu Dmitry tentando tocá-lo. Na hora, ficou com vontade de arrebentar a cara de Dmitry com a clava.

Sentou-se em cima do balde quebrado, com a clava apoiada sobre os joelhos, fitando o nada. Estava no declive mais próximo do cemitério, do lado que dava para os túmulos cheios de mato e para as copas mais espessas das árvores da floresta. As árvores do cemitério pareciam mais invernais do que as da floresta mais adiante. Balançavam mais facilmente com o vento.

O outono estava quase chegando ao fim. O carvalho mais próximo dele, uma árvore enorme, quase não tinha mais folhas; os galhos negros, com um resquício de folhagem aqui e ali, esticavam uma mão cheia de dedos para o céu que escurecia. Ele podia ver a penugem do líquen delineando de um jeito puído o contorno da árvore. No ponto em que a floresta encontrava o cemitério, podia ver um movimento intermitente: esquilos. Os bichinhos corriam, caçando por entre as folhas caídas, determinados, apressados. Ele também deveria sair para caçar, nem que fosse por Mamochka, que agora estava bem pesada, prestes a ter filhotes. O inverno estava chegando. Inverno sem Filhote: Filhote não ia mais ficar quentinho, não ia sentir os braços de Romochka em volta de seu corpinho grosseiro, e nem ia ficar debaixo dos cobertores do centro, fedendo a sabão.

Agora se arrependia por não ter batido em Dmitry. Afinal, Filhote era responsabilidade dele. Ele devia ter feito alguma coisa muito errada. Mas sentia um nó no estômago quando pensava nisso. Tentou vomitar para acabar com o enjoo que sentia, mas não conseguiu, e a sensação de nó continuou. De repente, não conseguia mais respirar; começou a tossir, tentando eliminar o pesado bloco de madeira que sentia preso em seu peito. Fechou os olhos.

Sentiu um arrepio na nuca. Algum vira-lata idiota estava ali perto, em seu encalço, na direção de onde vinha o vento. Podia farejar o medo, a esperança e a inexperiência do cachorro. Abriu os olhos de leve, só o suficiente para enxergar por entre a cortina cinzenta dos cílios. Era um cachorro grande e magro, um ser disforme sob a luz fraca da noite. Mas havia algo de errado com ele. O cachorro respirava de um jeito áspero, fazendo barulho demais ao se aproximar dele, lançando sobre ele um cheiro esquisito de doença.

Suspirou duas vezes, lentamente, fingindo ainda estar perdido em seu mundo interior, segurando a clava com mais firmeza. Quando o cão finalmente saltou sobre ele, Romochka ergueu-se mais rápido do que o rato do balde e golpeou com força. Ouviu o gratificante som de ossos se partindo quando a clava atingiu o cachorro abaixo da orelha. O rosnado de Romochka foi diminuindo até se transformar num grunhido. Sentindo algo próximo da mais pura felicidade, ficou vendo o cachorro cambalear durante alguns instantes, ganindo, com a cabeça baixa, guiando-se pelo olho que ainda enxergava. O cachorro parou e ficou balançando a cabeça de um lado para o outro. E então caiu com tudo no chão e não se mexeu mais.

Romochka foi até ele. Agora sua felicidade diminuía e desaparecia com a mesma velocidade com que havia surgido. O cachorro estava tendo leves espasmos, mas morrendo, sem dúvida. Romochka reconhecia aquele olhar vidrado, sem medo. Era como se seu próprio sangue estivesse se esvaindo, deixando-o fraco, exausto. Nunca havia matado um dos seus. Sentiu o nó em seu estômago ficar mais forte.

Afastou-se do cão morto e desceu a montanha, rumando para casa. Não estava com fome, mas achou que seria melhor comer bastante, até ficar estufado, e ir dormir. Aliviado, viu Irmã Branca e Irmão Cinza à sua espera, no ponto de encontro da montanha. Não teria suportado ir para casa sozinho. Irmã Branca lambeu seu rosto. Irmão Cinza beijou seu pescoço quando ele se sentou com eles. Farejaram-no por inteiro, em busca do cheiro de Filhote. Para eles, durante um bom tempo, Filhote foi apenas o cheiro que Romochka trazia consigo quando voltava do centro. Enquanto lambia os cães, sentia a raiva e a tristeza voltando. Nunca mais eles sentiriam o cheiro de Filhote. Romochka sentiu o estômago e a garganta fecharem-se num nó dolorido.

Havia um homem cambaleando no caminho para casa. Tinha o cheiro e a aparência típicas de um *bomj* bêbado. As diversas roupas que trajava estavam rasgadas e na cabeça ele tinha um chapéu velho de soldado, de lã. Seu cabelo grisalho era comprido, escorrido, pendurado por cima dos cachecóis. Caminhava com cuidado pela calçada, tentando não cair. E então o homem fez um gesto, tocando a testa com o dedo do meio.

O Tio.

O homem virou o rosto magro e os encarou durante um breve instante. Sim, não havia como errar: era ele. Romochka reprimiu um grito e enrijeceu o corpo, adotando a postura imóvel das caçadas. Os cães olharam para ele, surpresos.

O Tio estava diferente. Não estava mais usando aquele seu terno quase bonito nem o sobretudo. Até mesmo sob aquela luz fraca era possível ver que seu corpo e seu rosto estavam bem magros. Ele estava velho. E não tinha onde morar. Cambaleando, esquivou-se dos dois cães e do menino, deixando um grande espaço entre eles. Cantarolando e praguejando, continuou a andar pela calçada que vinha da montanha e ia na direção do metrô. Num momento de tontura, Romochka percebeu que conhecia a música que o velho tentava cantar.

— *Que culpa eu tenho... Que culpa eu tenho...* Merda! Merda!

Romochka sentiu que estava prestes a desmaiar. A música que sua mãe cantava há tanto, tanto tempo, agora assaltava seu coração de chofre e o chacoalhava com violência. Começou a andar atrás do bêbado e os dois cães o seguiram, silenciosamente. Já fazia um bom tempo não atacavam gente bêbada, pelo menos desde a época em que eram jovens e bobos, mas nunca questionavam as escolhas de Romochka.

Romochka mantinha-se próximo ao Tio; queria ouvir a música. A voz do Tio vibrava num falseto, repetindo o primeiro verso sem parar, sem cantar o resto da letra. Romochka lembrou a música inteira, como quando sua mãe cantava, sentindo um peso no peito. Era como se a música estivesse percorrendo todo o seu corpo enquanto o Tio caminhava à sua frente, praguejando, com voz arrastada. Misturada à raiva e à tristeza, Romochka sentia também certa nostalgia. Andava silenciosamente, como numa caçada, mas era a música que ele estava seguindo, não o velho magricelo. Ia catando cada palavra, como se fosse uma migalha, uma pedrinha numa trilha deixada para que ele a seguisse. Conseguia recordar toda a letra: de repente, parecia ser a única coisa que ele de fato conhecia na vida.

— *Que culpa eu tenho... de estar apaixonado...* Merda, merda, merda!

A voz de sua mãe retumbava tanto em seu peito que Romochka sentia o corpo inteiro cantar de dor e saudade. Sentiu mais uma vez aquele grande bloco pesando em seu peito e fechando sua garganta, e percebeu que não era feito de madeira, e sim de lágrimas: elas surgiam feito uma bola de larvas dentro dele, como se ele fosse uma carcaça de bicho morto.

O Tio, a princípio sem desconfiar que estivesse sendo seguido, continuava cambaleando pelas ruazinhas iluminadas pela luz do fim da tarde. Mas na esquina de uma rua maior ele virou e viu Romochka e os dois cães em seu encalço, e ficou olhando, boquiaberto. O Tio parou, franzindo a testa para se concentrar melhor. Continuava a cantarolar a música baixinho, bem devagar, sem prestar muita atenção no que dizia, o tempo todo olhando para eles.

De repente, lançou a Romochka um olhar bêbado de reconhecimento e parou de cantar. Apontou três vezes o dedo para ele e por fim deixou a mão esticada, parada, um gesto tão conhecido quanto a música.

— Seu merdinha. Eu te *conheço*.

Romochka segurou a respiração. Ergueu as mãos em súplica. De repente, viu sua mãe usando um avental, cozinhando mingau para os três, cantando, e o Tio rindo, feliz.

— É! Eu te conheço. Você é aquele menino esquisito que trepa com cachorro. Eu te vi agorinha lá na montanha, olhando pro nada feito um retardado. Tá me seguindo por que, hein?

Romochka não se mexeu. Ainda se sentia empalado pela música. Sentia-se tão fragilizado naquele momento que, se seu tio de fato o tivesse reconhecido, se tivesse demonstrado o mínimo de gentileza, teria caído em prantos. Irmã Branca e Irmão Cinza, perplexos com todos os desvios daquela caçada estranha, continuavam imóveis a seu lado. Romochka sentiu que aos poucos se descolava do poder dos olhos do Tio e adotava a mesma posição defensiva. Houve um estranho momento de tensão entre o menino selvagem e aquele velho abatido, mas o olhar do Tio hesitou, nervoso.

— Some daqui, seu fedorento. E leva os seus cachorros junto.

Deu-lhe as costas para ir embora.

A música, suave e cruel feito neve, desapareceu do coração de Romochka. Ele e os cães continuaram a segui-lo, em silêncio, sem saber por quê. O Tio sabia que ainda estavam atrás dele; Romochka percebeu que ele sabia assim que ele começou a ficar com medo deles.

O nó que sentia agora tomava todo o seu estômago, e a raiva difusa que havia sentido voltava aos poucos.

O Tio acelerou o passo, olhando de vez em quando para trás. Agora parecia cambalear menos. Romochka imaginou que ele estivesse tentando ir para algum local mais iluminado e com gente, uma pedrinha solitária que procurava desesperadamente a força da matilha. Viraram a esquina de uma ruazinha que o Tio não parecia conhecer; ele tentou empurrar algumas das portas das casas ali, para ver se havia alguma aberta. Romochka aos poucos recuperava suas forças. *Olha só essa pedrinha boba, Filhote! Fica olhando pra ela, vai atrás... Agora fica pronto... Não, não faz barulho, agora não! Preparar...*

Sentia os dois cães hesitantes ao seu lado. Não conheciam aquela brincadeira. Segurou com mais firmeza a clava quando o Tio virou a esquina, entrando numa ruazinha menor. Romochka e os cães fizeram a curva mantendo distância da esquina. Era um beco sem saída cheio de lixo entre dois prédios. O Tio estava no meio do beco, um pouco encurvado, de frente para eles, com uma faca na mão. Irmã Branca, sem saber bem o que fazer, emitiu um rosnado de advertência.

E o Tio disse numa voz alta e firme:

— Olha, menino, já chega. Vai pra casa! Eu não tenho nada. Se você chegar perto de mim, eu vou te cortar, entendeu?

Romochka conseguia perceber o medo na voz do Tio. *Olha, Filhote! Olha! Fica olhando. Tá quase na hora!* Ficou um pouco encurvado, com Irmã Branca à esquerda e Irmão Cinza à direita, segurando a clava com as duas mãos. Arreganhou os dentes e ergueu o queixo para que seu cabelo negro e embaraçado não ficasse no rosto. Começou a rosnar num tom crescente, um grito de guerra, e Irmã Branca e Irmão Cinza juntaram suas vozes à dele, sentindo-se mais seguros ao perceber sua convicção. O Tio deu um passo para trás e Romochka podia sentir o cheiro do seu terror. *Agora, Filhote!* Pulou tão rápido que o Tio ainda estava parado no mesmo lugar quando Romochka o atingiu violentamente na coxa — um golpe rápido e certeiro, com toda a força de seu pequeno corpo musculoso, com toda a raiva que sentia. O Tio deu um grito e ficou meio encurvado, arfando de medo e de dor. Esticou o braço de repente e agarrou o cabelo de Romochka.

Os cães rosnaram e se agacharam, ficando em posição de ataque. Mas não fizeram nada, pois não entendiam muito bem as estranhas emoções daquela caçada.

Romochka contorceu-se no mesmo instante, deixando cair a clava e arranhando o rosto do Tio e tentando ao mesmo tempo morder o braço que segurava seu cabelo. O Tio ainda conseguia agarrá-lo com firmeza mesmo quando Romochka sentiu a carne entre os dentes. O Tio chacoalhava Romochka e gritava de dor, afastando o corpo dele com um joelho e tentando alcançar a faca com a mão livre.

Irmã Branca finalmente saltou sobre ele, logo seguida de Irmão Cinza. Romochka ouviu o grito do Tio bem perto de seu ouvido e logo depois o som áspero de alguém sendo estrangulado, já que Irmã Branca segurava o Tio pelo pescoço. Irmão Cinza cravou os dentes na coxa do Tio e Romochka conseguiu se libertar.

Pegou a clava do chão e se aproximou do corpo do Tio. Pôs-se de pé com as pernas abertas sobre o corpo de Irmã Branca, que estava debruçada sobre o torso magro do homem, com as patas bem firmes no chão. Irmã Branca continuava a morder sua garganta, com aquela mordida usada para matar. Romochka ergueu a clava bem alto, mirou e desceu com tudo na lateral da cabeça do Tio. Um olho inquieto e aterrorizado tentava insistentemente, com desespero urgente e infantil, olhar para Romochka. Romochka desceu a clava de novo, e de novo; bateu até aquele olho ficar imóvel, olhando para o nada.

Limpou a clava na grama seca da calçada perto do beco. Agora não sentia mais aquele nó em seu estômago; estava calmo, tranquilo, como se flutuasse, em paz. Filhote estava morto, mas não desse jeito. Encolhido, dormindo, encurvado sobre a barriga dolorida, com um hálito de doença, e então sem respirar mais. Depois, frio. Depois, duro, congelado, ou então fedorento, não comestível. O Tio não devia ter abandonado Filhote.

Não... Sentiu-se meio zonzo. Filhote não era Filhote do Tio. Virou-se com a intenção de voltar ao beco, mas desistiu; olhou para baixo. O focinho de Irmã Branca estava todo vermelho. Ajoelhou-se e lambeu o rosto dela até ficar limpo, sentindo o gosto de sangue semelhante ao seu. Ou de Filhote. E então finalmente deu meia-volta para ir embora. Irmã Branca hesitou um pouco e foi atrás. Irmão Cinza também.

Não entenderam nada daquela caçada.

Ж

Dmitry esperou uma semana e meia e então alertou as autoridades para saírem em busca do menino dos cães. Fez isso sem consultar Natalya; na verdade, nem sequer pensou nela quando fez o telefonema. Estava sentado à mesa, seu terceiro café do dia esfriando na caneca, quando, de repente, sentiu com toda a força o desagradável redemoinho de emoções acumuladas, uma sensação que começava em seu ânus e subia feito uma mão, atravessando sua barriga até alcançar a garganta. Engoliu em seco. Nem parou para pensar: simplesmente esticou a mão, pegou o telefone e ligou. Ficou chocado com o ódio nos olhos de Natalya, o modo como ela contorcia os lábios com fúria. De repente, lembrou que Natalya também estava envolvida naquela história, que devia tê-la consultado.

— Você por acaso *pensou* no que você acabou de fazer? — gritou ela.

— Natalya! É claro que eu pensei! Sem parar! O que mais você queria que eu fizesse? Ele não pode continuar vivendo desse jeito, sozinho com uma matilha de cães!

Como ele podia explicar a Natalya que "pensar" sequer entrava na equação? Sabia muito bem que agora estava fazendo exatamente o contrário de tudo que fizera antes, que agora apresentava como intolerável uma situação que os dois toleraram sem problemas durante muitos e muitos meses. Agora, ele não tinha mais como esconder dela o que achava de Romochka, que ele era especial; havia acabado de quebrar o silencioso acordo que havia entre eles, a ideia de que Romochka era uma simples criança de rua, igual a todas as outras. Natalya estava tão furiosa que ficou pálida. Sua voz de clarim tinia, raivosa, trêmula.

— Dmitry! Como você *pôde* fazer uma coisa dessas? De todas essas frescuras, coisas boazinhas e covardes que você... Eu conheço esse menino, Dmitry! Você, *não!* O que ele vai pensar da gente, agora? Qual vai ser o futuro dele? Como é que eu vou poder *ajudar* o Romochka, agora?

— *Ajudar? Aj... Ajud...* — gaguejou Dmitry, mal conseguindo falar de tanta raiva. — Natalya, quando é que você já fez *alguma coisa* na vida que não tivesse a ver com você? Você faz tudo em nome dos seus princípios, para evitar a dor de... ver de verdade como as coisas são! Você acha que não tem nada a aprender comigo, com Romochka, com nenhuma... Nunca reconhece... E... e... e ainda assim você... você nunca me mostrou as suas coisas, o seu quarto na sua casa. Você já parou pra pensar que algumas pessoas sabem, veem, sentem as coisas de um jeito... bem menos raso que... Você por acaso percebe que... que... — fez uma pausa, passando as mãos pelos cabelos que rareavam. — Você por acaso consegue conceber alguma outra maneira de me ajudar que não me atrapalhando... com esse seu arzinho de quem sabe tudo... Você não passa de uma menininha *arrogante*, mimada! Sua... sua... imbecil!

Natalya ficou em silêncio. Seus olhos escuros estavam arregalados, o rosto pálido, o cabelo de alguma maneira eletrificado, como um belo eco do cabelo de Romochka. Dmitry queria voltar no tempo, retirar aquela última palavra, fazê-la pular de volta para sua boca; mas agora era tarde demais. Ficou parado, sem sair do lugar. O silêncio entre eles se arrastava. Dmitry fechou os olhos. Sentiu todo o horror do que acabara de fazer, do preço que teria de pagar por aquilo. E de onde é que veio aquilo tudo? Todas as vezes... ele havia tentado *tantas vezes* conversar com ela, mas sempre emperrava; e, de repente, agora dizia coisas que nem sequer pensava! *Sob a influência de diversos fatores de estresse, o eu habitual do sujeito se altera...* Viu sua vida futura bocejando diante de si, solitária, árida, confusa, oscilando entre o sucesso e a angústia.

— Ah, Dmitry — ele ouviu Natalya dizer, com um suspiro, a voz um pouco trêmula mas nítida. — Quando você fica com raiva, você fica com raiva *mesmo*, não é? — disse ela, com um riso incerto. —

Você acha mesmo isso de mim? Não, não acha, né? Você só queria me magoar porque... — respirou fundo, tentando se recompor. — Dmitry, olha, eu me preocupo *de verdade* com tudo o que a gente fez com o Romochka... é como se a gente tivesse se intrometido na vida dele de um jeito muito pouco profissional, sem direção, sem propósito, sem princíp... Bom. Agora a gente precisa lidar com o problema, com essa tragédia.

Ele abriu os olhos e se deixou cair em sua cadeira. Natalya ainda estava pálida, com um ar de orgulho ferido; mas olhava para ele de um jeito que o fez querer chorar de alívio.

— Eu sei – disse ele, meio sem coragem. — Vai ser muito difícil para ele, vai ser horrível, mas é para o bem dele. Eu assumo pessoalmente a responsabilidade.

De repente, Natalya pareceu mais animada e disse, com um brilho nos olhos:

— Dmitry! Já sei o que a gente pode fazer! Você vai fazer mais do que se responsabilizar pelo Romochka. Não vamos colocar o menino em instituição nenhuma, não vamos fazer estudo científico nenhum. Vamos cuidar dele! Mesmo que seja uma adoção temporária! Vamos levar o Romochka pra nossa casa, e aí você pode ser responsável por ele na felicidade e na tristeza, até que a morte nos separe.

Estranhamente, Dmitry não achou a ideia absurda. Era como se naquele momento ele se sentisse completo. Nem mesmo achou que Natalya estivesse tentando contrariá-lo, ou sendo melodramática: agora também via o quanto ela estava se expondo, expondo a afeição que tinha pelo menino. Notou que algo se acalmava dentro de si. Sentia-se bem, pela primeira vez desde que havia ficado de vigília no leito de morte de Marko. Olhou para o rosto radiante de Natalya.

— Sim, Natalochka — disse, baixinho.

E então ela o beijou, sugando seus lábios com o círculo que fazia com os seus, puxando-o para si. Ele fechou os olhos e se deixou mesclar naquela nova sensação de pertencer a ela, sentindo lágrimas quentes atrás das pálpebras. Não era no mundo de Natalya que ele estava entrando, pensou: os dois estavam entrando, de mãos dadas, no mundo de Romochka. O mundo impenetrável e desconhecido de Romochka, que ele, Dmitry, iria destruir completamente, sem ter como prever ou categorizar as consequências. E, surpreendentemente, ele ia levar consigo sua incorrigível Natalya, a Natalya de coração puro.

Ж

O primeiro grande ataque da *militzia* aconteceu perto de casa, num território que conheciam bem. Estavam atravessando em fila única os depósitos abandonados, rumando para o terreno, quando Mamochka parou de repente e levantou a cabeça, mexendo a orelha boa para lá e para cá. Todos pararam de andar e ficaram atentos. Romochka não conseguia ouvir nada, mas todos os cães ouviam. E então, antes que ele pudesse entender o que estava acontecendo, os cães começaram a se mover, rápidos, em silêncio. Mamochka passou por baixo da cerca de demolição do depósito; Irmã Branca, rente ao chão, retrocedia junto com Manchinha e Douradinha rumo a uma calçada estreita entre dois prédios, o caminho mais longo que levava de volta ao último ponto de encontro e à montanha.

Romochka percebeu que o grupo estava se dissipando, mas não se moveu. Quando finalmente decidiu seguir Mamochka e entrar debaixo da cerca, os cães já tinham todos desaparecido e até ele já conseguia ouvir algo. E então, quase com o corpo inteiro debaixo da cerca, virou-se para ver o que era. As inconfundíveis calças acolchoadas de cor azul escura, muitas delas. Entrou em pânico e, respirando com dificuldade, embrenhou-se pela cerca e correu, atravessando o pátio de concreto quebrado.

Já havia explorado aquele depósito antes com os cães e sabia para onde Mamochka poderia ter ido. Havia uma ruazinha estreita que levava até o estacionamento que ficava atrás dos prédios e também até um velho galpão de metal. Mas agora, com os homens gritando, o barulho de correntes se partindo, de portões se abrindo, ele estava confuso. E se pegassem Mamochka no estacionamento e prendessem todo mundo naquela caixa de lata? O que fariam com os cães? Estava zonzo de medo, sem saber se deveria tentar seguir os cães ou despistar a *militzia* sozinho.

Correu até a parede corrugada de lata que ficava de frente para o portão de carga e descarga do depósito. Tentou empurrar a porta e se esconder lá dentro. Conseguia ver o primeiro andar do depósito, que era enorme. No chão, os típicos sacos plásticos e um ou outro móvel estofado, desgastado. Naquele depósito só moravam crianças e cães. Os cães que moravam ali não eram dados a brigas, não eram uma matilha organizada. Muitos eram só filhotes. As crianças eram muito boazinhas com eles e umas com as outras, mas extremamente más quando pegavam pessoas de fora. Havia crianças em número suficiente para expulsar qualquer intruso ou matar qualquer pessoa de que elas não gostassem, principalmente adultos bêbados e membros de gangues rivais que aparecessem sozinhos. Mas ele sabia que desta vez elas não lhe fariam mal — afinal, estava fugindo de cinco *militzi* uniformizados. E elas também já deviam estar escondidas a essa altura, se estivessem acordadas.

A porta de lata não cedia, apesar de parecer frágil e velha. Tentou forçá-la e cortou a mão. Não conseguia entrar. Olhou para trás: os cinco homens eram enormes. Já estavam no pátio, agora, andando mais lentamente, preparados. Sim, ele sabia: achavam que ele estava encurralado, sabiam que era melhor ficarem alertas e não se aproximarem demais, caso precisassem reagir rápido. Romochka saiu depressa da área de carga e descarga, rente à parede, procurando uma abertura. Sabia que, assim que entrasse, poderia despistá-los com todos aqueles feixes de luz e poeira suspensa que se cruzavam no escuro: a extensão do lugar era pior que a escuridão. Mas levá-los para longe de Mamochka o afastaria da parte do depósito que ele conhecia, e agora ele se sentia zonzo e lento de tanto pânico. Sentia o coração batendo nas têmporas. *Tem que ter uma saída ali na esquina!* Mas ele havia se esquecido de que o depósito seguinte era grudado naquele, e o vão entre os dois, se é que poderia se chamar de vão, era estreito demais até para um cão. Os homens se dispersaram, as botas fazendo barulho no concreto entremeado de tufos de mato, tentando abafar ao máximo os ruídos de sua caça desajeitada. Romochka virou a outra esquina e deu de cara com uma pilha de lixo. Sem saída. Só uma fresta estreita, impossível de passar, entre a parte metálica enferrujada e os tijolos descascados. Teve um vislumbre da liberdade: podia ver, através da fresta comprida e estreita, o brilho alaranjado do pôr do sol batendo nos prédios de apartamentos à distância. Mas não havia como se espremer ali e sair correndo, livre, pelo gramado. Deu um pequeno grito e se virou para encarar os homens, agachando-se, com movimentos bruscos demais, fazendo barulho demais ao respirar. Teria de atraí-los para mais perto de si, confiar que poderia ser mais rápido e ágil do que eles. Se conseguisse sair daquele pátio horrível e chegar até o matagal do terreno, eles não conseguiriam capturá-lo.

— Calma, mocinho, calma — disse o *militzioner* mais alto. — A gente não vai te fazer mal.

— Caramba, Vasya, esse moleque é só um *bomj*.

— Não. É o menino dos cachorros. Você não viu aqueles cachorros com ele, quando ele pegou a passagem subterrânea? Não viu ele correndo de um jeito esquisito? Vai chegando mais perto, Misha. Devagar. Nada de machucar o menino.

Vasya olhou para Misha e olhou para baixo, sinalizando com o olhar e mexendo de leve nas algemas que trazia no cinto. Misha deu de ombros e fez um gesto de cabeça, concordando.

Romochka percebeu uma movimentação na parte mais distante da cerca de arame; e então, num canto, logo atrás do líder, viu o focinho de Mamochka. Vasya era bastante astuto para um homem que morava em casa: percebeu que Romochka olhava para alguma coisa. Virou para ver o que era: não viu nada. Voltou a olhar para Romochka.

— Larga esse pedaço de madeira, menino. Pode vir. Devagar. A gente te pegou, você sabe que não tem como escapar. Pode vir com a gente. Devagar, tá bem? Eu te dou um pirulito quando a gente for chegar no furgão. Te pago uma refeição do McDonald's, que tal? Aposto que você tá com fome, não?

Vasya continuou a falar, num tom suave e cordial.

Romochka não tirava os olhos dos homens nem de Vasya, o líder. Os cães estavam ali. Tinham a vantagem do elemento surpresa. Não, não podia entregar a posição deles com o olhar. Sentiu todo o corpo

238

suando, tremendo. Encolheu-se um pouco, fingindo adotar a posição de quem estava preparado para lutar, aguardando o momento em que finalmente poderia chamar Mamochka e depois correr, *correr, correr*.

Quando Vasya fez um sinal para que os homens se aproximassem, Romochka deu um latido agudo e alto que traía todo seu terror. Seis dos oito cães saíram de seus esconderijos e correram, num silêncio de caçada, na direção dos homens. Romochka batia os dentes de tanto medo. Numa fração de segundo, Vasya ouviu as unhas raspando o concreto e as patas caindo sobre o vidro quebrado e deu meia-volta. Os seis cães já estavam em cima deles, numa sinfonia de rosnados furiosos. Os homens, gritando de medo, cobriam os rostos, tentando desajeitadamente alcançar as armas e cassetete em seus cintos. Romochka só teve tempo de ver Mamochka atacar as costas de Vasya, dentes arreganhados, mordendo o ar, e Vasya caindo, agitando as mãos para cima, tentando se proteger. *Agora!* Romochka se esquivou da briga e saiu correndo, o mais rápido que suas pernas trêmulas permitiam. Embrenhou-se por baixo da cerca quebrada, arranhando a parte de trás das coxas no arame. Manchinha e Douradinha estavam à sua espera, do outro lado da cerca. Os três correram pelo terreno e depois para o esconderijo.

Não fiquem muito tempo lutando, não demorem!, implorava Romochka para a escuridão, abraçando a si mesmo no ninho, com as duas jovens cadelas andando agitadas à sua frente.

Os outros cães não estavam muito atrás deles. Eles mais fizeram alvoroço e barulho do que lutaram de fato — Mamochka sabia muito bem que, assim que Romochka conseguisse se libertar, teriam de se dispersar novamente, o mais rápido possível. Romochka sabia, também, que precisava mostrar com grande estardalhaço aos homens sua matilha de cães, e que os cães também precisavam mostrar quem era o líder.

Assim que Romochka percebeu que a *miltizia* estava usando cães para rastreá-lo, deu-se conta de que precisaria ocultar seu rastro no chão. Subia em muradas e parapeitos escorregadios sempre que possível. Escalava os carros estacionados e atravessava avenidas e ruas inteiras pulando de um capô para o outro. Nunca deixava rastro depois do último ponto de encontro da matilha. Cão Negro ficava cambaleando um pouco sob o peso do menino, mas acabou aceitando aquela novidade estranha. Os cães que eram treinados para encontrá-lo sabiam o que ele havia feito, mas não tinham como comunicar o fato; e os humanos insistiam para que eles farejassem Romochka, não o cão que o carregava no lombo.

Depois, Romochka decidiu ficar algum tempo escondido no ninho, com Mamochka, para eliminar seu cheiro das ruas. Nunca havia ficado na companhia dela imediatamente depois de ela parir, e desta vez descobria a doce paz que era ficar deitado com ela, acariciando a grande barriga, sentindo o leite encher o seu corpo.

Ж

Dmitry ficou abalado quando soube que a *militzia* já havia capturado Romochka uma vez — só podia ser ele —, há mais de um ano. Mas falava com o major de um jeito calmo, até convincente, os pensamentos voando com fúria dentro de sua mente. Não havia erro, dizia: bastava que saíssem em busca dos cães e encontrariam o menino. E, se tudo desse certo, poderiam capturá-lo sem causar grandes traumas. Enquanto isso, poderiam traçar uma ideia da vida e do território do clã selvagem, com propósitos científicos. Sim, todos já estavam acostumados a ver matilhas de cães selvagens — até mesmo no jardim Neskuchni Sad, perto do Kremlin, havia uma matilha bastante conhecida que costumava sair correndo atrás dos ciclistas. Cães selvagens em áreas urbanas eram um fenômeno que nunca havia sido estudado, e o mero fato de que neste clã em particular havia dois meninos fazia dos cães algo especial. Dmitry ficou aliviado por Natalya não estar ali com ele.

Dmitry estava preocupado com o desaparecimento de Romochka. Já fazia uma semana que ninguém via o menino. Era possível reconhecer a sua matilha, mesmo sem ele. Os cães tinham sido avistados duas vezes. Dmitry olhava para aquelas fotos grandes que o Major Cherniak colocara em suas mãos: Romochka correndo com os cães, uma sequência de imagens borradas, capturadas num dia de chuva. Uma das fotos chamou sua atenção. Os cães estavam espalhados aqui e ali: um branco, um cinza, três de uma cor dourada clara, dois com capa preta, e um dourado, com uma mancha em um dos olhos. Todos grandes. A padronagem do rosto e os rabos de todos eram semelhantes, parecidas com as de um husky siberiano: obviamente eram da mesma família. Romochka corria encurvado no meio deles, o rosto virado na direção da câmera, as pernas capturadas num grande salto. Corria com uma mão apoiada de leve no cão que estava mais perto. Dmitry sentiu de repente uma excitação misturada com uma estranha tristeza ao olhar para aquelas fotos. Era como se aquela fosse a última imagem de uma espécie em extinção, um animal valioso, condenado no momento em que a foto havia sido tirada. Era como ver uma foto do Romochka que ele havia imaginado um dia.

O Major Cherniak soltou um suspiro e disse:

— Olha, Pastushenko. A gente precisa tentar. Você entra com o equipamento e o pessoal. A gente captura um dos cães. Temos uma unidade que castra cães de rua, e eles são bem experientes. Se não der certo, e se ele for visto por aí de novo, a gente passa pro plano B. Tem um monte de jornalistas e políticos no meu pé por causa dele, entendeu? Os manda-chuvas já estão achando bem ruim duas histórias com meninos assim — disse ele, fazendo um gesto circular com o dedo meio apontado para o teto.

Ж

Romochka, que estava de sentinela, olhava para o céu. Um vento gelado penetrava as ruínas da igreja. Nuvens disformes, espalhadas feito cães em caça, deslizavam sob o céu de chumbo, cada uma delas negra e pesada de neve. A neve derretia assim que caía, mas a terra e as ruas estavam escorregadias, mais escuras que as nuvens. Romochka viu

Cão Negro entrar sorrateiramente nas ruínas da igreja com neve sobre os ombros. Estava com a cabeça baixa, as orelhas murchas, e seu rabo, no geral sempre ereto, estava enfiado no meio das pernas. Estava encurvado de dor e parecia muito triste, desolado.

Romochka desceu da cúpula. Entrou no esconderijo e viu que todos os outros se afastavam do enorme cão. Só Romochka ficou de joelhos e abraçou aquele pescoço grosso, enterrando o rosto no pelo de Cão Negro. Cão Negro estava com um cheiro horrível. Um fedor acre, enjoativo, doce — cheiro de gente e um cheiro forte de álcool. Também cheirava a sangue, mas Romochka não conseguia ver nenhum ferimento ali naquela penumbra. Puxou o enorme cão para sua alcova particular. Cão Negro deitou no chão e começou a se lamber para tentar tirar o cheiro, e enquanto isso Romochka o apalpava. Os outros ficaram andando em círculos, agitados, desorientados com todos aqueles cheiros estranhos invadindo o lugar.

Havia uma área quadrada que havia sido raspada na pata dianteira de Cão Negro. Cão Negro lambeu o lugar como se estivesse dolorido, depois que Romochka passou a mão. Romochka o empurrou para que ele ficasse de barriga para cima e descobriu o sangue ressecado entre as patas traseiras. Cão Negro seguiu os dedos de Romochka com o nariz e começou a lamber a cicatriz aberta, o local onde antes havia duas belas bolas, do tamanho de ovos.

Romochka apalpou o saco vazio e choramingou baixinho junto com o enorme cão. Mamochka aproximou-se e começou a lambê-lo também, tentando limpar o fedor com o reconfortante cheiro de sua saliva. Romochka abraçou a grande cabeça de Cão Negro para consolá-lo. Os outros também se aproximaram e começaram a lambê-lo, e enquanto isso Romochka aninhava a cabeça de Cão Negro no colo. Acariciou aquelas mandíbulas enormes, as cicatrizes conhecidas. Passava a mão na cabeça de Cão Negro, ia até o pescoço e voltava. E então seus dedos encontraram um grande caroço sob a pele, na nuca. Cão Negro ganiu quando Romochka cutucou o local. Era uma área pequena, dura, arredondada. Apertou o caroço e Cão Negro virou de repente e o mordeu. Romochka rosnou como resposta, um rosnado de advertência, sem soltar o caroço. Farejou o local. Havia uma pequena cicatriz ao lado do caroço. Debruçou-se sobre o cão e começou a lamber suavemente a cicatriz. Era como lamber um inseto — havia fiapinhos pontudos saindo da cicatriz, espetados em todas as direções.

Agora todos estavam deitados no cantinho de Romochka. O cheiro de Cão Negro ainda era horrível, mas já estavam se acostumando e também já conseguiam sentir seus próprios cheiros nele.

Mesmo assim, nenhum deles conseguia ficar tranquilo. Algo havia entrado no esconderijo junto com aqueles cheiros estranhos em Cão Negro, uma sensação de perigo pairava no ar. Era quase meia-noite. Romochka de repente se pôs de pé. Decidiu que iriam até Laurentia, para comer bastante, para ter um jantar de comida quentinha. Fazia muito tempo que ele não saía para a rua e Mamochka estava com fome. Ia ser bom sair um pouco. Todos o seguiram. Cão Negro estava fraco demais para carregá-lo, então Romochka precisou atravessar o terreno a pé.

A cidade parecia segura, assim como nas estações anteriores. Não tiveram nenhum percalço no caminho, mas comeram rápido no Roma. Romochka tentava apressar os cães. Não estava se sentindo melhor — na verdade, estava se sentindo pior. Aquela não tinha sido uma boa ideia. Ficava perto de Cão Negro, sem saber o que fazer. Todos estavam rumando para casa, de barriga cheia, mas agora ele percebia claramente que não poderiam voltar para casa com Cão Negro. Não sabia exatamente como e nem por que, mas por algum motivo desconfiava que Dmitry houvesse feito algo com Cão Negro. Primeiro Filhote, agora Cão Negro. Esticou a mão e apalpou de novo o caroço. Ele havia mexido tanto no local que agora estava inchado. Cão Negro rosnou.

A *militzia* viria atrás deles. Tinha certeza disso. Lembrou-se, sentindo-se zonzo com o mau pressentimento, que Dmitry dissera aquilo com toda a certeza do mundo. Agora o coração de Romochka estava batendo rápido e Mamochka olhava para ele de um jeito estranho, também assustada, como se pudesse ouvir as batidas de seu coração, sentir o cheiro daquilo que ele temia. Precisava agir rápido. Sem dúvida Cão Negro brigaria com ele e o machucaria. Tentou se acalmar,

243

acalmar Mamochka e Cão Negro, que agora também estava inquieto, mas não conseguiu.

Não podia esperar mais. Estavam num beco escuro e comprido. Tentou tocar o caroço, mas Cão Negro sabia que Romochka não tinha a intenção de consolá-lo e rosnou. Romochka ficou andando, trotando de leve, em ritmo de caça, tentando acalmar o próprio coração para o momento do bote. Mentalizou o disco e a pequena cicatriz do lado. *Agora.*

Deu um salto com toda a sua destreza. Agarrou o pelo grosso com as duas mãos, partindo-o ao meio, e enfiou os dentes na ferida, sentindo as mandíbulas ao redor da área onde estava o disco. Cão Negro, com muita raiva, deu meia-volta e mordeu-lhe a cabeça, arranhando seu couro cabeludo. Romochka havia jogado a espessa cabeleira na direção dele, esperando que amortecesse a mordida daquelas enormes mandíbulas, mas ainda assim sentiu o couro cabeludo partir-se. Segurava-se firme com as mãos e os dentes em Cão Negro, e o cachorro se contorcia para tentar morder melhor. Romochka precisou desviar os cotovelos para um lado e depois para o outro. Sabia que em poucos segundos Cão Negro viraria para o outro lado e morderia seu rosto. Sentia a boca cheia de sangue. Podia sentir o disco saindo. Tinha a vaga noção de que os outros não o haviam atacado. E nem atacado Cão Negro. O cachorro estava de pé, virando-se rápido, determinado a ferir de verdade. E finalmente Romochka sentiu que arrancava o disco. Soltou Cão Negro e saiu rolando, encolhendo-se, protegendo o rosto e a barriga, dando-lhe as costas e o cabelo.

Cão Negro agora estava de pé sobre ele, rosnando com fúria, totalmente confuso. Romochka também podia sentir Irmã Negra atrás de si, tensa, rosnando. Durante um breve instante, pensou que precisaria da ajuda de Mamochka se tivesse que lutar com os dois, mas Irmã Negra não fez nada.

Romochka virou rápido, saltando sobre Cão Negro. Grunhiu baixinho, um som com a intenção de advertir e acalmar ao mesmo tempo: um rosnado gentil, caloroso — a linguagem canina para se dirigir a um filhote que não havia entendido. Cuspiu o sangue e o disco na mão. Mostrou-o para Cão Negro, para que farejasse. Os outros também vieram cheirar aquela coisa esquisita que escorregava em meio ao sangue de Cão Negro. Romochka emitiu um rosnado baixinho e grave, comunicando o perigo do objeto. E então jogou o disco para bem longe e virou para correr para casa. Cão Negro foi atrás.

Romochka agora se sentia em paz. Mamochka lamberia o sangue e os ferimentos em seu couro cabeludo. Ele lamberia o ferimento de Cão Negro até deixá-lo bem limpo e o abraçaria bem forte. E tudo ficaria bem.

Mamochka teve os filhotes logo antes do amanhecer. Só Romochka estava junto dela, acariciando seu pelo, sentindo as misteriosas pressões e tremores que percorriam seu corpo. Ela não deixava nem mesmo Cão Negro chegar perto. Romochka recebeu junto com ela cada uma daquelas bolsas escorregadias que se contorciam, ajudando-a a parti-las com os dentes, encontrando lá dentro o cãozinho cego que gania baixinho. Ajudou-a a limpar os filhotes, um por um. Os olhos sábios de Mamochka brilhavam na penumbra. Romochka ajudou cada um dos quatro filhotinhos, já limpos, a dar sua primeira mamada. Depois, ficou descansando de cócoras, olhando o tempo todo para sua mãe exausta, para os novos filhotes. Sentia uma grande paz. O cheiro de carne fresca e crua, misturado como estava ao cheiro único de Mamochka e ao cheiro do primeiro leite, era mais agradável e estranho que o cheiro de comida. Tudo dependia dele. E ele poderia ser tudo aquilo que eles quisessem, poderia fazer tudo aquilo de que precisassem. Acariciou o flanco murcho de Mamochka, sentindo o rosto molhado de lágrimas tão misteriosas quanto aqueles sacos viscosos, brilhantes e inquietos que ela havia expulsado de seu corpo.

Nas outras vezes, quando havia filhotes no clã, ele nunca via graça em Mamochka. Nas semanas seguintes ao nascimento de novos filhotes, ele só sentia desprezo pelos cãezinhos, ou no máximo os tolerava. Mas, desta vez, Mamochka o fascinava, e ele agora percebia cada pequena mudança nos filhotes. Era como se ele, Romochka, finalmente tivesse crescido. Também sentia, como sentira certa vez, que aquelas criaturas eram suas: os adultos e os filhotes, sua mãe, seus irmãos, suas irmãs e todos os seus filhos. Mas agora era diferente, porque também sentia que pertencia a eles. Pertencia a eles por inteiro: cada cartilagem de seu corpo, sua força e sua inteligência; e tinham o direito de exigir dele o sustento e a segurança necessários para sua sobrevivência.

Durante uma semana e meia, Romochka só ficou perto de casa, roubando comida para Mamochka das inúmeras caçambas de lixo que haviam sido colocadas recentemente ali perto. Viu-a ser dócil com os filhotes, dormindo sozinha, e depois com ar de orgulho ao ver os outros farejando e lambendo os bebês. Os filhotes também começaram a entrar no mundo dos rituais de saudação. Romochka testemunhou o momento em que o maior de todos abriu os olhinhos enevoados pela primeira vez.

Ж

A lua cheia paira muito acima da cidade fria. Uivos, sirenes, sons de motores diversos aumentando, diminuindo, buzinas, pneus cantando, explosões, tiros. A luz da lua esparrama-se sobre tudo, ocultando e revelando. A cidade veste faixas largas de luz fria e sombras de veludo. A brisa traz a promessa de geada, deixando dormentes as pontas dos dedos e do nariz. Os vãos entre os prédios são linhas nítidas de luz. Os espaços entre as árvores são convidativos. As pessoas andam na rua até não aguentarem mais de frio, desafiando as possibilidades. Cães caminham apressados; seus olhos brilham no escuro. Tudo parece inquieto. Numa noite assim, para humanos e animais, tudo pode acontecer.

Romochka está sentado na beira da cúpula da igreja, com as pernas penduradas sobre o esconderijo. Tinha visto poucas noites como aquela em seus quatro anos vivendo como cão. Ele respira o ar frio daquela cidade magnífica. Suspira. Sente saudade de Laurentia, Pievitza, Natalya. Sente falta de uma presença humana. Dá um pequeno latido para os cães, insistindo para que Mamochka saia um pouco de perto dos filhotes adormecidos, saciados. Todos se dirigem para a cidade.

Ж

Laurentia parecia pálida, triste. Entregou em silêncio as tigelas de comida para Romochka. Ele colocou as tigelas no chão, na frente de Mamochka, e então emitiu o sinal para que os outros saíssem das sombras. Laurentia entregou a ele sua tigela com espaguete e almôndega e ficou de pé na porta, oculta pelas sombras, sem olhar para ele. Não estava cantando. Havia alguma coisa errada. Romochka começou a comer, mas com uma sensação ruim no peito, no estômago. Na pele toda. Levantou os olhos: lágrimas escorriam pelo rosto de Laurentia. Sentiu um arrepio na nuca.

— Me perdoa, *bello*. Me perdoa. A *militzia*... eles me obrigaram...

Romochka parou de mastigar e ficou olhando para Laurentia, a boca cheia pela metade, com um fio de espaguete pendurado. As batidas de seu coração estavam mais rápidas. Agora Laurentia estava chorando, engasgando com os soluços, quase sem ar. Romochka ouviu um som estranho e abafado atrás de si, algo caindo no chão, e virou.

Mamochka tinha caído.

A tigela de Romochka caiu no chão e quebrou.

Agora ele está ao lado de Mamochka, de joelhos. Não ouve nenhum som além de seu próprio coração. Mamochka tremendo, choramingando por entre dentes cerrados, seus braços ao redor do pescoço dela. Romochka está com a boca aberta, mas ele não consegue se ouvir. O gemido baixinho de Mamochka parece vir de longe, como se viesse lá de cima. Ele encosta o peito dela junto ao seu e, com medo, ergue os olhos, em busca dos outros.

O mundo inteiro fica mais lento: uma batida de coração, depois outra, e mais outra, cronometrando tudo. As batidas o sacodem, lentas, depois mais lentas; Cadela Dourada cambaleia, tenta correr, cai. Cão Negro quase consegue chegar até ele e Mamochka, mas tropeça, suplicante, lento, mais lento, o olhar perplexo fixo no rosto de Romochka.

Irmã Branca vacila, tropeça. Irmão Cinza, Douradinha, Manchinha. Cada um deles cai. Lentos, depois ainda mais lentos. Irmã Negra, com determinação no olhar, caminha na sua direção, cambaleia e cai junto a sua coxa. O mundo é tomado por sussurros. As vozes dos cães, abandonando-o em suspiros, ganidos silenciosos. Lentas, mais lentas. O pelo de cada um deles, preto, cinza, dourado, branco, brilham à luz dos postes, à luz da lua. Tão bonitos que chegam a doer. Os olhos brilham. Olham para ele, piscando, implorando, sem entender.

Está perdendo todos.

Romochka sente o coração queimando em seu peito, em sua garganta; está chorando, mas não percebe. Batidas lentas... Mais lentas... Lentas... Mais lentas...

Parado.

Mamochka está morta em seus braços. Sente um cheiro terrível sair dela, um último e lento movimento.

Como num sonho, num pesadelo, a *militzia* surge dos cantos mais recônditos de sua mente. Ele fecha os olhos e começa a lamber lentamente o rosto de Mamochka.

— Tirem ele de perto do cachorro! Tirem ele! Senão ele vai acabar lambendo o sangue!

Várias mãos o agarram. Ele espera, buscando bem fundo a sua fúria, buscando suas forças. Fica inerte durante alguns segundos, pendurado por aquelas mãos, dócil feito uma criança humana, feito Filhote; e então, com grande força, sua fúria explode como a de um gato.

Ж

— O nome dele é Romochka — gritou Dmitry, abrindo caminho por entre a *militzia*, tentando, desesperado, encontrar o major Cherniak. Natalya estava logo atrás dele, e ele esticou o braço, procurando sua mão.

Agora os homens prestavam atenção em Dmitry. Ele abaixou o tom de voz:

— Ele sabe falar! Por favor, para de latir pra ele. O Marko, aquele menino selvagem famoso, estava sob os meus cuidados no Centro Infantil Makarenko. Era irmão dele.

Dmitry já não tinha nenhuma influência quando o assunto era Marko, mas mesmo assim resolveu arriscar. A *militzia* também era um problema: ele sabia que os policiais encaravam o centro com desdém, que em sua maioria acreditavam que as crianças de rua eram somente o estágio larval dos criminosos, que logo se transformariam em assassinos e traficantes. Mas ele precisava encontrar alguma maneira de impedir que Romochka fosse parar num internato. Tinha de cumprir a promessa que fizera a si mesmo, a Natalya.

O jovem policial que estava latindo agora parecia sem graça. Dmitry apertou a mão de Natalya e ergueu a voz para tentar se fazer ouvir sobre o ruído que Romochka fazia dentro do furgão.

— Eu sou o Dr. Dmitry Pavlovich Pastushenko. Eu vou adotar o menino. Ele me conhece.

Os policiais rondavam o furgão, abalados. As pessoas agora tinham uma tolerância maior para o extermínio de cachorros de rua, principalmente depois da epidemia de raiva dos cachorros do parque Sokolniki, mas muitos policiais ainda se sentiam mal quando precisavam abatê-los. E aquela cozinheira italiana os fizera sentir remorso, chorando daquele jeito, debruçada sobre os cães. Mas também não podiam deixar cães selvagens aterrorizando as pessoas e nem crianças de rua se transformando em cães. E agora que haviam capturado o menino dos cães, agora que ele estava na cela do furgão, ensandecido, pareciam não saber o que fazer.

— Esse menino parece um bicho selvagem! — rebateu um policial, apalpando o braço ensanguentado.

— Ele me conhece — insistiu Dmitry, embora o barulho que agora vinha do furgão o fizesse duvidar do que dizia.

Finalmente, conseguiu achar o major Cherniak, que pareceu aliviado por vê-lo ali.

— Major, vocês podem levá-lo para a área de segurança lá do centro, mas eu quero transferi-lo pra minha casa assim que ele se acalmar e depois que avaliarmos a saúde dele — disse Dmitry; depois, ficou um pouco mais perto do major e murmurou: — Não quero assustar vocês, mas todo mundo que foi mordido deve ir para a emergência imediatamente tomar vacina contra raiva. E antibióticos também, só por precaução.

O major olhou para ele, chocado, mas depois assentiu.

— Acho que todos nós precisamos tomar, então — murmurou, com um sorriso sarcástico.

Ficaram ali, vendo o furgão ir embora.

— Por que você não tentou falar com ele? — perguntou Natalya.

Dmitry não respondeu de imediato. Sim, por que, afinal? Será que Romochka teria ouvido o que ele tinha a dizer? Ele podia ter tentado acalmar o menino. Por que ficara tão relutante? Será que estava com medo? Medo do que veria? O menino urrava de um jeito animalesco, nem um pouco humano. Sim, isso; mas o que mais? E então se deu conta: estava com medo de que Romochka o associasse à sua captura. Nenhum ato seu naquele momento pareceria correto para o menino que ele ia adotar, então ele escolheu não agir.

— E por que você não falou, então? — perguntou Dmitry, num tom frio.

— Eu não quero que ele me odeie!

Foi por isso que ela havia ficado quieta, sem dizer nada, só esperando o Maldito Dmitry agir. Dmitry começou a sentir raiva, mas o sentimento foi embora com a mesma velocidade com que havia chegado.

Houve um momento de silêncio. Os dois pensaram a mesma coisa: Romochka sem dúvida tinha ouvido a voz de Dmitry; talvez até tivesse sentido o cheiro dos dois. Tinham cometido um grande erro ao deixá-lo ali, gritando, preso no furgão como se fosse um bicho. Só esperando o furgão fazer a transição da área selvagem para o hospital, do mundo animal para o humano, sem tocar em Romochka, ajudar Romochka.

Natalya suspirou e disse:

— Droga.

Dmitry de repente sentiu pena dela, sensibilizou-se com sua tristeza. Sentia pena dela e de si mesmo, pensando nos erros que cometeriam juntos. Sentiu surgir do nada uma alegria estranha que não condizia nem um pouco com a situação: lá estavam eles dois, juntos, inexperientes, tolos. Como o pai e a mãe que eram. A história de amor que havia entre eles, tão pequena, tão trivial, incluiria também todos os triviais erros que fatalmente cometeriam.

Dmitry colocou o braço ao redor do ombro dela, dando tapinhas de leve para consolá-la, um pouco embaraçado, e disse:

— Você vai ser uma ótima mãe.

Ж

Dmitry estudava o mapa e Natalya observava o horizonte, franzindo a testa. Aquela parte da cidade era desconhecida. Para ele, até os nomes eram desconhecidos, topologia era confusa. Girava o mapa, colocando-o de cabeça para baixo, e depois girava de novo. Sim, lá estava o local. Estavam agora nas ruazinhas de Zagarodiye, o território conhecido da matilha, talvez até na área em que ficava o esconderijo, de acordo com o que dissera a *militzia*. Aqueles cachorros percorriam um longo caminho para chegar até o restaurante. Por mais incrível que fosse a distância daquela caçada, não havia dúvida: Dmitry tinha marcado o percurso em laranja no mapa, com base nas cinco breves horas em que um dos cães do restaurante ficou com o implante. Tinha planejado investigar cada um dos trajetos, mas aquela parte esquecida de Moscou era perturbadora e ele acabou perdendo a vontade. Era como se tivessem entrado em outro mundo, como se fossem estrangeiros numa terra desconhecida. Atraíam a atenção das pessoas do lugar: elas olhavam para eles com ar hostil, desviavam-se deles como se os dois estivessem doentes.

Dmitry percebeu, assustado, que estavam sendo seguidos por uma gangue silenciosa de crianças e adolescentes. Sentiu o corpo todo suar frio. Já estava a par de todas as teorias sobre gangues, sobre por que crianças e jovens se sentiam atraídos por elas (a dupla vontade de sede de poder e de pertencer a um grupo), sobre o milagroso fato de que, caso sobrevivessem, esses jovens acabavam deixando as gangues de lado. Mas sempre sentia um nó no estômago ao pensar que poderia estar sendo seguido por jovens como aqueles. Tinham códigos secretos, disputas secretas, incompreensíveis. Os membros daquela gangue usavam camisetas e jaquetas com números estampados, 88 ou 18. A única coisa que dava para afirmar com certeza era que deviam ser implacáveis.

Olhou de soslaio para Natalya. Ela havia apertado o passo mas, fora isso, parecia despreocupada, absurdamente segura. Natalya, ele já sabia, nunca cogitara, sequer uma vez, a possibilidade de ser vítima de um estupro, de ter uma morte violenta. Sempre que havia algum confronto, Natalya adotava a atitude de continuar do mesmo jeito e tentar negociar a situação, um jeito ingênuo e perigoso de acreditar que aquele seu pequeno universo, onde o certo e o errado eram bem definidos, acabaria vencendo, que ela poderia impor esse seu mundo a qualquer um com a força de sua eloquência e sua personalidade. E na maioria das vezes ela estava certa.

Mas Dmitry sabia que ela não estava totalmente presente ali, naquele momento, e irritou-se por ter de sentir medo por eles dois. Não confiava que ela faria o certo, o que ele queria. Ela acabaria fazendo alguma coisa maluca, como falar com aqueles jovens. E ele a defenderia com todas as forças. Estava preparado. Mas e se não conseguisse? Sentia o coração batendo com força enquanto tentava avaliar quantos havia na gangue, e Natalya nem percebia. Uns quinze. Pelo menos metade deles já adolescentes. Sentia os pés suados, escorregando dentro dos sapatos.

Depois de algum tempo, os jovens viraram em outra rua e Natalya passou a andar mais devagar, fazendo-o andar mais devagar também. O terror que Dmitry sentia foi diminuindo. Ela sem dúvida deve ter pressentido o perigo; do contrário, não teria apertado o passo. Teve vontade de abraçá-la. Olhou para trás, para ver se a gangue tinha de fato desaparecido.

Estavam com os ouvidos alertas a qualquer latido nas redondezas. A matilha tinha oito cães, e uma das cadelas havia parido. Ou seja, devia haver filhotes também. Mas era outono; talvez fosse tarde demais. Onde um cão poderia se esconder?

À esquerda, uma grama clara, de cor dourada, cobria parcialmente um campo cheio de detritos diversos. Um pouco mais adiante, o mato ressecado fazia fronteira com dois prédios de apartamentos: cortiços largos, enormes, com inúmeras janelas, um com azulejos beges e o outro com azulejos azuis, agora manchados com a sujeira e cheios de rachaduras causadas pela neve. Eram típicos da era em que foram construídos. Devia haver umas mil pessoas morando em cada um deles, pensou Dmitry. Agora se lembrava que já tinha ouvido falar daquela área, Zagarodiye. Também conhecida como Svalka, O Depósito de Lixo. Ele certa vez cuidara de dois adolescentes, menores assassinos, que tinham morado em prédios parecidos, em algum daqueles apartamentos.

Quadradinhos se agitavam alegremente nas inúmeras varandas: roupas em varais. Sim, aqueles prédios eram como as centenas de outros prédios ao redor da parte central do metrô de Moscou, mas Dmitry achava tudo ali horrível e opressivo por algum motivo, até mesmo aquelas roupas de renda e tecido colorido nas janelas; uma paisagem poluída pelo fato de que um menino (dois meninos) havia vivido ali com um bando de cães e nunca ninguém notara. Ao lado dos prédios, havia algumas construções inacabadas que pareciam estar se desintegrando lentamente, mesclando-se ao terreno baldio cheio de mato. As construções estavam enegrecidas, até mesmo queimadas em alguns pontos, e Dmitry imaginou que gangues ou *bomji* deviam acender fogueiras nelas. Havia buracos queimados aqui e ali nas fachadas nuas, com marcas de fogo ao redor, como se fossem cílios.

Atravessaram o terreno baldio sentindo um fedor químico e podre. O terreno era tão grande quanto uma plantação de fazenda. O cheiro foi se intensificando quase até se transformar numa barreira física que tentava expulsá-los dali. Dmitry tinha a impressão de que o mau cheiro penetrava em seus pulmões, que os envenenava de alguma maneira. Tirou lenços de papel do bolso, colocou um sobre a boca e o nariz e entregou outro para Natalya.

E então Dmitry percebeu que o grande morro de topo achatado à direita era feito de lixo. Uma montanha de lixo. Nunca havia imaginado que Svalka pudesse ser um nome literal, não metafórico. A montanha avultava sobre a floresta e o terreno, chamando a atenção pela altura, largura e odor. Continuaram pelo caminho que ia na direção dela, deixando a cidade para trás e Dmitry com a impressão de que estavam entrando num mundo totalmente diferente. Aquilo ali sem dúvida não era o Parque Nacional Losini Ostrav. Era um território esquecido. Um local desolado, uma mistura de pântano e floresta, envolto em odores terríveis. Era possível ver uma ou outra *dacha* aqui e ali, todas malcuidadas. Construídas em uma época antes da montanha, sem dúvida.

Passaram por um anúncio de uma empresa de engenharia que retratava a montanha de lixo como um local para a prática de esqui, e Natalya riu contra o lenço de papel. Dmitry olhou em volta, com atenção redobrada. De fato, aquilo devia valer dinheiro. Terrenos vazios. Em Moscou. Incrível. Se ele algum dia pensasse em comprar um pedaço de terra, seria ali. Talvez já fosse tarde demais; talvez toda a área já tivesse sido vendida por preços altíssimos. Podiam ouvir o zumbido incessante dos fios elétricos acima de suas cabeças, pendurados entre as grandes torres de energia, frouxos quase a ponto de tocar a copa das árvores. Agora ele podia ver certa movimentação na montanha, mas nada que lembrasse os turistas do anúncio, esquiando com roupas de cores alegres. Só pequenos vultos encurvados sobre o lixo, à distância.

— Ali — disse Natalya, apontando de novo, tapando o nariz com a outra mão. — Em algum lugar, naqueles prédios... Ah! Olha! É um cemitério!

Continuaram andando lentamente na direção do cemitério, prestando atenção nos sons. Natalya olhou ao redor, fazendo uma careta, e depois disse, quase num sussurro:

— Lembra o que Dostoievsky disse sobre os animais? *Deus deu a eles o dom da alegria sem preocupações. Os animais não têm pecado, e vocês, com toda a sua grandeza, corrompem a terra com a sua presença, deixando o rastro de sua podridão...* algo assim.

Dmitry riu. Chutou uma garrafa de plástico na direção do ponto onde seria construído um teleférico de esqui.

— Mas então o que seria o nosso menino-lobo, Natalochka? Um ser sem pecado? Ou um ser que corrompe?

Natalya pensou em Romochka, agora trancado no outro quarto de hóspedes de seu apartamento: desolado, furioso, traído. Com a cabeça raspada. A essa hora, já devia estar acordado, grogue com a anestesia. Ficou aliviada ao ver que o sedativo havia funcionado; e confiava em Konstantin, sabia que ele não deixaria que o menino se ferisse.

Agora, sentia uma certeza ainda maior de que aquela era a única chance que tinham de recuperar a confiança do menino: de convencê-lo a ficar com eles. E também, a longo prazo, de dar a ele uma vida. O corpo de Romochka era excepcionalmente forte e saudável. Claro, ele estava com vermes e a pior sarna de ouvido que ela já vira na vida, mas conseguiram deixá-lo limpo, dar-lhe quase todas as vacinas e colocar um microchip nele. Conseguiram tratar quase tudo enquanto ele estava inconsciente. Os testes dos exames também já tinham chegado. Negativo para HIV. E também uma grande surpresa: Romochka não tinha nenhum parentesco com Marko. Ela só havia passado uma versão resumida dos resultados para Dmitry, sem contar tudo: não contara a ele o que tinha visto no corpo limpo e nu de Romochka.

O bom é que agora que ele estava limpo, dormindo, com os cabelos raspados, era possível ver seu rosto: era muito bonito. E, diferente das inúmeras crianças vítimas de maus tratos, Romochka de fato parecia uma criança, tinha um ar infantil. Apesar das cicatrizes, era bem bonito. Traços levemente tártaros. Mas... ela não conseguia tirar aquilo da cabeça. *Quem havia talhado a palavra* собака *no peito do menino?*

Nada lhe tirava da cabeça que provavelmente havia mais crueldade por parte dos seres humanos naquela história do que eles poderiam imaginar. Romochka só tinha contado a história da Mamochka que adorava os filhos porque era o que eles queriam ouvir. Mas ela não falou sobre essas dúvidas para Dmitry. Agora ela sentia certa vergonha por ter tido todas aquelas certezas e por fim descobrir que estava errada — uma sensação estranha, desagradável. Bom, pensou consigo mesma, Romochka havia mentido descaradamente, havia fingido de modo bastante convincente, e ela também não queria que Dmitry vacilasse e mudasse de ideia só porque o menino não era o que aparentava ser. Pelo menos não agora, já que ela percebia que ele obviamente precisava daquela criança em sua vida.

A palavra talhada no peito de Romochka ficaria lá para sempre. Depois de ver aquilo, Natalya sentiu-se ainda mais determinada a não deixar que aquela palavra o definisse, sentia que faria de tudo para que ele fosse reabilitado. Aquela palavra, "cachorro", talhada em seu peito, fazia com que ela desejasse ainda mais cuidar do menino.

Dmitry já estava perdendo a esperança. Sim, concordou ele, talvez até houvesse filhotes, mas seria praticamente impossível encontrá-los no território que a *miltizia* havia identificado no mapa. Continuaram a vagar sem rumo, com os ouvidos atentos aos menores ruídos por baixo de todos aqueles sons, descobrindo, surpresos, que aquele território morto e sem movimento era bastante barulhento. Sob o zunir incessante, havia todo tipo de som: pássaros piando, coisas metálicas, motores vibrando, engrenagens trepidando. Corvos grasnavam, gaivotas guinchavam, os ruídos dos motores ali perto aumentavam e diminuíam; à distância, podiam ouvir o eco sussurrante dos carros na via expressa. Natalya não saberia dizer se haviam deixado de ouvir alguma coisa em meio àquela barulheira toda.

— Viu só, Dmitry? Para tentar ficar com ele, estamos virando cachorros também.

— Então vamos tentar farejar os filhotes — disse Dmitry alegremente, tirando a mão do nariz um pouco. Pensava sem parar em algo que Natalya havia dito quando consideraram pela primeira vez a hipótese de que Romochka também fosse uma criança criada por cães. *Esse menino tinha uma vida melhor com os cachorros do que com os humanos.* Por um lado, ela tinha razão. Para começo de conversa, ele não tinha contato com drogas. Não cheirava cola e nem gasolina. Provavelmente não era vítima de estupros. As crianças de rua com oito anos de idades eram, quase sem exceção, vítimas das três coisas. E mesmo que os cães tivessem sido em algum momento os bichos de estimação da família de Romochka, eles formaram depois uma matilha. Eram praticamente selvagens. Certamente eram muito leais a Romochka e sempre o defendiam. Todas as coisas que Dmitry havia lido sobre cães selvagens o deixavam esperançoso: o quanto a estrutura social dos cães era organizada, disciplinada. Tinham regras, um código de honra. Todo o clã agia como uma família, trabalhando juntos para conseguir comida para todos. A maioria das fêmeas e machos em um clã selvagem não procriam. Não se aproximam dos cães de fora da matilha, nem mesmo das cadelas no cio. É uma estrutura familiar tão rígida que, se sobrevivem em paz durante certo tempo, os sucessivos cruzamentos na mesma família acabam tornando-os geneticamente inviáveis. Em termos genéticos, era necessário que catástrofes externas se abatessem sobre o clã, para que assim os poucos sobreviventes dessem início a outros clãs, cruzando com cachorros diferentes, com quem não tivessem nenhum laço de sangue. Bom, havia acontecido uma catástrofe, sem dúvida.

Sim, sem dúvida levavam uma vida bastante centrada, disciplinada. Em geral, um menino de rua poderia acabar tendo uma vida bem pior que aquela. Romochka tinha cicatrizes e parasitas, mas nenhuma doença mais séria. E era assustadoramente forte. Os cães de seu clã eram saudáveis, esguios, ágeis, e, caso os boatos fossem verdadeiros, bastante perigosos. Dmitry sorriu, lembrando de uma manchete de jornal: CÃES MUTANTES ATERRORIZAM MOSCOU. De acordo com a reportagem, os cães eram inteligentes a ponto de saberem usar uma linguagem de sinais limitada e pegar o metrô. Sabiam chegar em qualquer parte de Moscou onde quisessem caçar. E, pelo jeito, as pessoas também faziam parte do cardápio: havia relatos de cadáveres que foram encontrados parcialmente comidos. E, de fato, os cães sabiam andar de metrô. Ele mesmo havia visto.

Viraram uma esquina e se viram numa rua que era quase uma estrada de terra, toda esburacada. Uma mulher vinha na direção deles. Usava um sobretudo militar enorme, com uma corda amarrada na cintura. Sua cabeça estava coberta por um lenço de renda que talvez tivesse sido branco algum dia. O cabelo loiro e comprido, totalmente desgrenhado, saía por baixo do lenço e caía sobre os ombros. Ela parou e os olhou de cima a baixo, a certa distância. Dmitry podia ver que a mulher sorria com um ar idiota. Um amplo sorriso. Mas estranhamente ele não conseguia distinguir o resto do rosto. Ela levantou a mão num gesto de boas vindas, ou talvez um gesto de advertência. Depois, uma de suas mãos tentava abrir o sobretudo, enquanto que a outra buscava algo lá dentro.

Tirou de dentro do sobretudo uma pequena trouxa de trapos que começou a ninar com movimentos exagerados, erguendo a cabeça e olhando para eles com um largo sorriso, ao se aproximar. Parecia alguém fazendo mímica, brincando com algum objeto de cena. Ouviram a trouxinha emitir um som estridente e Natalya olhou para Dmitry, com raiva. Sim, era mesmo um bebê. A mulher foi rapidamente na direção deles, impedindo-os de continuar andando, e enquanto isso Dmitry tentava se desviar dela. Pelo jeito ela não ia deixá-los passar. Parou de ninar o bebê, levantou o rosto e se inclinou na direção deles com um ar de intimidade forçada, como se tivessem algo em comum. Dmitry percebeu que a mulher não era velha. Tinha um rosto jovem, magro, terrivelmente desfigurado por uma cicatriz, talvez feita com faca ou machado: o corte ia de um ponto acima de um dos olhos, atravessava o nariz e lhe partia os lábios e o queixo. O corte havia cicatrizado sem pontos e a cicatriz dava a ela uma expressão absurdamente sinistra, dividindo seu rosto em duas metades desiguais. O pequeno nariz deformado também havia sido cortado, percebeu Dmitry, e metade dele já não existia mais. A saliva acumulava entre as duas dobras do seu lábio inferior e ela de vez em quando a sugava de volta, para não babar.

Segurou o bebê pelos trapos da nuca, enfiando-o na frente de Natalya. O bebê devia ter no máximo poucas semanas de vida. Seu rostinho desnutrido era parecido com o de um filhote de chimpanzé: pequeno, murchinho, com olhos e lábios azulados. A boca do bebê estava ressecada, com crostas. A criança também exalava um forte cheiro de gasolina.

A mulher percebeu que Dmitry estava olhando e estendeu a outra mão, fazendo o gesto inequívoco de alguém que pedia algo. Ela piscou e empurrou o bebê moribundo para perto do rosto de Natalya, impedindo qualquer movimento por parte dos dois. Ele estava prestes a dar a ela algum dinheiro, por um sentimento de piedade por aquela criança em estado deplorável e pela mulher terrivelmente desfigurada, e foi aí que ela de repente interrompeu o silêncio.

— O senhor chegou tarde, doutor — disse ela, sibilando um pouco, mas com uma voz surpreendentemente bonita. — Mas trato é trato, né? Cinco mil rublos? Foi o que o Chefão falou. O bebê também tá limpinho, eu não uso droga nenhuma.

Que voz. Melodiosa, cheia de nuances. Meio grave. Muito bonita. Dmitry sentiu um arrepio no couro cabeludo: aquela voz o assustava. A mulher agora erguia bem o braço para fazer o casaco cair. Agarrou a manga com os dentes e esticou o braço exposto na direção de Dmitry. Um braço magro, liso, sem marcas de agulha. Dmitry ficou olhando aquele braço numa espécie de torpor, como se o braço pudesse ajudá-lo a decidir o que fazer, e então balançou a cabeça, colocou as duas mãos à frente do corpo e começou a dizer, gaguejando:

— Você... Há... A-acho que você se enganou.

Ela fez um movimento brusco com o bebê para impedir que Natalya saísse, tentando ficar na sua frente. Natalya vacilou um pouco, mas empurrou a mulher e abriu caminho. Dmitry foi atrás. Ao passar por ela, esticou o braço para colocar dinheiro em sua mão, mas Natalya deu meia-volta e ficou olhando para ele de tal jeito que ele mudou de ideia, se sentindo ridículo por ter pensado na hipótese. Olhou para trás enquanto continuavam a andar na calçada arrebentada. A jovem mãe estava sorrindo de novo. Percebeu que o sorriso era a expressão permanente do rosto dela. Não era um sorriso. Ela não tinha como expressar exatamente o que queria. A mulher ficou olhando para ele, e então fez um gesto de cabeça, com aquele sorriso constante e tenebroso, e depois lhe deu as costas.

Os dois não falaram nada. Dmitry agora estava concentrado no mapa, embora já soubesse onde estavam. Sentia-se completamente fora de sintonia, como se fosse um instrumento em cujas cordas alguém tivesse batido de modo rude. Não conseguia tirar aquela voz da cabeça. Aquele rosto monstruoso, aquele sorriso. Natalya continuava a andar com passos rápidos, num silêncio irritado.

Já estavam quase desistindo quando, finalmente, a atenção redobrada dos dois captou ganidinhos muito suaves. Agudos, tristes. Natalya sorriu, aliviada, triunfante. À frente deles, as ruínas de uma igreja abandonada. A única cúpula da igreja havia desmoronado e estava queimada, o que deixava a estrutura de madeira semelhante a uma mão esquelética meio fechada, delineando contra o céu a estranha beleza das estruturas ornamentais de madeira. Um mato comprido chegava até a parte de cima das paredes, cobrindo até mesmo a cúpula. Não devia ter sido uma igreja imponente. Até mesmo quando estava de pé devia ter sido bem modesta, quase simples. Talvez tivesse sido uma pequena igreja de algum vilarejo, bem antes de a cidade se alastrar até ali; e depois fora abandonada pelos fiéis, cada vez mais distantes dos locais de devoção. Havia inúmeras ruínas assim nas áreas rurais ao redor da grande Moscou: Natalya já tinha visto algumas, mas aquela era a única que ela lembrava ter visto dentro da cidade. A maioria desses locais abandonados já tinha sido vendida há tempos para as construtoras, ou então eram restaurados para serem transformados em outros estabelecimentos.

Natalya entrou com cuidado pelo portão caído, indo até o pequeno jardim da igreja. Dmitry foi atrás. Cinco macieiras mortas, enfeitadas com sacos plásticos coloridos: sem dúvida obra de um ser humano. Aquelas bandeirolas insanas se agitavam acima do lixo ao pé das árvores, o lixo da montanha que tinha ido parar ali por causa do vento. Dentro da igreja em si não havia nada além de destroços e erva daninha a céu aberto. A desolação do lugar o fazia parecer mais vazio do que se o chão de concreto estivesse limpo. Por entre os escombros, havia um caminho que levava até um canto. Foram caminhando com cuidado até chegar num buraco disforme no chão. Com cuidado, embrenharam-se por entre as tábuas quebradas do chão e desceram pelo túnel de destroços até o esconderijo escuro.

O esconderijo era grande, bem maior do que eles haviam imaginado: um porão enorme, quase da mesma área da igreja. Natalya ficou olhando em volta, espantada ao perceber o mundo em que haviam escolhido entrar. Aquele buraco horrível provavelmente tinha sido a casa dele. Dele e dos cães. O resquício de fé que ela depositava em Mamochka se esvaiu. Ela agora imaginava a mãe de Romochka e Marko como uma espécie de Barba Azul de saias, a líder de alguma gangue, como aquela mãe grotesca que haviam acabado de encontrar.

O chão era pegajoso. O cheiro era horrível, opressor: um ar abafado, o pior fedor de cachorro que ela já sentira na vida, entre outros cheiros. Um odor de morte, de podridão. Acendeu a lanterna e começou a respirar ruidosamente, fazendo o feixe de luz amarela dançar sobre os escombros. Havia uma enorme pilha de trapos num canto, cheia de pelos de cachorro. Sacos plásticos espalhados em todo canto. Viu ossos aqui e ali, perto de seus pés, e então a lanterna iluminou as carcaças largas e desmembradas de bichos grandes — crânios com buracos irregulares nos olhos, um esgar indecente. Aqueles ossos eram marrons, não brancos. Ela contou três crânios e vários pedaços disformes de pele ressecada, com pelos. Em uma gaiola torácica, havia uma espadinha de plástico enfiada entre as costelas.

Estremeceu. Aqueles pareciam crânios de cachorros grandes. Será que os cães comiam uns aos outros? Esse pensamento acabou chamando outro, surgido da escuridão que sentia em seu peito. Forçou-se a não procurar mais coisas nas sombras, sentindo um medo repentino de encontrar ossos humanos.

Estava ao mesmo tempo chocada e enfurecida com o fato de que uma criança havia vivido ali, em meio àquelas coisas horríveis, e que provavelmente achava tudo aquilo normal, invisível. Não havia um indicador mais forte do que aquele de que eles estiveram o tempo todo vivendo ali à beira da morte. Numa parede ao fundo, Natalya pôde distinguir o semblante de Lênin: uma estátua, olhando para cima com um olhar pétreo e sereno. Estremeceu. Tudo ali parecia ter algum sentido demente, insano. E o pior de tudo: para onde quer que olhasse, via brinquedos. Um carrinho de pedal quebrado, de cabeça para baixo, encostado no ombro de Lênin. Bloquinhos grandes de montar, vermelhos, amarelos e azuis, espalhados pelo chão, todos meio mastigados.

Olhou para baixo. Estava pisando em duas penas de pavão bastante maltratadas. Havia mais penas espalhadas pelo local. Ficou olhando aquelas penas durante alguns instantes, sem entender nada, e então se lembrou de quando Khan escapara do zoológico de Moscou. Ah, então tinha sido ali que a preciosa ave foi parar. Havia algo de terrível naquilo. Assustador. Nada que se perdia estava de fato perdido. Um pavão estivera ali. Havia vivido e morrido como um pavão. E morreu por estar levemente fora de sintonia, fora dos limites do mundo em que um pavão deveria habitar em Moscou. Um menino estivera ali — dois meninos. Perdidos, mas não perdidos ao mesmo tempo, sem nada que pudesse escorar com firmeza suas estranhas e disformes personalidades.

E, claro, lá estavam os filhotes: encolhidos, agora em silêncio, sobre a pilha de trapos que ela havia visto antes. Ela foi devagar até Dmitry, que estava agachado perto deles. Três estavam vivos; o quarto, um pouco mais para fora do ninho pútrido, estava morto. Todos tinham uma pelagem dourado-acinzentada, com máscaras mais claras no rosto. Eram muito novinhos e estavam muito fracos, com olhinhos recém-abertos. Fazia dois dias que haviam capturado Romochka.

Ela tocou a beirada daquela cama, sentindo, a cada respiração, a cada toque, que estava sendo contaminada por algo muito pior do que um esconderijo de cães no porão de uma igreja. Mas onde é que eles andavam com a cabeça, achando que teriam como reabilitar um menino de oito anos de idade, um menino que ficou três ou quatro anos dormindo ali? Por Deus!, eles eram os especialistas naquela história. Sabiam muito bem que ele já tinha passado da fase maleável, que seria impossível voltar a ter uma vida normal. Evitou olhar para Dmitry, com medo de que ele pudesse farejar nela seu medo cada vez maior e também começasse a ceder.

Sentiu o braço dele em sua cintura. Ele não estava mais tapando o nariz. Olhou para ela na penumbra e respirou fundo, como se estivesse saboreando o cheiro.

— Que menino, hein, Natalochka? Que criança fantástica. Aqui, ele era um rei — disse ele, sorrindo. — Agora, vai precisar aprender a ser um mendigo.

Natalya sabia que Dmitry na verdade não pensava nada daquilo. Ele era um realista. Ela riu, meio insegura.

— Acho que ele vai ser bem infeliz.

Sua voz estava fraca. Sim, claro que era impossível salvar Romochka. Sim, ele era inteligente, mas irrecuperável. Igual a qualquer menino *bomj* calejado que tivesse passado da idade de ser adotado. Na verdade, pensou ela naquele instante, eles deviam matar aqueles filhotes também, dar um fim ao sofrimento deles. E depois lavar bem as mãos para que Romochka não sentisse o cheiro neles. Provavelmente Romochka só poderia receber os cuidados de que precisava em uma instituição especializada. Podia perceber que Dmitry estava sorrindo enquanto falava:

— Ele *é* humano. Tudo isso é porque ele é humano. Não há como voltar atrás, Natalochka. Nem ele, nem a gente.

Dmitry esticou o braço na direção dos pequenos filhotes, colocou-os dentro dos bolsos de seu sobretudo e ajudou Natalya a sair daquele buraco repulsivo.

Natalya começou a se sentir melhor assim que respiraram o ar livre. Ela se sacudiu, rindo, tentando eliminar a escuridão que havia tomado conta dela.

— Uuuuuuuf! Nós estamos fedendo! Que lugar horrível. Deixa eu levar um cachorrinho. Se você ficar com todos pode ter um ataque de asma.

Agora ela só tinha um vislumbre da derrota que acabara de sentir e que havia abandonado naquele calabouço de monstros. Os dois foram a pé até a estação de metrô mais próxima, coçando-se furiosamente. Quando finalmente avistaram o providencial M vermelho da estação, Natalya já tinha tirado de Dmitry todos os três filhotes, passando-os de uma mão para outra, de um bolso para o outro, zombando das alergias imaginárias de Dmitry, tentando eliminar suas próprias e terríveis incertezas por meio da conversa alegre.

Ж

No andar deles, apesar das portas com isolamento acústico, já conseguiam ouvir os gritos de Romochka: berros estranhos, entremeados por rosnados. Não teriam tempo de dar banho nos filhotes nem de lhes dar comida.

— Vamos deixar que ele faça isso — disse Natalya, subindo correndo as escadas, entregando dois dos filhotes para Dmitry.

Entraram rápido no apartamento e trancaram a porta. Era melhor que os vizinhos não ouvissem aquela gritaria. Ficaram alguns instantes parados do lado de fora do quarto de hóspedes, perto da porta, e então decidiram entrar.

O quarto fedia a fezes recém-excretadas. Konstantin Petrovich estava perto da porta, como se estivesse encurralado. Havia marcas de mordidas e arranhões em seus braços e dava para ver que Romochka havia atirado cocô para todos os lados, a esmo, e também mirando em Konstantin. Dmitry ficou chocado com a aparência do menino. Mal conseguia reconhecê-lo. O cabelo de Romochka havia sido raspado, deixando à mostra um rosto surpreendentemente pequeno, uma criancinha com uma cicatriz inchada no couro cabeludo. Estava nu. E, assim como Marko, era bastante peludo. Antes, estava vestido com uma camiseta branca e algum tipo de calça de pijama, mas as duas peças de roupa agora estavam espalhadas pelo quarto, sujas de excremento. Konstantin tinha prendido as mãos do menino atrás das costas.

Romochka olhou para Dmitry, desorientado. A fúria e a sensação de nudez que sentia foram diminuindo e ele agora só sentia totalmente confuso. *Como isso era possível?* Ele podia sentir um laivo frio do cheiro de Mamochka. Podia sentir o cheiro de casa, de tudo. *Como? Como?* Sentia também o quanto Dmitry estava agitado, nervoso. Agora estava completamente confuso, com a mente entorpecida. O som cru do mundo ao se redor doía em seus ouvidos, que agora eram túneis de ar barulhentos que iam até o fundo de sua cabeça. Sentia-se terrivelmente exposto sem seu cabelo. Dmitry o havia traído, mas e agora? *Onde é que ele estava? O que ele havia feito?* Sentia que a dor de tudo aquilo o sufocava. Gritou, cheio de raiva e pesar, expulsando as terríveis lágrimas dos olhos, balançando a cabeça para que elas saíssem e ele pudesse enxergar.

Dmitry ficou horrorizado. Aquele Romochka irreconhecível rosnava, balançando-se de um lado para o outro. O rosto pálido estava contorcido, mostrando os dentes numa expressão animalesca. Seu corpo estava agachado, adotando uma forma não humana. O corpo curvado e cheio de cicatrizes, as bochechas manchadas de lágrimas, os dentes arreganhados, os olhos insanos, a postura, tudo contribuía para sua aparência totalmente desumana. Era horrível ver aquele torso todo riscado, repleto de cicatrizes terríveis. Era uma criatura semelhante a um lobo e ao mesmo tempo artificial: completamente corrompida, pior do que um lobo, uma besta. Dmitry podia ver o quanto Konstantin estava chocado, a repulsa em seu rosto. Esperou até que Romochka parasse de gritar. Finalmente, Romochka ficou apenas olhando para ele, com uma expressão morta nos olhos negros. Dmitry fez um sinal para que Konstantin tirasse as algemas.

— Romochka, Romochka — dizia Dmitry enquanto Konstantin, um pouco relutante, cortava as algemas plásticas nos pulsos do menino, que ficou rosnando o tempo todo. — Você me conhece. Eu estou aqui pra te ajudar. Você se lembra de Mar... Schenok.

De repente, Romochka tentou atacar; mas, antes mesmo que Dmitry pudesse impedi-la, Natalya estava na frente dele, rugindo de forma selvagem na cara do menino do alto de sua estatura de adulta, imitando de maneira espetacular um rosnado, tirando ao mesmo tempo, de dentro do casaco, um filhotinho que pôs a ganir baixinho de repente. Dmitry viu aquela cena como se Natalya estivesse congelada numa pintura: uma espécie de deusa ou bruxa, com um animal frágil e indefeso na mão, encurvada sobre um Calibã que se encolhia de medo.

— NEM TODOS MORRERAM! — urrava ela perto do rosto do menino, que estava estarrecido. — Nós achamos três pra você!

Romochka recuou até a parede, o rosto de repente inerte, agora parecendo de fato uma criança de oito anos de idade. Cobriu as orelhas com as mãos sujas de merda, segurando o próprio rosto. Ninguém se mexeu e nem disse nada. Tudo no quarto pareceu ficar imóvel, com exceção de duas lágrimas que lhe desciam pelas bochechas. Ele esticou as mãos, pedindo o filhote, agitando uma das mãos num gesto estranho, tornado ainda mais bizarro pelo fato de ele ficar ao mesmo tempo olhando para baixo, com o rosto virado. A mão agitava-se no ar num gesto altivo, como se fosse independente do resto do corpo. Dmitry tirou do casaco os dois outros filhotes, sentindo os próprios olhos ardendo com as lágrimas. O menino agarrou com vontade os filhotinhos que gemiam e enterrou o nariz neles, respirando fundo seu cheiro, lambendo seus focinhos, línguas e bocas abertas, chorando contra o pelo imundo, passando os dedos preocupados pelos corpinhos famintos.

Romochka sentou no chão, com os filhotinhos irrequietos encaixados em sua barriga, contra o seu peito, chorando de cabeça baixa.

Dmitry ficou agachado perto do menino e começou a acariciar os diminutos cabelinhos negros em sua cabeça, evitando tocar no vergão vermelho. Romochka não fez nada.

— Eles são seus, todos seus. E estarão a salvo se você decidir ficar aqui — disse Dmitry, baixinho. E, de repente, ele teve uma ideia: não saberia dizer como nem por que, mas soube naquele momento exatamente o que deveria dizer, exatamente o que aquela frase significava:

— A gente tem que se virar com o que tem.

Romochka parou de repente, sem respirar. Olhou de soslaio para Dmitry com olhos grandes, tranquilos, infantis. Descansava a bochecha molhada e marcada no corpinho dos filhotes. O rostinho de traços bonitos estava pálido, sereno. E, desviando o olhar, Romochka sorriu, mas sem focalizar nada específico. Agora seu rosto estava transformado: misterioso, luminoso por trás de toda aquela palidez. Dmitry viu Marko ali, durante um breve segundo.

Dmitry fez um gesto para Konstantin, que estava encostado na parede, sorrindo, chorando, balançando a cabeça. Deixaram Romochka sozinho, com a porta aberta. Primeiro saiu Konstantin, com as mãos esticadas na direção do banheiro, e Dmitry foi atrás. Natalya olhou Dmitry de relance e depois correu para a cozinha, para preparar mamadeiras.

Dmitry sabia que Romochka decidiria ficar, mesmo que aquele fosse o maior momento de doçura que ele testemunharia no menino. Sentia-se extremamente animado com seu sucesso, energizado pela felicidade que vira no olhar de Natalya. Ela havia ficado surpresa, admirada com ele. Impressionada. Aquela tinha sido a coisa certa a fazer, e tudo tinha saído perfeito — e não apenas porque ele agora sentia que ele e Natalya eram de fato uma equipe: amantes e parceiros. Pai e mãe. Agora eram uma família, com uma criança e três cães. Mal podia esperar para dar banho no menino, educá-lo, saber como seria aquela criança, saber como era a criança que tinham. Se o adotassem formalmente, Romochka talvez até pudesse ir para a escola — principalmente se Natalya colocasse em prática suas táticas de falsificação de documentos. Com um pai cientista perito em comportamento e uma mãe pediatra, praticamente a rainha da falsificação de documentos, Romochka teria do bom e do melhor.

Olhou em volta, para sua sala de estar bem decorada. A velha *matrioshka* descascada no parapeito da janela era um objeto novo: uma das poucas coisas de Natalya. Depois daquela grande briga, ela, sem dizer palavra, mudou-se para lá definitivamente. E ele ficou surpreso e um pouco envergonhado ao ver que ela tinha poucas coisas, objetos de grande valor para ela — mas não por algum valor intrínseco, mas por causa das pessoas que haviam dado aqueles presentes ou então por causa do uso que ela fazia deles. Ela também trouxe o piano, todas as suas roupas de estilo meio cigano e a *matrioshka*. E todos os presentes que ele havia dado para ela. Esses últimos o fizeram suspeitar de que ela possuía um senso de modéstia atípico, mas depois ele desistiu de ficar analisando tudo aquilo e decidiu que simplesmente se sentiria grato.

Teria de comprar um novo aspirador de pó, por causa dos pelos dos cachorros. Talvez um bem potente. Sim, a lista de compras seria grande, e teriam de ficar um bom tempo sem chamar os amigos para jantar. Os amigos e colegas ficariam meses, anos falando daquilo. Sem dúvida. A maioria diria que ele era um tolo; alguns talvez até pensassem que era um ato de nobreza de sua parte. E, claro, *todos* eles achariam que ele havia feito isso por influência de Natalya.

Sorriu para si mesmo, saboreando a sensação de finalmente ser um pai de família. Seriam uma família bastante atípica. Talvez Romochka fizesse amizade com Malchik, o cão do apartamento vizinho.

Três cães. Talvez fosse bom tirar dois deles aos poucos e deixar Romochka só com um. Um já seria suficiente para aquela fase de transição; e, afinal de contas, que menino tinha mais de um cachorro? Ter três cães talvez fosse ruim para seu desenvolvimento. Poderiam fazê-lo ter vontade de voltar à sua vida anterior. Não, teria de ser apenas um cão, o qual sem dúvida seria treinado. Viu-se de repente na escola para cães que havia perto da linha Kryslatskoe, com um cachorro bonito e educado ao seu lado, as pessoas que iam para o trabalho passando por ele e olhando. Teria de observá-los para ver qual era o mais inteligente dos três. Não, não; o mais leal, ou talvez o mais dócil e menos barulhento. O ideal seria um único cão que fosse gentil, inteligente e leal feito Malchik, mas sem ser barulhento ou babão. Um que inclinasse a cabeça para trás, para olhar para o dono, como Malchik fazia.

E então pensou, envergonhado, que ele não devia fantasiar nenhum ideal. Deveria ficar satisfeito se os cães não fizessem muito barulho ao comer e nem lambessem os genitais na frente das visitas.

E então, sozinho ali na sala, sentiu-se repentinamente tonto — enjoado, até — de medo.

O barulho incessante do chuveiro acompanhava o do micro-ondas na cozinha. Cheirou as mãos. Fediam a fezes. Esticou-as para longe do corpo, sem poder ir ao banheiro, já que Konstantin ainda não havia acabado de tomar banho. Agora, sentia cheiro de merda em tudo.

Como é que se cria uma criança? Aquela criança? De repente, ouviu uma pequena voz em sua cabeça: não teria sido melhor para todos se esse menino terrível e fantástico tivesse morrido de frio, devido a alguma doença ou à desnutrição, lá longe, numa área desconhecida? Ele poderia ter dado de presente para sua Natalochka um cachorro com *pedigree*. Poderia tê-la deixado adotar um recém-nascido limpinho, normal, cuja mãe não fosse viciada em drogas.

Parou, de repente. Um laço mais forte entre ele e Natalya. Poderiam ter tido um filho biológico e levar uma vida normal, feliz.

Sentiu um arrepio no couro cabeludo, um mau pressentimento. O que era aquele ser que ele havia capturado com uma isca de filhotes? Que desafios ele traria?

Se neste momento alguém olhasse pela janela (enquanto do outro lado da parede fina Dmitry toma banho, Natalya se despede de Konstantin e começa a fatiar cebolas animadamente, preparando o jantar que marca o início daquela nova vida), veria Romochka sozinho no quarto, ainda ninando os três filhotinhos. A mamadeira vazia está ao seu lado, no chão.

Seu rosto está de perfil. Ele fica acariciando os filhotes até eles dormirem. Depois, põe-se de pé e começa a chorar silenciosamente, os ombros tremendo, tensos. Ele muda de posição. Agora o rosto dele está virado na sua direção, na direção da janela; ele chora com vontade, soluçando, a boca aberta como num grito silencioso. E permanece assim durante algum tempo, com o corpo rígido, os dedos das mãos esticados.

Ele para de chorar. Sua respiração se acalma e ele fica algum tempo perto da janela, sem forças. Seus olhos são enormes e escuros em seu rosto pálido. Ele se vira, rápido, e, inclinado sobre os filhotes, morde seus crânios, esmagando-os, um de cada vez.

Ele decide ficar.

AGRADECIMENTOS

Devo muito à Larisa Aksenova, mais do que é possível dizer. Sem ela, este livro não existiria.

Roger Sallis ficou anos me estimulando carinhosamente a escrevê-lo; e foi ele quem achou os cães, durante um lento crepúsculo em Moscou.

O livro está sendo publicado em seu formato final graças à minha agente, Jenny Darling, e à minha editora, Mandy Brett.

Várias pessoas contribuíram, cada uma ajudando a seu modo. Elas são: Stuart Barnett, Donica Bettanin, Gillian Bovoro, Maria Danchenko, Nikolai Danchenko, Tania D'Antonio, Sonja Dechian, Amaia de la Quintana, Jenni Devereaux, Jem Fuller, Alfred Hornung, L'Hibou Hornung, Richard Hornung, Alexey Kopus, Tamara Leonidovna Kozlovskaya, Aleksandr Kozlovski, Gay Lynch, Lyudmila Malinin, Michele Meijer, John Morss, Maria Nichterlein, Alexander Ovchar, Rosa Piserchia, Olesya Pomazan (www.russiangirlfriday.com), Ramsey Sallis, Tom Shapcott, Valery e Svetlana Shusharin, Celia Summerfield, Paul Voytinsky (www.unclepasha.com), Phil Waldron, Teresita White e Claudio Zollo.

Agradeço à University of Adelaide pelo produtivo período que passei em seus alojamentos, no primeiro semestre de 2008; à ArtsSA, por patrocinar minha viagem de pesquisa a Moscou, em 2006; ao Nexus Multicultural Arts Centre, pelos três meses de hospedagem, em 2006.

Agradeço também a Rafael Sallis, responsável pelo título [original: *Dog Boy*] e muito mais.

E também um agradecimento especial a Emori Bovoro por brincar com Rafael durante suas férias de verão, o que me permitiu passar várias horas escrevendo. Por fim, agradeço a meus dois cães, Halley e Rosie, que por sua participação merecem comer seus amados petiscos de rabo de canguru pelo resto da vida.

IMPRESSÃO E ACABAMENTO:
YANGRAF Fone/Fax: 2095-7722
e-mail:santana@yangraf.com.br